보이지 않는 바비
THINGS NOT SEEN

First published in the United States under the title
THINGS NOT SEEN by Andrew Clements
Text Copyright ⓒ Andrew Clements, 2002
All rights reserved.
Korean translation copyright ⓒ 2005 by Nurimbo
This Korean edition was published by arrangement with Philomel Books,
a division of PENGUIN Young Readers Group, a member of Penguin Group (USA)
Inc., New York through KCC(Korea Copyright Center, Inc.), Seoul.

이 책의 한국어판 저작권은 (주)한국저작권센터(KCC)를 통한 저작권자와의 독점계약으로 (주)느림보에 있습니다.
저작권법에 의해 한국 내에서 보호를 받는 저작물이므로 무단전재와 복제를 금합니다.

보이지 않는 바비

THINGS NOT SEEN

앤드루 클레먼츠 · 글 | 김미련 · 옮김

차례

1. 나에 대하여 · 7
2. 실험 · 21
3. 첫 외출 · 32
4. 교통사고 · 43
5. 사고 소식 · 53
6. 병문안 · 60
7. 첫날 밤 · 74
8. 나의 인생 · 83
9. 외로운 전사 · 94
10. 앨리시아 · 102
11. 위기일발 · 112
12. 친구 · 129
13. 믿음 · 137
14. 두 개의 위원회 · 149

15. 작은 전쟁 · 162

16. 바비 필립스 찾기 · 171

17. 실마리 · 181

18. 피자와 수수께끼 · 195

19. 바비 장군 · 220

20. 시어즈 사를 방문하다 · 233

21. 투명인간, 작전을 수행하다 · 241

22. 59번째, 그리고 60번째 전화 통화 · 250

23. 또 한 명의 투명인간 · 266

24. 일류 탐정 · 282

25. 빙고! · 289

26. 위험한 시도 · 296

27. 긴급 수색 · 307

28. 돌아온 바비 필립스 · 314

1
나에 대하여

 2월의 어느 화요일 아침이었다. 나는 여느 날처럼 반쯤 눈을 감은 채 어두운 욕실로 샤워를 하러 들어갔다. 이렇게 하는 것이 10분 정도라도 잠을 더 잘 수 있는 방법이니까.
 샤워를 마쳤을 때, 바로 그 일이 일어났다.
 욕실 불을 켜고 머리를 빗으려고 뿌연 거울을 닦아 냈을 때, 거울 속에 내 모습이 보이지 않았다.
 다시 한 번 거울을 들여다보다가, 거울을 문질러 닦았다.
 거울 속에는 아무도 없다.
 그러니까 거울 속에 있어야 할 내 모습이 없다는 말이다.
 나는 어지럼증을 느끼며 다시 침대로 갔다. 꿈을 꾸고 있는 것이라면 침대 위에 있는 것이 더 어울린다. 나는 내가 깨어나기를 기다렸다. 하지만 그럴 수가 없다. 이미, 벌써 나는 깨어 있었기 때문이다.

심장이 두근거렸다. 호흡이 빨라지고 입술이 마른다. 베개에서 머리를 들어 이불 위로 드러나는 내 몸을 바라보았다. 내가 침대 위에 있는 건 확실하다. 나는 크게 심호흡을 하고서 덮고 있던 전기담요와 이불을 걷어 냈다.

침대 위에는 아무것도 없었다.

나는 다시 욕실의 큰 거울로 갔다. 여전히 나는 거기에 없다. 거울은 평소와 다름없이 벽에 붙어 있었지만, 거울 속에 '나'는 없다. 나는 틀림없이 이곳에 있었다. 거울을 볼 수도 있고, 수건이 흔들리는 것도 보이고, 내 주먹에 맞아 출렁거리는 샤워 커튼도 보이는데, 나만 보이지 않았다.

당황한 나는 커다란 수건으로 허리를 감싸고 엄마 아빠에게 달려갔다.

이것은 나다운 행동이 아니다. 나는 시시콜콜 부모님과 의논하는 스타일이 아니다. 이따금씩 부모님이 도움이 될 때도 있지만 대부분의 경우는 그렇지 않기 때문이다.

하지만 부모님은 현명하시다. 그것만큼은 나도 인정한다. 그리고 이 일에는 부모님의 현명함이 필요할 것 같았다. 엄마와 아빠는 부엌에 있었다. 오늘은 출근하는 날이고, 학교에 가는 날이다. 이런 날 우리 집 부엌에서는 7시 15분이면 늘 달걀과 토스트를 준비한다.

나는 계단을 내려가다 멈췄다. 계단이 무서웠다. 평상시 나는 균형을 잘 잡는 편이고 바보 같은 행동도 하지 않는다. 학교 식당에서 접시를 떨어뜨리거나, 계단에 걸려 넘어지는 바보 짓은 거의 하지 않는다. 하지만 오늘 아침은 상황이 좀 달랐다. 손도 팔도 다리도 발도 없었다. 그것들이 느껴지긴 하지만 볼 수는 없었다. 나는 계단 난간에 매달린 채 세 살배기 어린아이처럼 바닥을 더듬더듬 밟으며 내려갔다.

타일 바닥이 차가워서 발이 시렸다. 아빠는 달걀 요리를 하고 있었고, 엄마는 신문을 읽고 있었다.

"엄마, 아빠, 내가 보이지 않아요!"

부모님이 부엌문을 흘긋 쳐다보았다. 아빠가 말했다.

"이리로 와 봐. 뭐가 문제인지 한번 보자."

"여기 있는데도 못 알아보잖아요? 내가 보이지 않는다는 게 바로 문제라니까요. 난 지금 여기 있어요! 그런데 내 모습이 안 보여요! 엄마, 아빠도 나를 볼 수 없고요. 정말 투명인간이 된 것 같아!"

엄마는 아빠를 쳐다보며, 내가 진짜 싫어하는 '역시 애는 애야'라는 표정으로 미소 지었다. 그러고는 다시 신문으로 고개를 떨구었다. 엄마는 상냥한 목소리로 나를 타이르기 시작했다.

"꾸물거릴 시간이 없어, 바비. 버스를 타려면 20분밖에 안 남았다고. 마이크나 워키토키, 그리고 지금 가지고 놀고 있는 것들 모두 그냥 두고 얼른 와. 어서 아침 먹어야지."

늘 이런 식으로 명령을 하는 우리 엄마의 직업은 대학교 교수님이다. '의심스러운 것이 있으면 명령하라'는 것이 엄마의 좌우명이다. 엄마는 시카고 대학에서 문학 수업을 듣는 신입생들에게 익숙해져서 그런지 어린애들은 고함만 치면 다 들을 거라고 믿는다.

지금도 내가 장난을 치고 있다고 생각하는 게 뻔했다. 그래서 나는 의자에 털썩 주저앉아, 오렌지 주스 컵을 움켜쥐고 벌컥벌컥 마신 뒤, 컵을 식탁 위에 꽝 하고 내려놓았다.

이제야 부모님의 관심을 끄는 데 성공했다.

아빠는 달걀을 휘젓다 말고 빈 컵을 빤히 쳐다보았다.

엄마는 몸을 굽히다가 주스를 엎질러서 무릎 위로 줄줄 흐르는데도, 내 컵을 보느라 그 사실을 알아차리지도 못했다.

"마술이니? 다른 것도 좀 해 봐라."

아빠가 말했다. 그래서 나는 숟가락을 입으로 핥은 다음, 그것을 내 코에 올려놓았다. 이것은 코가 보일 때 해도 꽤 괜찮은 재주지만 지금은 숟가락이 마치 공중에 매달린 것처럼 보일 것이다. 엄마가 놀란 목소리로 말했다.

"바비? 바비, 그만 좀 해."

"난 아무 짓도 안 해요. 엄마, 난 장난치고 있는 게 아녜요."

숟가락이 바닥에 떨어져서 땡그랑 소리가 났다. 2월, 시카고 우리 집 부엌에서, 나는 축축한 수건 하나만을 걸친 채 떡갈나무 의자에 앉아 있었다. 몹시 추웠다.

아빠는 달걀을 부치다 말고 가스레인지의 불을 껐다.

아빠는 한 손에는 나무 숟가락을, 다른 손에는 프라이팬을 든 채 서 있었다. 지금 아빠의 얼굴은 절대로 이해할 수 없는 어떤 현상에 부딪쳤을 때 과학자들이 짓는 바로 그런 표정이었다. 어쩌면 아빠는 이런 특별한 현상에 대한 이론을 바로 이 자리에서 알아낼 수도 있다.

"우리가 동시에 똑같은 꿈을 꿀 수는 없어. 그러므로…… 우리는 예외적인 시각적 현상을 보고 있다고 생각해야 해. 전에 이런 것에 관한 연구를 읽은 적이 있는데……, 내 말은, 수학 이론에 관한 연구 말이야. 하지만 이것은…… 이것은 실제로 일어나고 있는 일이지. 사건이야!"

아주 적절한 관찰이다. 아빠는 모든 일을 물리학적으로 생각하는 사람이다. 물론 이런 관점으로 사물을 보는 것이 아빠가 하는 일이다. 아빠는 페르미 연구소에서 연구원으로 일을 하고 있다. 그곳은 원자를 부순 다음, 그 조각들을 사진으로 찍는 곳이라고 생각하면 된다. 아빠에게는 인생조차 하나의 커다란 과학 실험이나 마찬가지다.

아빠는 숟가락을 빙글빙글 돌리면서 말했다. 달걀 부스러기가 부엌 여기저기에 튀었다. 엄마도 무언가 말하려고 하지만, 알아들을 수 없는 날카로운 소리만 냈다. 이제 나는 부모님의 현명함이 이 일에 과연 쓸모가 있을는지 의심이 되었다.

아빠는 금방 안정을 되찾았다. 엄마가 흘린 주스를 닦고, 접시 세 개를 식탁에 놓은 뒤, 자리에 앉았다. 아빠와 나는 달걀을 먹기 시작했다. 하지만 아빠는 곧 씹는 것을 멈추었다. 달걀이 허공에 둥둥 뜬 포크에 올려져 내 입 속으로 들어가는 것을 지켜보느라고. 엄마도 그랬다. 나 또한 이 이상한 일을 지켜볼 수밖에 없었다. 이것은 멋진 쇼다. 〈사라진 바비와 그의 아침식사〉, '괴짜들의 부엌' 극장에서 상영 중!

엄마는 내 팔이 있을 거라고 짐작되는 곳으로 손을 뻗었다. 하지만 내 팔은 엄마가 손을 뻗은 곳에서 30센티미터 정도 떨어진 곳에 있기 때문에, 나는 엄마가 내 팔을 잡을 수 있도록 몸을 굽혔다. 내 살이 손에 닿자, 엄마는 마치 도마뱀이라도 움켜쥔 것처럼 깜짝 놀랐다.

"이런 세상에, 맙소사! 바비예요. 바비가 여기 있어요! 여기에 있지만…… 아이가 보이질 않아……. 세상에, 데이빗, 어떻게 좀 해 봐요! 웨스턴 박사에게 전화합시다. 아니면 다른, 다른…… 전문가에게……."

'멋지군, 좋았어. 투명인간 전문가에게 전화하면 되는 거지? 내가 전화번호부를 가져와야지.'

이런 생각이 떠올랐지만, 입 밖에 내어 말하지는 않았다. 대신 이렇게 말했다.

"엄마, 제발 진정하세요. 나는 아픈 게 아니에요. 괜찮아요. 보세요, 지금 튼튼한 몸을 만드는 데 필요한 훌륭한 아침식사를 하고 있잖아요. 난 괜찮다고요."

그리고 손을 뻗어 엄마의 손을 토닥거렸다. 엄마는 또다시 펄쩍 뛰다가, 내 손을 꼭 잡았다. 엄마가 내 손을 너무 세게 쥐어서, 손의 뼈가 참치 샐러드로 변할 것 같았다.

엄마는 몸을 앞뒤로 흔들며, 호흡을 가다듬으려고 애썼다. 어디를 쳐다보아야 할지 모르는 것 같았다. 조금 뒤 엄마의 시선은 내가 앉아 있다고 여겨지는 곳에서 멈추었다. 엄마의 하나뿐인 자식, 어린 아들 바비, 엄마 인생의 커다란 골칫거리가 놓여 있을 거라고 여겨지는 곳에.

아빠는 다시 한 번 헛기침을 했다. 그것은 우리가 모르는 뭔가를 아빠만 알고 있을 때, 우리가 귀 기울여 듣고 있는지 확인하려는 몸짓이다.

"여보, 에밀리, 잘 생각해 봐. 우리는 이 일을 누구에게도 이야기해선 안 돼. 아무에게도! 당신 부모님이나 웨스턴 박사, 그리고 마지나 루이스, 그 누구에게도. 만약 이 소식이…… 이 일이…… 사람들에게 알려졌을 때 일어날 일을 상상해 봐. 세상의 모든 기자들과 카메라가…… 30분 안에 우리 집 앞으로 몰려올 거야. 소문이나고 10분도 채 안 돼서 정부기관 사람들이 바비를 아무도 모르는 곳으로 데려갈 거야. 당신은 CIA*와 연방 기관들이 이런 일에 어떤 반응을 보일 거라고 생각해? 그들은 틀림없이 엄청난 관심을 갖고 이 일에 덤벼들 거야. 그러니까 절대로 아무한테도 이 사실을 말해선 안 돼!"

아빠는 생각을 가다듬기 위해 말을 멈췄다.

보통 가족에게 위험하거나 나쁜 일이 생기면, 사람들은 외부에 도움을 청한다. 내가 가게에서 물건을 훔치다가 잡히면 변호사에게 가고, 엄마가 반지를 하수구에 빠뜨리면 배관공을 부른다. 아빠가 숯불 석쇠를 바닥에 엎으면 소방서에 전화한다. 하지만 어느 날 아침에 샤워를 하던 아이가 갑자기 사라져 버렸다면? 이럴 때는 누구에게 전화를 해야 할까? 아무도 없다. 아빠가 옳다. 이 일은 우리 가족만 알고 있어야 한다.

그때 아빠가 약간 기대감에 찬 목소리로 말했다.

"생각해 봐. 누가 알아? 30분 안에 모든 것이 정상으로 돌아올 수도 있어. 하지만 그래도 아무한테도 말해선 안 돼. 알았지?"

엄마는 알았다고 천천히 고개를 끄덕이고, 나도 끄덕였다.

아빠가 내 쪽을 쳐다보며 다시 말했다.

"너도 알겠지, 바비?"

*CIA: 미국의 중앙 정보국

그때서야 나는 내 모습을 아빠가 볼 수 없다는 사실을 다시 깨달았다.

"물론이죠. 보이지는 않지만 저도 제 입을 꽉 막고 있을게요. 하지만 엄마 말에도 일리는 있어요. 아무에게도 말을 하지 않더라도 뭔가 조치는 취해야 하잖아요?"

"그래, 자…… 우선 우린 생각을 해야 돼. 불가능한 일은 절대로 일어나지 않아. 모든 일들은 법칙이 있어. 내 말은…… 모든 일에는 반드시 원인과 결과가 있다는 얘기지, 알겠지? 그런데 우린 지금 결과만 보고 있어. 분명히 원인이 있을 거야. 우리가 그 원인을 찾아내서 없애 버리면 되는 거야."

정말 과학자다운 말이다. 엄마의 표정을 보니, 내가 무슨 말이든 해야 할 것 같았다. 엄마는 아빠의 과학 강연을 도무지 믿을 수 없다는 표정이었다.

"좋아요, 좋은 생각이에요, 아빠. 하지만 그건 질문에 대한 답이 아니잖아요. 지금 당장, 오늘 하루 종일, 그리고…… 내일, 또 어쩌면 다음 주까지 나는 뭘 해야 하죠? 이건 과학 실험이 아니잖아요. 중요한 건 나예요. 사실은 아빠도 뭘 어떻게 해야 할지 모르겠다고 그냥 솔직하게 털어놓으세요."

"이봐, 꼬맹이!"

갑자기 엄마가 정신이 드는 듯 외쳤다. 늘 그랬다. 내가 잰 체하며 큰 소리로 말할 때마다, 엄마에게 나는 늘 '꼬맹이'가 된다.

"네 아빠와 나는 좋은 부모였어. 우리는 어떤…… 그러니까…… 특수한 상황이라고 해서 좋은 부모로서의 역할을 포기하지는 않아. 그러니까 제발 말조심해. 우린 어떻게든 너를 되돌려 놓을 거야. 알겠지?"

"엄마 말이 맞다, 바비. 그리고 일단 두 사람 다 내 말 좀 들어봐. 지금 중요한 건 신중하게 생각해야 한다는 거다. 해결할 수 없는 문제나, 또는…… 설명할 수 없는 사건은 절대로 없어. 차분히 생각해 본다면 해결책이 나올 거야."

사실, 아빠의 말은 우리 모두가 아니라 아빠 혼자 생각하고 결론을 내리겠다는 뜻이다. 부모님은 언성을 높여 이야기를 하고 있었다. 어제의 나였다면 가만히 입을 다물고 있거나 '죄송해요'라고 말하는 게 다였을 것이다. 하지만 15년 동안 나의 삶을 지배하던 사람들이 나의 꾸겨진 표정을 볼 수 없게 되었을 때, 내가 얼마나 용감해질 수 있는지 나 자신도 깜짝 놀랐다.

내가 너무 급히 일어서는 바람에, 의자가 꽝 소리를 내며 뒤로 넘어졌다. 나는 허리에 두른 수건을 홱 잡아당겨 식탁 위로 던지며 말했다.

"자, 이건 어때요? 내가 그냥 아주 잠깐 사라지는 건 어때요? 두 분은 하던 얘기 계속하세요. 난 그냥 사라져서, 집 안 어딘가에 조용히 박혀 있을게요. 그러고 나서 내가 무슨 결론을 얻었는지 알려 드리지요!"

나는 조용히 뒤로 세 발짝 물러서서 문 근처로 갔다.

5, 6, 7······ 10초.

"바비?"

엄마가 벌떡 일어서서 내가 앉아 있던 자리를 바라보았다. 하지만 엄마는 내가 거기에 없다는 것을 느낌으로 알고 있다.

"바비! 당장 그만 하지 못해!"

엄마는 어쩔 줄 몰라 소리를 질렀다. 내가 지금이라도 당장 문밖으로 달려 나가서 버스를 타고 어디로든 가 버릴 수도 있다는 걸 깨달았던 것이다. 엄마는 사방을 둘러보았다. 그러고는 손을 허공에 내저으며, 아랫입술을 깨물고 소리쳤다.

"바비? 바비!"

아빠는 식탁을 짚고 바닥을 내려다보며 머리를 흔들고만 있었다. 또다시 과학자다운 생각을 하는 모양이었다.

그때 엄마의 눈에서 눈물이 흘러내리기 시작했다. 엄마는 쓰러지듯 의자에 주저앉더니 흐느껴 울었다. 나는 무척 당황스러웠다. "괜찮아요. 괜찮아요, 엄마. 저 여기 있어요. 그렇지만 문제가 있는 것은 엄마가 아니라 나라는 사실을 잊지 말아요."

이것이 우리 부모님의 방식이다. 가령 내가 학교에서 말썽을 피웠다 해도 두 분은 마치 자신들이 심판을 받는 것처럼 자신들이 문제를 해결하려고 애쓴다. 우리 부모님은 항상 그랬다.

엄마는 다시 안정을 되찾았다.

"로버트,* 그건 비겁해. 숨어 버리는 건…… 옳지 않아. 다시는 그러지 않겠다고 약속해."

지금부터 나는 더 이상 '꼬맹이'가 아니다. 엄마는 몹시 화가 났을 때마다 나를 '로버트'라고 부른다. 나는 보이지 않는 손가락을 걸고 약속했다.

"그렇지만 잘 들어 보세요. 이건 단순한 일이 아니잖아요? 수두나 독감에 걸린 게 아니라고요. 전혀 상상조차 못 해봤던 일이 일어났고, 이제부터는 내가 어제까지 했던 일들을 할 수 없다는 뜻이에요. 그래서 난 대체 내가 무엇을 어떻게 해야 되는지…… 여쭤보는 거라고요."

나는 무서웠다. 이건 현실이 분명했기 때문이다.

끔찍한 현실. 나는 어쩌면 평생 투명인간으로 살아가게 될지도 몰랐다. 나는 그런 생각에 사로잡힌 채, 차가운 바닥에 서 있었다.

이제 나는 어디에도 갈 수가 없다. 옷을 입어야 하는데, 내 몸이 없어졌다. 물론 알몸으로 외출할 수도 있겠지. 하지만 그런 행동은 대도시 시카고에서, 그것도 추운 2월에 정상적인 사람이 할 수 있는 행동이 아니다.

학교? 그것도 불가능하다. 하지만 학교에 대해서는 그다지 신경이 쓰이지 않았다. 내가 다니는 학교는 시카고 대학 부속 중학교

---

*바비Bobby는 로버트Robert의 애칭입니다.

다. 교수 자녀와 그 지역의 영재들, 대학 연구원의 자녀들이 다니는 곳으로 모두들 아주 훌륭한 학교라고 여기는 곳이다. 시카고에서 알아주는 프랜시스 파크맨 중학교나 노스 쇼워 카운디 데이 중학교보다 한수 위라고 생각하는 곳이다. 그렇게 으스대는 애들로 우글대는 학교는 사실 내 취향이 아니다. 도서관과 재즈밴드를 제외하고 학교의 모든 것이 맘에 들지 않았다.

그렇다고 내가 친구도 없는 외톨이라는 얘기는 아니다. 친구도 많고, 점심을 함께 먹을 아이들도 많다. 단지 나한테는 사립학교가 그다지 맞지 않는다는 얘기다. 내가 이 학교에 다니게 된 것은 우리 가족이 4년 전에 이곳으로 이사를 왔기 때문이다. 게다가 엄마가 그 대학에서 강의를 하기 때문에 수업료가 쌌다. 자기가 똑똑하다는 것을 뽐내고 싶거나 축구를 잘한다면 우리 학교보다 더 좋은 곳은 없을 것이다. 하지만 나에게는 그저 그런 학교일 뿐이다.

그리고 적어도…… 적어도 오늘은 그곳도 끝이다.

옷도 안 입은 나는 덜덜 떨면서, 엄마와 아빠를 바라보고 있었다. 부모님도 어쩔 줄 모르는 것 같다. 부모님의 이런 모습은 처음이었다. 지금 나에게는 그것이 가장 두려웠다. 우리 부모님같이 엄격한 부모 밑에서 자란 아이라면 누구든, 시키는 대로 행동하는 것에 익숙해진다. 하지만 오늘 이 어이없는 사건에 대해서는 부모님도 속수무책인 것 같았다.

나는 왜 부모님이 내 문제를 해결해 줄 거라고 믿었던 걸까? 물론 부모님은 재미있고 흥미로운 것들을 많이 알고 있다. 엄마는 정치학과 역사, 영문학에 대해 아주 잘 알고 있고, 아빠는 모두가 인정하는 훌륭한 과학자라서 엄청난 지식을 갖고 있다. 이것을 인정하지 않을 사람은 없겠지. 하지만 그 모든 것들이 지금 이 순간 무슨 소용이 있을까?

나는 아직도 의자에 앉아 있는 부모님께 말했다.

"방으로 올라갈게요. 뭘 해야 할지 생각해 봐야겠어요."

그것은 사실이었다. 나는 뭐든 생각해 내야 했다. 지금 벌어지고 있는 이 사건은 다른 누구도 아닌, 바로 내 일이니까.

2
실험

 나는 침대에 혼자 누워 있었다. 녹색 잠옷을 입고 있어서 다리와 팔의 형태는 제대로 보였다. 하지만 팔을 들어 올리면 소맷자락이 흘러내려 팔과 손이 보이지 않았다.
 일어나서 책상 등을 켰다. 빛이 환하다. 나는 손을 전등 아래로 가져가 보았다. 전등의 열기가 느껴졌지만 손은 보이지 않고, 다른 것들이 보인다. 책상 위 녹색 깔개 위에 희미한 손 그림자가 보였다. 보이지 않는 손의 그림자를 보려고 나는 주먹을 쥐었다 폈다 했다.
 그림자를 계속 살펴보느라, 나는 아빠가 바로 내 옆에 다가온 것도 몰랐다.

"재미있구나."

아빠의 말에 깜짝 놀라, 나는 그만 손으로 전등을 치고 말았다. 전등은 마치 저절로 둥 하고 소리를 내는 것 같았다. 방문을 잠글걸…….

"보이지는 않는데 그림자는 생기는구나. 보통의 그림자는 아니지만 말이야. 넌 어떻게 생각하니?"

아빠의 이런 말투는 익숙하다. 그 말은 아빠가 이미 답을 가지고 있다는 뜻이므로 나는 '어, 잘 모르겠어요'라고 말해야 하고, 그러면 아빠는 아빠가 얼마나 똑똑한지 내게 보여 주곤 했다. 언제나.

하지만 이번에는 다르다. 내 쪽에서 답을 알고 있다. 아니, 알고 있다고 생각했다.

"손이 눈에는 보이지 않지만, 전등 불빛이 손을 통과할 수는 없잖아요."

"맞아! 네가 아까 부엌으로 와서 네가 보이지 않는다고 말했지. 그건 사실이야. 하지만 그게 무슨 뜻일까? 스텔스 폭격기 알지? 공군은 그 비행기가 안 보인다고 생각하잖니. 그런데 그건 사실이 아니지."

"맞아요. 정말 안 보이는 건 아니에요. 레이더가 그 비행기를 인식하지 못하는 것뿐이죠. 그래서 안 보인다고 생각하는 거죠."

"바로 그거야! 스텔스 폭격기는 레이더에 잡히지 않아. 그렇지만 그것이 지구와 태양 사이를 날고 있을 때 그림자가 생기는 건 분명해."

"맞아요. 그 비행기는 실제로 거기에 있으니까요, 그렇죠?"

"그렇지! 그리고 너도 여전히 여기에 있지만 눈에는 보이지 않는 거지. 그럼, 눈은 어떤 기능을 하는 걸까?"

지금 내가 아빠의 질문에 계속 대답하고 있는 이유는, 이 대화가 평상시의 아빠식 강의가 아니었기 때문이다. 평소 아빠는 중력과 위치 에너지에 대해 자세히 설명해줌으로써 롤러코스터의 재미를 빼앗아 버렸던 사람이다. 하지만 지금 이 일은 나에게 아주 중요한 문제이고, 나는 특별히 우수한 학생은 아닐지 몰라도, 읽은 것은 잘 기억하는 편이다.

나는 아빠의 질문에 답하기 위해 6학년 과학 시간에 배운 내용을 기억해 냈다.

"눈은 수정체를 통해 빛을 받아들이고, 그 빛이 눈 안에 상을 만들어요. 그 상은 뇌로 전달되고요."

"옳지! 그럼 우리는 왜 이 손을 볼 수 없는 걸까?"

이제 아빠는 내 손을 잡고 위아래로 흔들고 있었다.

"눈 안에 상이 만들어지지 않아서일까요?"

"맞아! 눈 안에 상이 만들어지려면 무엇이 필요하지? 눈에는 빛이 필요해! 그러니까 네 손에서 반사되어 우리 눈으로 들어오는 빛이 없다는 얘기란다."

아빠는 지금 너무 흥분한 상태라, 계속 질문을 쏟아내고 거기에 스스로 대답까지 하고 있었다. 바로 이럴 때가 천재와 함께 사는 사람들에게는 가장 힘 빠지는 순간이다.

"자, 내 손을 봐!"

아빠는 캘리포니아 공과대학 반지가 끼워져 있는 크고 털이 많은 손을 내 손 옆에 놓는다.

"우리는 같은 불빛 아래에 있어. 맞지? 그리고 내 손에서는 빛이 반사되어 우리 눈으로 들어오기 때문에, 눈으로 손을 볼 수 있는 거야. 우리 눈에는 손이 하나만 보이지만, 책상에는 두 개의 그림자가 있구나. 왜 그렇지? 그건 네 손이 빛을 반사하지는 않지만, 투명한 것은 아니란 얘기지. 그리고 네 손 그림자가 내 것보다 희미한 이유는, 내 손은 빛을 막고 있고 네 손은 빛을 약간 휘게 한다는 뜻이지. 우리는 그것을 굴절이라고 하지. 빙고!"

아빠한테 시끄럽게 짖어대는 개에게 걸어 주는 특수 목걸이를 해주었으면 좋겠다. 그러면 아빠가 '빙고!'라고 소리칠 때마다, 전기 쇼크를 받게 될 텐데.

"자, 네 손을 책상 위에 놓아 보렴."

내가 그렇게 하자, 아빠는 다시 말했다.

"보이지? 이 윤곽 말이다. 이게 네 손의 모양이지만, 색깔이나 분명한 형태가 없고, 아래쪽의 책상이 그대로 보이는구나. 그리고 가장자리가 물결치는 것처럼 보이지? 그것이 바로 굴절이란 놈 때문이란다. 그럼 이제 네 손을 천천히 올려 보렴."

아빠 말대로 하자 손의 형상이 사라졌다.

"거기! 거기서 멈춰!"

아빠는 흥분했다.

"보이니? 네가 다른 물체에서 12에서 16센티미터 정도 떨어질 때, 빙고! 너는 사라지는 거야. 우리 신체에서 사물을 인식하는 것은 뇌인데, 뇌는 반사되지 않는 사물은 인식하지 못해!"

나는 〈알제논의 무덤에 꽃다발을〉이라는 영화에 나오는 생쥐가 된 기분이었다. 아빠를 이대로 내버려 둔다면, 아마 하루 종일 나를 가지고 실험을 해댈 것이다.

"그래서 그게 나한테 무슨 도움이 되나요?"

내가 다시 침대로 가서 앉자, 아빠는 내 잠옷을 뚫어지게 쳐다봤다. 약간 당황하는 것 같았다.

"도움이라고?"

"네, 이 모든 결과들이 나한테 무슨 도움이 되냐고요?"

"글쎄, 아직 확실하진 않지, 바비. 하지만 뭔가…… 꽤 흥미롭지 않니?"

나는 아빠가 내 표정을 볼 수 없다는 것이 기뻤다. 투덜거리는 말투가 아빠를 화나게 만든다는 걸 잘 알기 때문에 나는 더 이상 이 일에 대해 불평하지 않았다.

"좀 잘게요, 아빠."

이 말은 '나가세요! 내 방에서 나가세요. 아빠가 재미있어 하는 엉터리 같은 사실을 데리고 얼른 나가시라고요!'라고 말하는 것보다는 훨씬 예의바른 것이다.
　"알았다, 바비. 좋은 생각이야. 휴식은 언제나 좋은 거지."
　하지만 나는 쉬고 싶은 것이 아니라 그냥 혼자 있고 싶은 것이다. 아빠가 나가자마자, 나는 벌떡 일어나 방문을 닫았다. 문을 잠근 다음, 다시 침대에 벌러덩 드러누웠다.
　내겐 혼자 있는 것이 낯선 일은 아니다. 나는 많은 시간들을 이렇게 보냈다. 학교에 가지 않는 날에는 주로 책을 읽었다. 그것이 바로 내가 57번가에 있는 도서관을 좋아하는 이유다. 그곳은 중학교 도서관이 아니라 대학 부속 도서관이다. 나는 그곳에서 늘 오랜 시간 틀어박혀 있곤 했다.
　그곳에 가는 건 단지 책 때문만은 아니었다. 엄마가 문학광이기 때문에 우리 집도 마치 조그만 도서관 같았다. 내가 심심해 보이면 엄마는 책 한 권을 내 얼굴에 들이밀고 20쪽까지 읽어야 한다고 말했다. 20쪽까지 읽은 뒤, 그만 읽고 싶으면 그래도 된다는 말과 함께. 하지만 대부분 나는 다 읽을 때까지 손에서 책을 놓지 못했다. 내가 처음 ≪로드 짐≫을 읽었을 때에도 그랬다. 지금 생각해도 그 책은 좀 이상하다. 그리고 헤밍웨이도. 엄마는 내게 ≪우리들의 시대에≫를 주었고, 나는 헤밍웨이의 모든 책을 다 읽었다. 그리고 엄마는 ≪고양이 요람≫을 주었고, 나는 보니거트에 빠져들었다. 그리고 찰스 디킨스의 ≪위대한 유산≫도 읽었다. 두꺼운 책이었지만 지루하지는 않았다.

그리고 ≪오디세이≫도 이제 막 다 읽었다. 별로 기대하지 않고 읽기 시작했지만 정말 좋았다. 또한 아빠의 책장에서도 좋은 책을 몇 권 발견한 적이 있다. 특히 리차드 파인만이라는 작가의 책이 마음에 들었다. 그는 아주 재미있는 물리학자다. 물리학자가 재미있는 것은 아주 드문 일이어서 놀라웠다.

나는 주로 내가 겪어 보지 못한 세상을 다룬 책들을 좋아한다. 그것은 아마도 책이 실제 나의 생활보다 훨씬 더 흥미롭다고 생각하기 때문일 것이다. 적어도 어제까지는 말이다.

몇 분 동안 누워 있다가 일어나 책상 서랍을 열었다. 볼펜을 쥐고 왼쪽 손바닥에 '바비'라고 적었다. 그 글씨를 쳐다보다가, 내 얼굴 앞에서 손을 빙글빙글 돌려 봤다. 내 이름이 둥둥 떠다니는 푸른 실처럼 보였다.

나는 책상 위에서 껌을 한 통 발견했다. 화장대 거울로 걸어가, 하나를 입 안에 넣었다. 내가 입을 다물자, 껌은 사라졌다. 입을 벌리고 씹으니 껌이 회색 송충이처럼 저 혼자 이리저리 움직이는 것 같았다. 나는 어떻게 될까 궁금해하며 그 껌을 꿀꺽 삼켜 버렸다. 사라졌다.

나는 10초 정도 혀를 이리저리 움직인 다음, 거울에 침을 뱉어 보았다. 거울에는 아무것도 보이지 않는다. 손으로 거울을 문질러 보았더니, 손이 축축해진다. 안 보이는 침. 나는 침도 보이지 않는다!

막 삼켜 버린 껌에 대해서도 생각해 보았다. 껌은 사라졌지만, 물론 아주 사라진 것은 아니다. 그것은 분명히 내 몸 안에 있으며, 내 몸은 아빠 말처럼 아주 투명하지는 않다. 내가 투명인간이라면, 내 안에 있는 껌을 볼 수 있을 것이다. 그렇다면 그 껌이 내 위와 장을 통과한 다음에는…… 어떻게 될까?

알아낼 방법은 단 한 가지다.

나는 아래층으로 내려갔다. 다리가 아직도 후들거렸다. 잠옷이 도움이 되긴 하지만, 정말 내 다리와 발이 그리웠다. 나는 화장실로 들어갔다. 그렇지만 보통 때와 같은 소변과 대변이 아니었다. 소리와 냄새는 비슷하지만, 역시 눈에는 보이지 않았다.

결국 이런 얘기다. 물이나 음식이 정상적으로 내 입으로 들어가긴 하지만, 그것이 소화된 후 소변과 대변으로 나올 때는 빛을 반사하지 않는다. 정말 이상한 현상이다.

물을 내리고 화장실 문을 열었다. 엄마가 문 앞에 서 있었다.

엄마는 잠시 눈을 깜박거리다가, 내 잠옷을 보더니 눈이 휘둥그레져서 내 얼굴을 찾아 두리번거렸다.

"괜찮니, 바비?"

"네, 괜찮아요. 엄마, 난 하루에도 여러 번 화장실에 가잖아요. 그런데 이젠 이런 것도 허락을 받아야 하나요?"

엄마는 상심한 표정이었다. 나는 엄마 마음을 달래 주기 위해 엄마 품에 안겨야 한다는 걸 알았지만 그렇게 하지 않았다. 그저 엄마를 피해 내 잠옷이 너무 휘날리지 않도록 조심하며 방으로 올라갔다. 방으로 들어간 나는 엄마가 들을 수 있도록 문의 잠금 장치를 눌렀다.

나는 침대에 누워 천장을 올려다봤다. 눈을 감으니까 캄캄해졌다. 내가 투명인간이 아니라는 확실한 증거였다. 내가 만약 투명하다면, 눈을 감고도 눈꺼풀을 꿰뚫고 볼 수 있을 테니까. 나는 약간 춥고 약간 무서웠다.

나는 전기담요를 덮고 전원을 켰다. 온도를 올리고 눈을 감았다. 차분히 생각해 보려고 애썼다.

마음이 점점 가라앉았다. 나는 고물 자동차를 타고 약 150킬로미터의 속도로 달 표면처럼 울퉁불퉁한 불타는 사막을 가로지르는 꿈을 꾸었다.

온몸이 땀투성이가 되어 일어나 앉았지만, 나는 잠시 동안 여기가 어디인지, 내가 누구인지, 오늘이 무슨 요일인지 알 수가 없었다. 나는 아직도 모래가 내 얼굴을 때리고 있다고 느낄 정도로 비몽사몽이었다. 시계는 오후 1시 47분을 가리키고 있었다. 나는 늦잠을 자 버려서 학교에 지각할 거라는 생각에 깜짝 놀랐다.

그러나 이내 모든 기억이 머릿속으로 되돌아왔다. 벌떡 일어나 화장대 거울로 갔다. 여전히 녹색 잠옷만 보였다. 그리고 거울에 묻은 얼룩도 보였다. 이제서야 보이는 나의 침이다. 잠옷이 땀으로 흠뻑 젖어 버려서 청바지와 티셔츠로 갈아 입었다. 바닥이 차가웠던 것을 떠올리며 양말도 신었다.

나는 계단을 내려가 부엌으로 갔다.

"엄마?⋯⋯ 아빠?"

대답이 없었다.

식탁 위에 편지가 보였다.

바비야, 엄마는 수업을 대신 맡을 사람을 못 찾아서, 학교에 가야 해. 3시 30분부터 4시 30분까지 수업이 있으니까 끝나면 곧바로 집으로 올게. 학교에 전화해서 네가 독감에 걸렸다고 말했어. 사빈 선생님이 엄마가 가져갈 수 있게 교무실에 네 숙제를 맡겨 두신다고 했단다. 아빠는 회의가 끝나는 대로 바로 집에 오실 거야. 아마 4시쯤 될 거다. 걱정하지 마, 바비. TV나 뭐 다른 것을 보고 있어. 급한 일이 있으면 전화하고⋯⋯. 모든 일이 다 잘될 거야.

— *사랑하는 엄마가*

그리고 그 아래에 다음과 같은 글이 쓰여 있었다.

바비, 제발 조심하거라.

— *아빠가*

이 분들이 내 가족이다. 부모님은 절대로 중요한 일을 잊어버리는 법이 없다. 하다못해 숙제를 하는 일 같은 것도 그렇다. 그러니 수업을 빠진다는 것은 상상할 수도 없는 일이다. 그리고 아빠의 직장 역시 말할 것도 없다. 하긴, 우리는 모두 그것이 얼마나 중요한 일인지 다 알고 있다.

하지만 나는 도무지 내가 읽은 내용을 이해할 수가 없었다.

'TV나 뭐 다른 것을 보든지 하렴?', '급한 일이 있으면 전화하고?'

그럼 이건 뭔가요, 엄마? 내가 안 보인다고요. 그건 급한 일이 아네요?

'TV나 뭐 다른 것을 보든지 하렴.'

이 편지에서 말하려는 것은 바로 이것인 것 같았다.

그래서 나는 혼잣말로 말했다.

"좋아요. 하지만 난 '뭐 다른 것' 쪽을 택할게요."

3
첫 외출

  2월의 시카고가 좋은 점도 있었다. 몸을 옷으로 칭칭 감싸도 아무도 이상하게 생각하지 않는다는 점이다. 도서관으로 가는 시내버스에 올라타는 내 모습은 다른 사람들과 전혀 다르지 않았다. 나를 감싸고 있는 털모자, 스웨터, 목도리, 장갑, 이 모든 것들이 자연스러웠다. 아빠의 커다란 선글라스만 제외한다면. 나는 영화 〈블루스 브라더스〉에 나오는 엘우드처럼 보였다.
  집에서 57번가의 도서관까지는 1킬로미터도 채 안 되는 거리다. 그러나 그사이 가슴이 하도 두근거려서 심장 박동 소리가 귀에까지 들리는 듯했다. 도서관에 가는 것은 그리 좋은 생각이 아니었는지도 모른다. 하지만 나는 가야만 했다. 꼭 그래야만 했다. 만약 하

루 종일 집에 앉아서 TV만 보다가 내일 아침에 눈을 떴는데, 다시 정상으로 돌아와 있다면, 아무 일도 없이 모든 게 원래대로 돌아온다면 조금은 아쉬움이 남을 것 같았다. 그래서 현재 내 모습으로 도서관에 가 보고 싶었다. 지금 상태 그대로. 아빠가 돌아오기 전에 집으로 돌아간다면 아무런 문제도 없다.

버스 창밖을 내다보면서, 문득 내가 과연 도서관에 들어갈 수 있을까 하는 생각이 들었다. 그곳은 시카고 대학 중앙도서관이다. 입구에서 신분증을 제시해야 한다. 근무 중인 사람이 학생증 사진과 내 얼굴을 확인한다면, 일을 망칠 수도 있었다.

하지만 나는 이곳에 자주 왔었고, 오늘 누가 근무를 하는지 잘 알고 있었다. 그는 대학생이다.

마침 기다리는 줄이 없어 바로 지나가면서, 나는 그에게 카드를 건넸다.

"안녕, 왈트. 어떻게 지내세요?"

그는 내 사진을 보고 웃으며 대답했다.

"잘 지내, 바비. 오늘은 학교를 일찍 마쳤구나."

"네, 특별 과제를 하느라고요."

"갑자기 너무 똑똑해지지는 마라, 알았지?"

내가 엘리베이터를 향해 걷기 시작했을 때, 왈트가 다시 나를 불렀다.

"바비!"

내가 뒤돌아보자 그가 싱긋이 웃으며 말했다.

"선글라스가 정말 멋진걸."

나는 엘리베이터를 타고 맨 위층으로 갔다. 5층에는 남자 화장실이 있는데, 그곳은 틀림없이 비어 있을 것이다. 정말 그랬다. 나는 맨 안쪽 화장실로 들어가 옷을 벗고는, 코트로 다른 옷들을 감쌌다. 그러고는 주위를 두리번거리다가 내 계획에 문제가 있음을 깨달았다. 공중 화장실에는 옷 꾸러미를 숨길 만한 장소가 거의 없었다. 게다가 이 꾸러미는 내가 다시 돌아올 때까지 잘 보관되어야만 했다.

위를 올려다보았다. 천장은 우리 집 지하실과 비슷했다. 그다지 높지 않았다. 변기 위에 올라서서 천장 타일을 한쪽으로 밀고 전등 옆에 옷을 놓아두었다. 그런 다음 타일을 제자리에 맞추어 놓았다.

화장실을 나서기 전에 나는 다시 한 번 세면대 거울을 들여다봤다. 평소의 나와는 확실히 다르게 느껴졌다. 눈에 보이지도 않을뿐더러 완전히 발가벗고 있었기 때문이다. 적어도 앞으로 얼마 동안 정말 다른 사람들에게 보이지 말아야 할 텐데…….

집을 나와 버스를 타고 도서관 안으로 들어올 때까지 나는 완벽하게 옷을 입고 있었다. 내 눈은 뇌에게 모든 것이 정상이라고 말해 주었다. 걸을 때나 버스 동전통에 25센트 동전을 넣을 때에도 아무 문제가 없었다. 손에는 장갑을 끼고 있었고 발에는 신발을 신고 있었기 때문이다.

그러나 이제 나는 오늘 아침 부엌으로 내려갈 때처럼, 다시 사라져 버렸다. 손과 발이 내 생각대로 정확히 움직여 주지 않았다.

나는 어지러워져서 방향 감각을 완전히 잃어버린 느낌으로 천천히 조심스럽게 움직였다. 의자와 탁자 주위를 조심스럽게 걸어 몇 개의 서가를 지나갔다. 내 그림자는 거의 보이지 않아 희미하게 보이는 것마저도 뜨거운 난방기 위에서 빛이 어른거리는 것처럼 보일 뿐이었다. 나는 손을 컴퓨터 잡지 쪽으로 뻗어 보았다. 약 10센티미터 정도 옆으로 빗나갔다. 마치 눈을 감고 손을 쭉 뻗어 검지를 코끝에 갖다 대는 협응력 테스트를 하는 듯했다. 또는 한밤중에 불도 안 켠 채, 책상에 부딪히지 않고 화장실에 가는 것과도 흡사했다. 그러나 10분 정도 지나자 훨씬 익숙해졌다. 나는 5층 여기저기를 돌아다녔다.

예전에도 5층에 한두 번 올라온 적은 있었지만, 그때와는 달랐다. 나는 바닥 카펫의 감촉이나 북쪽 창문으로 흘러드는 차가운 바람을 한 번도 느껴본 적이 없었다. 또한 이렇게 경계하는 자세를 취한 적도 없었다. 탁자와 컴퓨터 주변에 앉아 있는 사람들에게, 또는 안락한 의자에 앉아서 신문을 읽는 사람들에게 내 심장 박동 소리가 들리지 않을까 걱정스러웠다.

나는 결국 엘리베이터 쪽으로 돌아왔다. 훨씬 안심이 되었다. 사람이 더 많은 곳으로 가 봐야겠다. 내려가는 버튼을 누르고, 나는 내가 보이지 않는다는 사실을 기억하려고 애썼다. 엘리베이터 문이 열리자, 그 안에는 아무도 없었다. 하지만 사람들로 꽉 찰지도 모르는 좁은 공간에 들어가는 것은 그리 좋은 생각이 아닌 것 같았다. 나는 난간에 매달려 천천히 계단을 내려갔다. 사람들이 다들 바빠서 계단 출입문이 저절로 열리고 닫히는 것을 알아채지 못하기를 바라면서.

4층에는 학생들이 군데군데 흩어져 있었다. 나는 지금이 중간고사 기간이라는 것을 깨달았다. 그렇다면 실험실 도서관도 마찬가지일 것이다. 그러나 지금 그 시험이 나와 무슨 상관이 있을까? 지금 나에게는 겨울방학이 연장된 느낌밖에는 없었다. 나는 한가롭게 도서관을 돌아다니며, 다른 학생들이 일주일 후에 있을 중간고사 시험지에 우르르 쏟아낼 내용들을 머릿속에 가득 채우려고, 책에서 책으로 벌들이 꿀을 찾아 윙윙거리듯 날아다니는 모습을 지켜보기만 하면 되었다.

검색 컴퓨터에서 어려 보이는 여학생이 도서 목록을 찾고 있었다. 아마도 신입생인 것 같다. 그녀는 자판을 두드리고 모니터를 쳐다보다가, 얼굴을 찡그리며 고개를 갸우뚱거렸다. 그러고는 자꾸만 흘러내리는 길다란 갈색 머리카락을 왼쪽 귀 뒤로 넘기며, 다시 자판을 두드렸다. 컴퓨터에 말썽이 생긴 모양이었다.

나는 그 여학생의 뒤쪽으로 걸어가 어깨 너머로 모니터를 대충 훑어봤다. 그 여학생은 책 제목에 계속 블록을 설정하고 있었으나, 컴퓨터가 다음 화면으로 넘어가질 않았다. 나는 이럴 경우 어떻게 해야 하는지 알고 있었다. 그냥 F7 키를 누르기만 하면 되는데. 하지만 그 여학생은 계속해서 Esc 키를 눌렀고, 화면은 자꾸 거꾸로 돌아갔다. 나는 가까이 다가가 그 여학생이 다시 책 제목에 블록 설정을 할 때까지 기다렸다. ≪써머힐≫이라는 책이다. 나는 몸을 앞으로 숙여 그 여학생 너머로 조심스럽게 손을 뻗어 F7 키를 눌렀다. 화면이 다음으로 넘어갔다.

그 여학생은 깜짝 놀라 화면을 다시 한 번 쳐다보다가, 어깨를 한 번 으쓱하더니 프린트 키를 눌렀다.

나의 멋진 행동에 뿌듯해하느라 내가 미처 생각하지 못한 것이 있었다. 그 여학생이 프린트 키를 누를 수 있다면, 다른 행동도 충분히 할 수 있다는 것을 말이다.

별안간 그 여학생이 의자를 뒤로 밀었고, 검은 플라스틱 바퀴가 내 왼쪽 엄지발가락를 짓눌렀다.

나는 참을 수가 없어, "아!" 하고 고함을 치며 의자를 다시 앞으로 밀었다. 그러자 그 여학생은 날카로운 비명을 지르며 의자를 더욱 세게 뒤로 밀었다. 발가락이 또다시 짓눌릴 뻔했다. 나는 절룩거리며 허겁지겁 가까이에 있는 벽으로 몸을 피했다. 그러나 벽에 너무 가까이 가지는 않았다. 오늘 아침 책상 위에 손 그림자가 생겼던 것처럼 내 그림자가 벽에 비칠 수도 있기 때문이었다. 그냥 만져 본 것뿐이라 얼마나 다쳤는지 알 수가 없었지만, 엄지발톱이 찢어진 것 같았다.

작은 비명소리였지만 도서관 안이라 크게 울려 퍼졌나 보다. 옆에 있던 네 명의 학생들이 여학생에게 다가와 무슨 일인지 물었다.

그 여학생은 말로 설명할 수가 없어 얼굴이 빨개진 채, 작은 목소리로 말했다.

"그냥 좀 놀랐어요."

학생들이 돌아가고, 그 여학생은 인쇄물을 가지러 갔다. 자리로 돌아온 여학생은 황급히 물건을 챙겨 다른 컴퓨터로 옮겨 갔다.

손이 떨리고 호흡이 거칠어졌다. 약간 다친 정도가 아니라 심각한 부상을 입은 거라면 어떻게 하지? 다리가 부러져서, 계단에 웅크리고 앉아 있다가 의식을 잃는다면……. 그럼 어떻게 되는 거야? 나도 알 수 없었다.

그러나 다행히 몇 분이 지나자 발가락의 통증이 조금씩 가라앉았다. 나는 절룩거리며 천천히 3층으로 향했다. 더 조심스럽게 행동해야겠다.

3층은 내가 가장 잘 아는 곳이다. 그곳은 오래된 레코드판으로 가득한 곳으로, 에디슨 축음기의 최초 밀랍 원통도 있다. 그곳은 시카고의 음악 역사를 한눈에 볼 수 있는 곳이다. 8학년 때 나는 시카고 재즈 역사에 관한 리포트를 쓴 적이 있었다. 그때 그 레코드와 청취실을 이용해 보았다. 청취실은 마치 녹음실 같다. 아무리 큰 소리를 내도 소리가 새어 나가지 않았다. 나는 음반을 틀어 놓고 트럼펫을 연주하기도 했는데, 조용히 하라고 불평하는 사람은 아무도 없었다. 나는 그때 하나도 지루하지 않게 리포트를 썼다.

3층은 4층보다 훨씬 더 붐볐다. 나는 천천히 조심스럽게 움직였다. 맨발로 미끄러지듯 걸으며 보고 또 들었다. 나는 지금 집 밖으로 나와 사람들 틈에 섞여 있지만, 완전히 혼자다. 내 주위에서 사람들이 움직이고 말을 하고 있지만, 그들은 마치 연극이나 영화 속에 있는 것 같았다. 그리고 나는? 나는 그냥 한 명의 관객이며, 몰래 지켜보는 사람이다. 나는 말을 하거나 재채기를 하거나 목청을 가다듬을 수 없다. 신문을 집어 올리거나 책장을 넘기거나 CD플레이어를 켤 수도 없다. 나는 마치 작은 곤충 같다. 주변을 날아다녀도 아무도 나를 알아차리지 못하며, 어느 누구도 신경조차 쓰지 않는다. 하지만 그 작은 곤충이 누군가의 귀로 날아 들어가기로 결심한다면? 그렇다면 상황은 달라진다. 충분히 위험해질 수 있었다.

책꽂이의 책들을 물끄러미 바라보며 서 있다가, 나는 오늘 도서관 방문길에 배울 점이 무엇인지 확실히 알았다. 그것은 발끝으로 걸어 다녀야 하고, 아무것도 만질 수 없으며, 책을 펼치거나 속삭이지도 못한다면 다시는 도서관에 올 필요가 없다는 거였다.

나는 계단을 올라가 다시 5층으로 갔다.

화장실 문 앞에 멈춰 서서 귀를 기울였다. 안에는 아무도 없었다. 나는 화장실 맨 끝 칸으로 들어가 문을 잠갔다. 천장 타일을 한쪽으로 밀고 옷 꾸러미를 꺼냈다. 그때 굵고 낮은 목소리가 들려오더니 화장실 문이 열렸다. 남자 두 명이다. 일단 화장실 안으로 들어와 문을 닫으면, 사람들은 도서관 안에 있다는 생각을 하지 않기 때문에 목소리가 더 커진다. 그들은 나와 조금 멀리 떨어진 곳에서, 내가 모르는 외국어로 이야기를 하고 있었다. 일을 다 보고 손을 씻은 다음, 그들은 전기 건조기에 손을 말리고 화장실을 나섰다. 그들은 나가면서도 끊임없이 이야기를 주고받았다.

그러는 동안 나는 숨을 죽이고 있었다. 그들이 위를 쳐다보고 천장 타일이 없어진 것을 알아차렸는지도 모르지만, 상관없었다. 그들은 이미 멀리 사라졌고, 나는 들키지 않았다.

2분도 채 안 되어 나는 몸을 완전히 감싸고 1층 출입문을 빠져나왔다. 벽시계를 보고 서둘러야겠다고 생각했다. 3시 25분, 아빠가 벌써 회의를 마치고 집으로 오고 있을지도 몰랐다. 내가 무슨 짓을 했는지 일일이 설명하고 싶지는 않았다.

나는 가방을 들고 있지 않았기 때문에, 도둑 탐지기를 무사히 통과해 빠른 걸음으로 도서관을 벗어날 수 있다.

'버스를 타야겠지? 안 그러면, 아빠가 놀라지 않게 제시간에 도착하기 위해서 아픈 발가락으로 1킬로미터를 뛰어가야 할 테니까.'

그때, 왈트가 등 뒤에서 소리쳤다.

"잘 가, 바비."

나는 돌아서서 그에게 손을 흔들어 주었다. 그러나 나는 굉장히 빨리 걷고 있었기 때문에, 그렇게 급히 돌아서는 것은 현명한 행동이 아니었다. 오른쪽으로 희미한 무언가가 보였고, 그건 내 옆을 스치고 지나가는 사람이었다.

피하기엔 너무 늦어 버렸다. 제법 세게 부딪혔지만, 둘 다 넘어지지는 않았다. 하지만 그 여학생의 배낭이 바닥에 떨어졌고, 카세트테이프 세 개가 바닥으로 굴렀다.

나는 서둘러 그 애의 물건을 주워 주며 말했다.

"미안해요. 괜찮은가요? 정말 미안해요. 여기, 제가 다 주웠어요."

나는 테이프를 그 애의 가방 안에 넣어 주고 똑바로 섰다.

그러나 곧 나는 내가 바닥에서 주워야 할 무언가가 또 있다는 것을 알아차렸다. 그리고 그 순간 두려움으로 꼼짝 못 하고 얼어 버렸다. 바닥에 떨어져 있는 것은 바로 내 목도리였다. 나는 얼른 목도리를 집어 들고 주위를 흘끗 둘러보았다. 아무도 없었다. 나는 가슴을 쓸어내렸다.

하지만 그 여학생이 있었다. 그 애는 나의 가려지지 않은 부분, 즉 코에서 턱까지의 비어 있는 부분을 쳐다보고 있었다. 나는 입이 딱 벌어졌다. 그리고 그 애가 너무 예뻐서 또 한 번 놀랐다. 그러나 그 애는 신기하게도 생글생글 웃고 있었는데, 눈에서 이상하게 빛이 났다. 나는 그 애가 소리를 지르면, 옷을 다 벗어젖히고 달릴 준비가 되어 있었다. '이럴 수가, 난 죽었다!'

하지만 그 애는 가방 끈을 잡으려고 손을 뻗으면서도 계속 웃고 있었다.

"내가 떨어뜨린 게 하나 더 있는 것 같은데, 아마 저쪽에 있을 거예요."

나는 그 애가 가리키는 쪽을 쳐다봤다.

얼른 다시 목도리를 두르고, 그 애가 떨어뜨린 것을 집어서 건네주었다. 그리고 곧 그 애가 나의 안 보이는 얼굴을 보고도 소리를 지르지 않은 이유를 알게 되었다.

내가 그 여학생에게 건넨 것은 가늘고 긴 흰색 지팡이였다.

이 애는 눈이 안 보인다.

4
교통사고

"자, 내가 문을 잡고 있을게요."

나는 그 여학생을 위해 문을 열어 주었다. 그것은 그 애를 벽으로 내동댕이친 사람으로서 할 수 있는 최소한의 예의다.

"고마워요."

그렇게 말하고 그 애가 다시 웃었다. 나는 그 애의 눈을 찬찬히 살펴봤다. 푸른색의 눈동자에서는 엷지만 강한 빛이 느껴졌다. 그녀가 시각장애인이라는 걸 알아서인지, 그 애의 눈은 마치 어둠이 내려앉은 창문처럼 보였다. 눈썹 밑에는 작고 하얀 흉터가 있었지만, 눈에 잘 띄지도 않을뿐더러 그것 때문에 그 애가 덜 예뻐 보이는 것도 아니었다. 나보다 키는 약간 작았지만 나이는 조금 더 많은 것 같았다. 그다지 길지 않은 갈색 머리가 턱 주위를 가볍게 스쳤다.

헤밍웨이라면 어떻게 표현했을까? 아니다, 그는 안 된다. 그는 단지 '예쁜 얼굴이었다'라고만 쓸 게 뻔하다. 그것만으로는 충분치가 않다. 그 애의 얼굴을 표현하기 위해서는 디킨스나 톨스토이와 같은 사람들이 알맞다. 적어도 한 페이지 정도는 써야 한다. 눈썹과 뺨을 묘사하는 부분에서는 시간을 더 많이 들여야 할 것이다. 특히 지팡이를 짚고 걸음에 집중할 때의 입술 모양을 정확히 묘사할 수 있는 그런 작가여야 한다.

계단을 내려가면서, 나는 그 애가 혼자 다니는 데에 익숙하다는 것을 깨달았다. 버스를 타려면 서둘러 달려가야 했지만, 이 상황에서 아무 말도 없이 그냥 가 버리는 건 너무 예의에 어긋나는 행동인 것 같았다.

"고등학생이에요?"

그 애가 머리를 흔들었다.

"아직 중학생이에요. 가끔 여기에 공부하러 와요."

"어, 나도 중학생인데."

하지만 얘기를 하면서도 내 머릿속에는 빨리 집에 가야 한다는 생각뿐이었다.

"있잖아……, 내가 부딪혀서 정말 미안해. 그런데 난 지금 빨리 가 봐야 하거든……. 그럼, 또 보자."

순간 그 애의 얼굴이 굳어졌지만, 금세 다시 미소를 지었다.
"그래, 또 봐."

버스를 앞지르려고 다음 정거장까지 숨이 막히도록 달려간 후에야, 내가 '또 보자'라고 한 것과 그 애가 대답하기 직전에 잠시 내 쪽을 바라보았던 것이 떠올랐다. 그 애는 앞을 볼 수가 없기 때문이었다. 내가 그 애의 기분을 상하게 했나? 그 애가 나를 못된 아이라고 생각했을까? 그럼 뭐라고 인사를 해야 했지? 다들 '또 보자', '나중에 보자' 그렇게 말하잖아.

있는 힘을 다해 뛰어가 버스를 탔다. 너무 더웠다. 하지만 내 엄지발가락은 집까지 뛰어가지 않아도 되어 행복했다. 버스가 우리집 근처에 거의 다 왔을 때였다.

큰일 났다! 집 앞에 회색 차가 서 있었다. 아빠 차다. 아빠가 벌써 집에 온 모양이었다. 아마도 아빠는 큰 소리로 내 이름을 부르며 이리저리 뛰어다니고 있을 테고, 엄마에게 전화를 해서 이 사실을 알렸을 것이며, 아빠의 새로운 연구 대상이 없어진 것에 흥분하고 있을지도 몰랐다. 입술이 바짝 마르고, 심장은 쿵쾅거렸다. 버스에서 내려 집으로 달리기 시작하면서, 나는 집 안으로 몰래 들어갈 수 있는 갖가지 방법들을 생각했다. 우선 집으로 들어가 옷을 다 벗은 다음, 내가 왜 아빠가 부르는 소리를 듣지 못했는지에 대해 변명을 해야겠지. 귀를 물속에 담근 채 욕조에 있었다든지, 또는 이어폰을 꽂고 음악을 너무 크게 듣고 있었다든지 하는 변명들.

내가 대여섯 개의 변명을 생각하고 있을 즈음 불현듯 묘안이 떠올랐다.

새로운 규칙! 지금 나에게는 새로운 규칙이 있었다.

나는 앞쪽 계단으로 올라가, 열쇠로 현관문을 열었다.

아빠가 그곳에 서 있었다. 안색이 좋지 않았다. 아빠는 아직 코트와 장갑도 벗지 않은 상태였다. 얼굴은 식빵같이 하얗고, 광대뼈가 팽팽하게 보였다.

"바비! 하느님 감사합니다! 내가 얼마나 놀랐는지 알아?"

아빠는 온 집 안을 돌아다니며 고함을 쳤는지, 목소리가 쉬어 있었다.

"집에 도착했을 때는 네가 아직도 자고 있는 줄 알았다. 그러다가 네 코트가 없다는 걸 알아챘지만, 네가 외출을 했을 거라고는 꿈에도 생각 못했다. 모든 게 정상으로 돌아와서 학교에 간 거라면 몰라도. 정말로 깜짝 놀랐다! 아무튼 무사히 돌아와서 정말 다행이다!"

아빠가 얘기하는 동안, 나는 커다란 사각 거울 앞에서 옷을 벗어 대리석 탁자 위에 던져 놓았다. 장갑, 목도리, 선글라스, 모자, 코트……. 아침을 먹을 때처럼, 아빠가 내 표정을 볼 수 없다는 것에서 뭔지 모를 힘이 생기고 있었다.

나는 아빠가 얘기할 때의 표정을 읽을 수 있었다. 아빠의 눈은 또다시 '과학적 현상'에 사로잡혔다. 어떤 것을 보고 이해하려고 할 때, 아빠의 두 눈은 가늘어지고, 이마에는 주름이 잡힌다. 입으로는 계속 말을 하고 있지만, 눈으로는 계속 나를 훑어보고 있었다. 아빠는 지금 원래대로라면 스웨터 밖으로 나와 있어야 할 내 머리와 손에 대해 설명할 물리적 법칙을 찾고 있다.

그러고는 이내 얼굴에 복잡한 표정이 엿보인다. 그것은 물리학자와 아빠간의 싸움이다. 마침내 아빠의 역할이 승리한 듯, 아빠는 화를 내기 시작했다.

"그런데, 나는 네 행동을 이해할 수가 없어, 로버트! 이건 너무나 무책임한 행동이야! 이 사실을 완전히 비밀로 해야 한다고 오늘 아침 내가 아주, 아주 분명히 말해 준 것 같은데? 다른 사람이 이 사실을 알게 되면 네가 얼마나 위험해지는지 아직도 모르겠니? 어떻게 이런 일을 저지를 수 있어?"

나는 아무 대답도 하지 않았다. 그럴 필요가 없었다.

"대답 좀 해 봐!"

아빠는 이제 그다지 창백하지 않았다. 아빠는 얼굴을 점점 붉히면서 내게 가까이 다가와 소리쳤다.

"대답해, 꼬맹이! 그렇게 달아난 이유가 뭐야?"

"무슨 말씀이세요?"

나도 소리쳐 말했다.

"오늘 아침에 엄마 아빠가 나만 놔두고 달아난 것, 뭐 그런 걸 말씀하시는 건가요? 두 분은 집을 나가기 전에 무슨 얘기를 하셨나요? 아니요, 말씀하지 마세요. 전 이미 알고 있으니까요. 엄마가 말씀하셨겠죠. '걱정 말아요, 데이빗. 오늘 아침 일은 분명히 커다란 충격이었어요. 하지만 이 일은 단지 바비에게 일어난 일이에요. 이건 바비가 겪어야 할 하나의 과정일지도 몰라요. 우리가 생각하는 것만큼 대수롭지 않을지도 모른다고요. 우리가 바비를 그냥 혼자 내버려 둬도 괜찮을 것 같은데, 안 그래요?' 그리고 아빠는 엄마 말을 늘 귀담아 듣지 않기 때문에 그저 머리를 끄덕였겠죠. 그때 아빠는 실험실의 중요한 회의에 대해서만 생각하고 있었을 테니까요. 그렇다면 책임감 있는 나의 부모님은 이제 과연 어떻게 하면 되는 걸까요? 단지 내가 잠든 것을 확인하고 떠나면 되는 거죠. 부모님에겐 안 보이는 바비말고도 중요한 일들이 너무나 많으니까요."

나는 아빠의 얼굴이 변하는 것을 보았다. 나의 말이 가시처럼 아빠의 눈과 귀와 뺨을 찌르기 때문일 것이다.

아빠와 너무 가까이 서 있었던 탓에, 아빠의 얼굴에는 잘 보이지 않는 나의 침이 튀어 있었다. 아빠는 내가 틀림없이 이를 드러내고 있으며, 브룩필드 동물원에 갇혀 있는 동물들처럼 사나워져 있다는 걸 알고 있었다. 그리고 지금은 우리에 갇혀 있지 않다는 것도. 나는 우리에서 나와 바로 아빠 코앞에서 으르렁거리고 있었다.

나는 아빠의 대답도 기다리지 않고 계단 쪽으로 걸어갔다. 대답을 기다릴 필요가 없었다. 지금부터는 새로운 규칙이 적용되고 있는 것이다. 나는 계단을 올라가 복도를 거쳐 내 방으로 들어갔다. 그러고는 방문을 쾅 닫고 잠가 버렸다.

나는 내 행동이 뿌듯했다. 보통 발끈 화를 낸 다음에 나는 한 시간 정도 내 방에서 책을 읽는데 지금은 그럴 수가 없었다. 배가 너무 고팠기 때문이다. 낮에 외출하기 전에 점심을 먹어야 한다는 생각을 미처 하지 못했다. 아침에 달걀과 주스 한 잔을 먹고서 하루 종일 뛰어다닌 것이다.

방문을 열려다가 잠시 멈췄다. 옷을 마저 벗어야지! 만약 내가 계속 도깨비여야 한다면, 그런 생활에 익숙해져야 한다.

나는 천천히 계단을 내려갔다. 항상 삐걱거리는 계단 몇 개는 밟지 않고 피해 갔다. 부엌에 가서 마요네즈와 얇게 썬 칠면조 고기, 스위스 치즈를 꺼내 아주 조용히 조리대 위에 올려놓았다. 거의 아무 소리도 나지 않았다. 아마도 이것이 내가 배워야 할 일인지도 모른다. 서랍을 천천히 열고 칼을 집어 올리자, 칼 손잡이가 내 손가락에 가려진다. 둥둥 떠 있는 칼날은 내가 시키는 대로 잘 움직였다.

샌드위치 맛이 기가 막혔다. 우유는 더욱더 맛있었다. 우유를 두 컵째 따르기 시작하는데, 아빠의 목소리가 들려왔다.

나는 조용히 서재 안으로 들어갔다. 부드러운 양탄자 위에 발자국이 남았다. 아빠는 아직도 외투를 입은 채, 엄마와 통화를 하고 있었다.

"알아……. 음…… 하지만 당신이 취소하는 게 좋겠어. 그래. 맞아, 아주 당황스러워……. 바로 그거야……. 아니, 아직 별다른 방법은 없어. 알아. 하지만 바비한테는 우리가 정말 필요해. 좋아. 돌아오는 길에 스테이크나 뭐 특별한 것을 좀 사오자고……. 알았어. 갈게. 북쪽 문 맞지? 이따 봐."

아빠는 전화를 끊고, 나를 지나쳐서 거실로 나갔다. 나는 급히 부엌을 통해 뒤쪽 계단으로 올라갔다.

"바비?"

아빠가 앞쪽 계단에서 나를 불렀다.

"왜요?"

나는 방문 앞에 서서 화가 난 목소리로 되물었다.

"아빠는 지금 가서 엄마를 데려와야 해. 돌아와서 함께 저녁을 먹으면서 얘기하자. 알겠지?"

"그러든지요."

"20분쯤 뒤에 보자."

"네."

현관문 소리가 들리고, 밖에서 차가 떠나는 소리가 들렸다.

나는 다시 부엌으로 내려와 우유와 쿠키를 집어 들고 TV 쪽으로 갔다. 양털 담요로 몸을 감싸고 가죽으로 된 갈색 소파에 앉아서 리모컨을 눌렀다. 9번 채널에서 〈질리건의 섬〉을 했다. 질리건의 섬에서는 모든 것이 안전하다. 예상하지 못한 일은 일어나지 않는

다. 거기에 나오는 교수는 똑똑하고, 질리건은 멍청하다. 그것이 왠지 위안이 되었다. 쿠키와 우유로 배가 든든해졌고, 양털 담요는 따뜻했고, 소파는 편안했다.

나는 그 선장이 왜 그렇게 큰 소리로 말하는지 모르겠다. 그는 매번 고함을 치고 있는데, 녹색 웃옷을 입고 있다. 녹색 웃옷? 다시 자세히 보니 그는 선장이 아니었다. 아까 보던 그 프로그램은 이미 끝났다. 나는 거의 두 시간 동안 잠들어 있었던 모양이다.

"안녕하세요. WGN 6시 뉴스입니다. 현장에 나가 있는 줄리엣 코너스와 WGN 시카고 교통정보 통신원의 소식을 듣겠습니다. 줄리엣?"

카메라가 좀 흔들거렸다. 나는 눈을 반쯤 감고 있었다. 기자는 모자 달린 노란색 파카를 입고 있으며, 밝은 조명에도 눈을 찡그리지 않으려고 노력하고 있었다. 그 기자가 말할 때마다 하얀 입김이 뿜어져 나왔다.

탐, 저는 3중 추돌 사고가 일어난 하이드파크에 나와 있습니다. 지프 체로키의 운전자가 시카고 대학 근처 복잡한 교차로에서 빨간색 신호등을 보지 못했습니다. 이 포드 토러스는 지프 체로키와 충돌하고 회전하다가 뒤에 오는 차와 또 부딪혔습니다. 보시는 바와 같이, 여러 번의 충격을 받은 토러스는 인도로 밀려 올라와 있습니다.

10초. 10초 전까지만 해도 나는 꿈속에서 선장과 매리 앤과 함께 저녁으로 무엇을 먹을지 의논하고 있었다. 그러나 지금 나는 벌떡 일어나, TV를 뚫어지게 바라보고 있었다. 숨을 쉬기가 힘들었다. 기자가 말을 이었다.

세 번째 차의 운전자는 무사하지만, 토러스의 운전자와 탑승자는 응급실로 실려갔습니다. 이 시각 현재 그들은 성 루크 병원에 있으며, 중태라고 합니다. 지금까지 줄리엣 코너스였습니다. 보다 새로운 정보를 가지고 한 시간 후에 다시 찾아뵙겠습니다.

숨을 쉬기가 힘들었다. 지금 TV에 나오는 저 차, 포드 토러스. 그것은 우리 차였다.

5. 사고 소식

초인종이 울렸다. 전화벨도 울렸다. 나는 초인종 쪽을 택했다.

양털 담요를 거실 바닥에 던져두고 문 가까이로 가서 뿌연 유리를 통해 밖을 내다봤다. 밖은 어두웠지만 현관 등이 켜져 있었다. 남자 경찰관 한 명과 여자 경찰관 한 명이었다. 내게 알리러 왔을 것이다. 그 사고에 대해. 그리고 엄마와 아빠에 대해.

여자 경찰관이 상체를 구부리고 다시 초인종을 눌렀다. 나는 가만히 지켜보고 있었다. 지금 나는 경찰관과 얘기할 처지가 아니다. 그들은 경찰 특유의 자세로, 즉 뒤꿈치로 땅바닥을 툭툭 치면서 기다리고 서 있었다. 조금 지나자, 남자 경찰관이 그만 가자고 말하는 것 같았다.

옆집 트렌트 부인이 그들을 불러 세웠다. 트렌트 부인은 무슨 일이 일어났는지 알고 싶은 것이다. 그녀는 언제나 이웃에서 일어나는 모든 일을 알려고 애쓴다. 그들이 무슨 얘기를 하는지는 들리지 않았다.

누군가가 내 가슴에서 공기를 빼내고 있는 것 같았다. 나는 다시 TV 쪽으로 와, 담요를 주워 들었다. 나는 소파 한쪽 끝에 앉았다. 얼굴에 땀이 맺혔다.

전화다. 전화벨이 다시 울렸다. 나는 네 번째 벨이 울릴 때 수화기를 들었다.

"여보세요?"

여전히 숨 쉬기가 힘들었다.

"네, 전화를 받는 분이 누구신지 여쭤 봐도 될까요?"

여자 목소리다. 주변에서는 시끄러운 소음과 얘기 소리가 들려왔다.

"바비예요."

녹색 웃옷을 입은 기자가 아직도 고함을 치고 있어서 나는 TV 소리를 줄인다.

"바비? 에밀리 필립스 씨와 데이빗 필립스 씨가 네 부모님이시니?"

"······네. ······사고에 관한 건가요?"

"그래, 바비. 나는 플레밍 박사고, 여기는 성 루크 병원의 응급실이란다. 네 부모님은 자동차 추돌 사고로 다치셨지만, 괜찮아지실 테니까 너무 걱정하지 마라. 두려워할 거 없다."

두려워할 것 없다. 하지만 나는 지금 벌벌 떨고 있었다. 두려울 것 없다. 그녀가 계속 말했다.

"엄마는 뇌진탕에 코뼈가 부러졌지만, 의식이 있고 말도 할 수 있으셔. 그래서 나한테 네 이름과 전화번호를 주셨어. 아빠는 왼팔과 오른쪽 허리를 다쳐서 수술을 받고 계시지. 하지만 걱정 마. 내 생각으로는 두 분 다 3일 정도는 이곳에 계셔야 할 것 같아. 아빠는 좀 더 오래 계셔야 할지도 모르지. 바비, 네가 열다섯 살이라고 엄마가 말씀하셨는데, 맞니?"

집 안이 빙글빙글 돌고 있었다. 나는 양손으로 전화기에 매달렸다. 그녀는 포기하지 않고 다시 물었다.

"열다섯 살 맞지, 바비?"

"네."

생각하는 것이 숨 쉬는 것보다 더 힘들었다.

"그리고 지금 집에 혼자 있는 거 맞니? 부모님말고 그 집에 18세 이상인 사람이 없는 거니?"

"네."

"그럼, 부모님 중 한 분이 퇴원할 때까지 며칠 동안 네가 머물 장소가 필요하겠구나. 안 그러면, 부모님을 대신할 누군가가 너희 집으로 가서 너와 함께 지내야 해. 내가 전화 할 네 친척을 말해 줄래? 아니면, 네가 가까운 친척에게 전화를 건 다음 나에게로 연락을 하면 내가 엄마에게 허락을 얻는 방법도 있단다. 미성년자가 혼자 집에 있을 경우에는, 네가 보호를 받고 있다는 것을 확실히 해두어야 하거든."

집은 여전히 빙글빙글 돌고 있었고, 나는 계속 듣고만 있었다. 그러나 지금 나는 생각을 해야만 한다. 생각하고 계획을 세워야 한다. 나는 지금 어디를 찾아갈 수도 없고, 같이 있을 친척을 부를 수도 없다. 엄마도 그것은 알고 있을 것이다. 아니, 적어도 커다란 지프가 엄마를 기습하기 전까지는 알고 있었을 것이다.

"엄마와 얘기할 수 있을까요?"

"아니, 미안하구나. 앞으로 한두 시간 동안은 그럴 수가 없어. 엄마는 안정이 필요해. 지금은 많이 좋아졌지만, 그래도 조심을 해야 하거든. 엄마는 네가 에델 고모할머니에게 전화를 걸 수도 있다고 하셨는데, 맞니?"

나는 잠시 생각해 보았다.

"네……, 몇 군데 전화를 걸어 봐야 할 것 같아요. 그런 다음 다시 전화 드릴게요. 우리 아빠는……, 아빠도 곧 괜찮아지실 거라고 하셨죠?"

"글쎄, 한동안 테니스는 못 치시겠지만, 곧 나아지실 거고, 보름 후에는 다시 직장에도 나가시게 될 거다. 부모님 두 분 모두 다 살아 계셔서 다행이다."

잠시 숨을 돌린 후에 그녀가 말했다.

"그럼, 정리를 해 보자, 바비. 부모님은 모두 이곳 성 루크 병원에 계시고, 두 분 다 괜찮아지실 거란다. 그리고 나는 사라 플레밍 박사고, 너는 에델 고모할머니나 누구 다른 친척들과 의논을 한 뒤, 바로 나에게 다시 전화를 걸기로 한 거다, 그렇지?"

"네."

"연필 가지고 있니? 내 전화번호를 가르쳐 줄게."

내가 펜과 종이를 가져 오자, 그녀가 번호를 말했다.

"지금은 6시 15분이고, 나는 자정까지 여기에 있을 거야. 8시 전에 전화를 걸어 주었으면 좋겠다. 만약 내가 전화를 받지 않으면, 메시지를 남겨 놓으렴. 그럼 내가 다시 전화를 걸게."

그녀는 잠시 멈추었다가 다시 말했다.

"다 괜찮아질 거다, 바비. 힘내."

그녀의 목소리는 이제 의사라기보다 엄마같이 들렸다.

빙글빙글 돌던 집이 천천히 제자리를 찾았고, 답답하던 가슴도 나아졌다.

"전 괜찮아요. 부모님께도 전해 주세요. 그리고 엄마 아빠에게 제가 마음 아프게 해서…… 죄송하다고 전해 주세요."

나는 수화기를 내려놓고 담요를 끌어안고 일어섰다. 잠시 소파 앞을 왔다갔다하다가 다시 소파에 앉았다. 생각을 해야 한다!

에델 고모할머니라니. 엄마에게는 정말 못 당하겠다. 응급실에서도 엄마는 그럴듯한 이야기를 만들어 냈다. 그것은 엄마가 수많은 소설들을 읽었기 때문에 가능한 일일 것이다. 에델 고모할머니가 진짜 있기는 하지만, 나를 돌봐 달라고 부탁한다는 건 말도 안 된다. 에델 고모할머니는 마이애미에 살고 있으니까.

그리고 엄마는 오늘 아침에 학교에 전화를 걸어서 내가 아파서 집에 있다고 말했다. 그것이 첫 번째 거짓말이었다.

이제 나는 나를 돌봐 주는 사람이 있는 척해야만 한다. 한 시간 안에 그 의사에게 다시 전화를 걸어 거짓말을 해야만 한다. 혹시 그 의사가 에델 고모할머니와 직접 통화를 하고 싶어 하면 어쩌지?

그리고 학교에서 이 사고에 대해 알게 된다면 어떻게 하지? 누군가를 우리 집으로 보내서 내가 괜찮은지 확인하지는 않을까?

그리고 그 경찰관들이 다시 집으로 찾아올지도 몰라.

나는 결정을 내려야만 했다.

이미 해가 지고 있고 집 안은 깜깜하다. TV 불빛만이 깜빡거릴 뿐이었다. 나는 눈에 안 보이는 땀을 흘리고 있었다. 파란 양털 담요만을 걸치고 소파에 앉았다. 아무도 저녁을 먹으러 집에 오지 않을 것이고, 또 잠을 자러도, 그리고 다음 날 아침을 먹으러도 오지 않을 것이다.

TV에서는 아름답고 행복한 가족이 식탁에 둘러앉아 있었다. 그들은 즐겁게 웃으며 저녁식사를 하고 있었다.

그러나 우리 가족은 TV 속의 가족이 아니다. 우리 가족은 엉망이 되었다. 그리고 그중에서도 가장 엉망이 된 것은 바로 나였다.
  나는 첫 번째 결정을 내렸다. 엄마와 아빠를 보러 가야겠다. 가족이 차 사고를 당했을 때, 가족의 일원으로서 당연히 해야 할 일이었다. 누구나 그렇게 한다. 가족이기 때문에.

6
병문안

병원까지 택시를 타고 간 일은 잊고 싶다. 택시 운전사는 나를 태우려 하지 않았다. 이유는 선글라스, 깜깜한 밤에 선글라스를 쓰고 있었기 때문이다. 택시 기사가 차 문을 열어 주기 전에 나는 기사가 볼 수 있도록 20달러짜리 지폐를 치켜들고 있어야 했다.

하지만 막상 차를 탄 뒤부터는 오히려 내가 그를 두려워해야만 했다. 그 기사는 영화의 스턴트맨이 아닌가 싶을 정도로, 거의 15초마다 한 번씩 사고를 피해 가며 아슬아슬하게 운전을 했다. 나는 병원 앞에 내리면서, 내가 아직 살아 있는 것에 감사했다.

병원 안으로 들어가는 것은 도서관에 들어가는 것과는 달랐다. 병원 안에 있는 사람들은 나를 유심히 쳐다봤다. 시카고에 어둠이 내리면, 이곳 병원은 경찰들로 가득 차는데, 특히 경찰들이 더 유심히 나를 쳐다봤다.

접수창구에 있는 여자는 거대한 머리모양을 하고 있었다. 웃지도 않는다. 그녀에게도 나의 선글라스가 거슬렸던 모양이다.

"에밀리 필립스를 면회하러 왔는데요. 오늘 오후에 이곳에 들어왔어요."

여자는 껌을 씹고 있었다.

"여기서 그 모자와 목도리를 하고 있으면 꽤나 더울 텐데."

나는 일부러 기침을 하며 목을 손가락으로 가리켰다.

"독감에 걸려서요."

그녀는 자판을 두드리던 긴 손톱으로 컴퓨터 모니터를 훑어 내려간다.

"친척이니? 에밀리 필립스는 아직 입원 목록에 없는걸. 친척이 아니면 내일 다시 와야 해. 오후 5시에서 8시 30분 사이에. 아니면 플레밍 박사의 허락을 받아야 할 거다."

"어……, 전 친척이 아닌데요. 내일 다시 와야겠네요."

나는 몸을 돌려서 문밖으로 나왔다.

지금 나는 플레밍 박사와 이야기할 수가 없다. 나는 집에서 에델 고모할머니에게 나를 돌보러 와 달라는 부탁을 하고 있어야 하니까. 게다가 목도리와 장갑을 두르고 선글라스까지 쓴 채로 플레밍 박사와 이야기를 나눌 수는 없었다. 이상하게 여길 게 뻔했다.

나는 한편으로는 단념하고 집으로 가고 싶었다. 플레밍 박사가 전화로 부모님은 괜찮을 거라고 말해 주었으니까. 하지만 의사들은 항상 그렇게 말한다. 의사가 괜찮다고 말해도, 사람들은 죽는다. 나는 갑자기 가슴이 철렁 내려앉았다.

나는 방문객 출입구 밖으로 나와 응급실 안내판을 쳐다봤다. 저곳이 바로 구급차에 실려 온 엄마와 아빠가 있는 곳이구나! 응급실은 방문 허락을 받아야만 한다. 하지만 내가 내 가족을 만나는 데 의사의 허락 따위는 필요하지 않다. 나에게는 정보만 있으면 된다.

응급실은 건물 맨 끝에 있었다. 건물 앞에는 두 대의 구급차가 불빛을 번쩍거리고 있었고, 의사와 간호사들이 들것을 들고 다니느라 정신이 없었다. 나는 옆쪽 입구를 통해 들어갔고, 나를 유심히 보는 사람은 아무도 없었다.

병원 냄새가 접수창구에서보다 훨씬 더 심했다. 그 냄새 때문에 또다시 집으로 돌아가고 싶어졌다. 하지만 그렇게 하지 않았다. 내게는 엄마의 입원실 번호가 필요했다. 하지만 모자와 장갑에 선글라스까지 쓰고 있는 소년에게 그것을 가르쳐 줄 사람은 아무도 없을 것이다. 나는 복도를 지나 모퉁이로 걸어갔다. 병실에는 각각 두 개씩의 침대가 있고, 침대 주위에는 하얀 커튼이 달려 있었다. 어떤 환자들은 그 커튼을 열어 두었고, 어떤 환자들은 닫아 놓았다.

여덟 개의 방을 지나자, 빈방이 나왔다. 1007호실. 나는 그 병실로 들어가 문을 닫았다. 나를 본 사람은 아무도 없었다. 나는 두 개의 침대 커튼을 모두 쳤다. 병실에 딸린 화장실에는 잠금 장치가 없었고, 도움이 필요할 때 누르는 단추가 있었다.

오늘 나는 두 번째로 옷을 전부 벗어 코트로 감쌌다. 하지만 이 화장실에는 옷을 숨길 장소가 전혀 없었다. 나는 다시 방으로 나와, 문에서 먼 쪽 침대의 커튼을 젖히고, 얇은 담요 속에 옷을 넣어 사람이 누워 있는 것처럼 만들어 놓았다.

침대 끝에 있는 차트에는 '크리스토퍼 카터'라는 이름을 써 넣었다. 우리 과학 선생님 이름이다. 과학 선생님은 담배를 많이 피우기 때문에, 1~2주 정도 이곳에 있어도 좋을 것이다. 그럴듯하게 보이려고 차트 몇 군데에 체크도 하고, 다시 복도로 나갔다. 나는 가만히 멈춰 서서 주위를 한번 둘러봤다. 돌아오는 길을 잊어버리지 않기 위해서였다.

병원은 도서관보다는 따뜻했지만, 그래도 바닥 타일은 차가웠다. 복도를 따라 응급실로 다시 들어올 때에는, 큰 문이 열리면서 차가운 바람이 휘익 지나갔다.

이곳은 사람들이 너무 많아서 도깨비 노릇을 하기에 썩 좋은 곳은 아니었다. 눈에 얼음주머니를 대고 비틀거리는 시끄러운 주정꾼, 임산부를 휠체어에 태우고 있는 간호사, 양손에 혈액 주머니를 들고 바삐 걸어가는 간호사. 처음 20초 동안 나와 부딪힐 뻔한 사람들이다.

나는 오로지 두 개의 입원실 번호만 알아내면 되고, 그러면 이곳에서 나갈 수 있다.

저 끝에 창구가 보였다. 양쪽에 한 명씩, 두 명의 간호사가 근무를 하고 있었다. 녹색 옷을 입은 간호사는 컴퓨터를 사용하고 있고, 파란 옷을 입은 간호사는 통화 중이었다. 창구 중앙에 차트가 있었다. 그것은 시간, 환자 이름, 보험회사, 담당의사, 입원실 번호 등이 적혀 있는 서류였다. 차트가 저절로 움직이면 의심을 받을 테니까, 나는 거꾸로 읽어야만 했다. 글씨가 엉망이었지만, 필요한 정보는 알아볼 수 있었다. 엄마의 입원실 번호는 종이의 맨 위에 적혀 있었다.

오후 4 : 57 에밀리 필립스, 플레밍 박사 5067

5067호. 오 공 육 칠. 오 공 육 칠.
그리고 바로 밑에 아빠의 이름이 있었지만, 방 번호에 그냥 '수술'이라고만 적혀 있었다.
나는 5067호실로 가야 했다. 5층이었다.
계단은 추웠지만, 5층까지 걸어 올라갔더니 금세 몸이 더워졌다. 숨이 턱까지 차올랐다. 그러나 발가벗은 투명한 소년은 헐떡거려서도 씨근거리는 소리를 내서도 안 된다.
병원의 좋은 점은 곳곳에 안내판이 있다는 것이다. 글을 읽을 수만 있다면, 길을 잃어버릴 염려는 없었다. 세 개의 복도를 지나

5067호실에 도착했다. 창문으로 들여다보니, 2인용 병실이고, 엄마는 왼쪽 침대에 있었다. 커튼이 반쯤 쳐져 있어서, 두 침대 사이를 가리기에 충분했다. 엄마의 얼굴에는 붕대가 감겨 있었고, 잠이 든 것처럼 보였다.

 옆 침대에는 나이 많은 할머니가 누워 있었는데, 역시 잠이 든 것 같았다. 그 할머니의 침대는 엄마 것보다 더 위로 올려져 있었다. 할머니는 코밑에 녹색 튜브를 달고 있었고, 그 튜브는 한쪽 벽에 연결되어 있었다.

 나는 병실 안으로 살짝 들어가 엄마 침대의 커튼 안쪽으로 들어갔다. 튜브를 달고 있는 할머니가 깬다면, 커튼 뒤에서 누군가가 면회를 하고 있는 것쯤으로 여길 것이다. 전혀 겁낼 것이 없었다.

 가까이서 보니, 엄마는 상태가 안 좋아 보였다. 두 눈 밑이 시퍼렇게 멍들어 있었다. 코 위에는 하얀 받침대 같은 것이 반창고로 고정되어 있었고, 오른쪽 뺨에는 나비 모양의 붕대가 작게 긁힌 상처들을 가리고 있었으며, 왼쪽 이마에는 골프공 크기의 보라색 혹이 나 있었다. 나는 엄마의 얼굴을 유심히 쳐다보다가, 갈색 머리카락 속에 섞인 회색 머리카락을 발견했다. 한 번도 알아차리지 못했던 것이었다. 옅은 파란색 담요 위에 놓인 엄마의 손은 둥글게 말려 있었다. 손에도 멍이 들어 있었다. 마치 내 배에 구멍이 난 것 같은 느낌이었다.

 나는 엄마의 어깨 위에 가볍게 손을 올려놓았다.

"엄마? 나예요."

엄마는 몸이 굳어지며 빠르게 숨을 들이마셨다. 그러고는 손을 움켜쥐더니, 갑자기 눈을 떴다. 겁에 질린 표정이었다.

나는 엄마의 어깨를 가볍게 두드렸다.

"엄마, 괜찮아요. 나예요, 바비. 내가 왔어요······."

엄마는 어깨 쪽으로 손을 뻗어 내 손을 잡았다. 내 쪽을 뚫어지게 쳐다보는 엄마의 눈동자가 크고 까맣다.

"바비, 어떻게······?"

엄마는 목이 쉬어 있었다.

나는 탁자 위에 있는 플라스틱 컵을 집었다.

"물 좀 드세요, 엄마."

엄마는 내 손을 놓고 물을 마신 뒤, 컵을 돌려 준 다음 내가 손을 다시 잡을 때까지 손을 들고 있었다. 복도에서 사람들의 목소리가 들렸지만 지나쳐 갔다.

엄마가 속삭였다.

"어떻게 왔니? 걱정이 돼서 미칠 지경이었다. 아빠는 어떻게 되셨니?"

"의사가 집으로 전화를 했어요. 그리고 나는 그냥 몸을 둘둘 감싸고 택시를 탔죠. 면회가 안 된다고 했지만, 아래층에 옷을 벗어 놓고 올라왔어요. 아빠는 좀 어떤지 아세요?"

엄마가 고개를 끄덕였다. 움직이는 것이 고통스러운 것 같았다.

"아빠는 왼쪽 팔을 심하게 다치셨어. 하지만 의사가 보기보다는 괜찮다고 하는구나."

엄마가 눈물을 글썽였다.

"하지만 지금 가장 걱정되는 것은 바로 너야, 바비. 우린 널 혼자 내버려 두려고 했던 게 아니야. 내 말은, 우리가 그러기는 했지만, 너에게 무관심했거나 너를 잊어버리고 있었던 건 아냐."

나는 엄마의 손을 꼭 쥐었다.

"알아요, 엄마. 알아요."

엄마의 눈은 계속해서 나를 쳐다보려고 애썼다.

"이런…… 이런 일이 너에게 일어나다니, 바비. 이 일은 정말 우리에게 커다란 충격이었단다. 마치……."

그때 노크도 없이 문이 열리더니 흰 가운을 입은 사람들이 걸어 들어왔다.

"…… 그것이 현재 가장 중요한 사항이지. 필립스 부인, 훨씬 낫군요! 깨어 있으니 기쁘네요."

모두가 밝은 얼굴에 기분이 좋아 보였다.

나는 잽싸게 무릎을 구부려 침대 밑으로 기어 들어갔다. 자세히 보니, 여자 두 명과 남자 한 명이었다. 지금 얘기하고 있는 키 작은 여자의 목소리는 귀에 익다. 바로 우리 집에 전화를 걸었던 플레밍 박사였다.

"남편은 어때요?"

나는 엄마의 목소리에서 긴장감을 느낄 수 있었다. 엄마는 이 사람들이 나와 부딪힐까 봐 걱정하고 있었다.

플레밍 박사의 목소리는 상냥했다.

"부인께서 남편 소식이 궁금하실 것 같아, 인턴 한 명에게 알아보도록 지시했습니다. 포터 박사?"

포터 박사라는 사람은 침대 다리 쪽에 서 있었다. 그는 갈색 신발을 신고 있었다. 그의 양쪽 신발 끈을 몰래 묶어 버리면 어떻게 될까?

그는 목청을 가다듬었다.

"으흠, 저, 예상대로 수술이 잘되었다고 수술실 간호사가 말했습니다. 분명한 것은 몸의 왼쪽 방향에서 가해진 물리적 타격에 의해 복합 골절, 즉 뼈에……."

"네, 알겠어요, 포터 박사."

플레밍 박사가 그의 말을 가로막았다.

"우리가 알아야 할 것은 일이 다 잘되었다는 것과, 남편분이 우리가 아는 것보다 빨리 건강해지리라는 것입니다. 필립스 부인, 이젠 편안히 휴식을 취하세요. 머리가 다시 아프기 시작하면 침대 위쪽의 버튼을 누르시고요. 그러면 간호사가 바로 올 겁니다. 내일 아침 다시 오겠습니다. 이제, 걱정하지 마세요. 전혀 걱정할 것이 없습니다. 혹시 뭐 필요하신 거라도 있으세요?"

잠시 후, 엄마가 말했다.

"우리가 아까 얘기했던 것 말인데요. 제 아들, 바비에 관해서요. 에델 고모가 제가 퇴원할 때까지 바비를 돌봐 줄 수 있다고 하네요."

"바비에게서 들으셨어요?"

플레밍 박사가 짜증섞인 목소리로 물었다.

"환자를 귀찮게 하지 말라고 모두에게 말해 두었는데, 누가 부인에게 메시지를 전해 주었죠?"

엄마는 잠시 머뭇거렸지만, 그것을 알아차린 사람은 아마 나밖에 없을 것이다.

"아무도 메시지를 전해 주지 않았어요. 바비가 제게 직접 전화했어요. 제 핸드폰이 가방 안에 있었거든요."

"아, 그래요."

의사는 안도했다.

"핸드폰이라, 요새는 연락이 안 되기란 불가능하죠. 그렇지 않나요? 결정이 되어 기쁘군요. 아드님께 전화를 걸었을 때, 조금 놀라는 것 같았지만 금세 괜찮아지더군요. 훌륭한 아드님을 두셨습니다."

"멋진 아이예요. 그리고 그 아이에게 전화를 걸어 주셔서 감사합니다."

"천만에요. 아드님 걱정말고도 생각할 게 많으셨을 텐데, 이젠 푹 쉬세요, 필립스 부인. 그럼 내일 봅시다."

세 사람은 군인처럼, 몸을 돌려 문밖으로 행군해 나갔다.

침대 밑에 쪼그리고 있었더니 발가락이 아프던 참인데, 마침 잘 됐다.

"아주 자연스러웠어요, 엄마. 에델 고모할머니 말이에요."

엄마는 싱긋 웃었다. 하지만 웃는 것이 고통스러운지 눈살을 찌푸렸다.

"그렇게 하는 게 문제를 해결하는 가장 쉬운 방법인 것 같았거든. 그리고 정말 핸드폰이 여기 있으니까, 내 말이 틀린 건 아니잖니?"

엄마의 눈은 계속 공중에서 나를 찾고 있었다. 엄마는 다시 눈물을 글썽이며 말했다.

"난 아직도 받아들일 수가 없다. 네 얼굴을 보지 못하다니, 정말 싫어."

텍사스 주에서 내가 처음 트럼펫 연주를 한 이후로 엄마가 이렇게 상냥하게 말하면서 눈물을 흘리는 것은 처음 보았다. 엄마는 음악을 사랑한다. 우리 둘 다 그렇다. 아빠는 음파에 귀 기울이는 것을 즐기지만, 엄마는 정말 음악을 들었다.

엄마는 이 병실과 병원, 그리고 오늘 하루 일을 모두 포함하는 동작으로, 손을 빙빙 돌리며 말했다.

"마치 악몽을 꾸는 것 같아. 이 모든 것이."

비록 엄마가 나를 볼 수는 없지만, 나는 엄마의 얘기에 동의하며 고개를 끄덕였다.

"정말 그래요. 아빠가 어디에 계신지 아세요? 아빠도 보고 가야겠어요."

엄마는 고개를 흔들었다.

"아빠는 얘기를 할 수 있는 상황이 아니야, 바비. 아마 내일까지도 깨어나지 못하실지도 몰라."

그러고는 갑자기 누군가가 스위치를 켠 것처럼, 예전의 엄마로 돌아가 명령을 했다.

"가방 좀 줘."

엄마는 가방에서 지갑을 꺼내 20달러짜리 세 장을 내 쪽으로 들어 올렸다.

"이게 지금 가진 것 전부다. 집에 갈 차비로는 충분할 거야. 엄마는 그리 오래 입원하지는 않을 거야. 그리고 지난 토요일에 배달을 시켰으니까 냉장고 안에 먹을 건 충분할 거다."

토요일이면 3일 전, 아니, 백만 년 전이다.

"정문 옆 로터리에 택시가 줄지어 서 있을 거야. 가장 좋은 택시를 골라서 타, 바비. 큰 걸로 말이야. 그리고 집으로 가자마자 즉시 잊지 말고 경보기를 켜도록 해, 알겠지?"

엄마가 얘기하는 동안, 나는 지폐를 동그랗게 말고 있었다. 엄마는 그런 나를 쳐다보고 있었다. 내가 손으로 돈을 감싸자, 돈이 보이지 않았다. 그리고 다시 손가락을 펴자, 돌돌 말린 돈이 다시 나타났다.

엄마는 계속 말을 하면서도 시선은 둥둥 떠 있는 지폐를 따라다녔다.

"네가 혼자 집에 있는 게 마음에 걸리지만 어쩔 도리가 없잖니? 내일 아빠한테 너에게 전화하라고 할게. 무슨 문제가 생기거나…… 그냥 얘기가 하고 싶거나 하면 엄마한테 전화 걸어. 알겠지?"

"네. 난 괜찮아요."

이 말이 왠지 힘없이 들린 것 같아서, 나는 엄마가 걱정하실까 봐 얼른 다시 말했다.

"하지만 아빠 말씀처럼, 이런 일이 일어난 이유나 원인이 분명히 있을 거예요. 우리가 그것을 알아낼 수 있거나…… 아니면 아예 우리 모두 서커스단을 만들어서 공연을 다니면 부자가 될 수 있을 거라고 생각해요."

엄마가 웃었다. 그리고 웃을 때 엄마가 얼마나 고통스러운지 다시 알게 되었다.

"엄마, 정말로 난 괜찮아요. 그리고 집에 도착하면 바로 전화할게요. 됐죠?"

엄마는 고개를 끄덕이며 오른손을 들어 올렸다. 나는 엄마의 손을 꼭 잡았다.

"자, 멍들지 않은 곳을 찾아서 엄마 얼굴에 뽀뽀해 주렴."

나는 뽀뽀를 하고 손을 놓았다.

"또 봐요, 엄마."

"며칠 후에 보자, 바비."

나는 병실 문을 열었다. 건너편 침대에 있는 할머니가 말똥말똥 깨어 있었다. 할머니의 시선이 문에서 엄마의 침대 커튼으로, 그리고 또다시 문으로 옮겨졌다. 할머니의 코에 연결된 튜브가 떨렸다. 할머니는 당황하고 있었다. 그럴 만도 하지.

내가 문을 나설 때 엄마도 상체를 앞으로 구부려 병실 문을 쳐다보았다.

"바비야?"

"네?"

"와 줘서 고맙다."

"당연히 와 봐야죠. 그만 갈게요."

7
첫날 밤

1007호실에서 다시 옷을 입고 병원을 나왔다. 엄마가 말한 대로 크고 좋은 택시를 타고 집까지 왔다. 모든 일이 순조롭게 진행되었다. 발가락이 다시 욱신거리기 시작한 것만 빼고.

집에는 나 혼자뿐이다. 집에 혼자 있었던 적은 수도 없이 많지만, 오늘은 달랐다. 밤에, 그것도 밤새도록 혼자 있어야만 했다. 이런 일은 처음이었다.

아빠가 시간 조절기를 조작해 두어서, 몇 개의 불이 이미 켜져 있었다. 그럼에도 집은 커다랗고 낡은 장례식장 같았다.

학교 친구 러셀의 아빠가 켄우드에서 장례식장을 했다. 러셀의 가족은 그 건물 2층과 3층에서 살았다. 하루는 러셀이 자기 아빠

장례식장 지하실에 커다란 냉장고가 있다고 말했다. 그리고 그 냉장고 안에는 늘 서너 구의 시체가 들어 있다고도 했다. 또 다른 친구 짐은 러셀의 집에서 잔 적이 있는데, 한밤중에 몰래 러셀과 함께 지하실로 내려가 죽은 여자의 시체를 본 적이 있다고 했다.

그 이야기를 들은 후, 나는 한 달 동안 러셀과 점심도 같이 먹지 않았다. 나는 그런 섬뜩한 이야기들이 싫다.

앞쪽 현관은 사람이 오면 자동으로 불이 켜지기 때문에, 나는 그쪽으로 가지 않았다. 내가 그쪽으로 간다면, 틀림없이 트렌트 부인이 나를 알아볼 것이다. 옆집에 사는 트렌트 부인은 밤낮없이 큰 창문가에 나와 앉아 있었다. 트렌트 부인이 나를 본다면 분명히 아까 경찰관이 집에 왔다는 것을 알려 주기 위해 뒤뚱거리며 걸어올 것이다. 트렌트 부인은 세상에서 가장 참견을 잘하는 사람이다. 우리 집과 트렌트 부인의 집은 5미터나 떨어져 있지만, 그 거리도 그녀에게 걸림돌이 되지는 못한다.

나는 트렌트 부인 집에서 멀리 떨어진, 동쪽 문으로 들어갔다. 이쪽은 큰 복층 아파트와 마주 보고 있다. 대학생들로 가득한 그곳은 항상 불이 켜져 있었으며, 음악 소리가 끊이질 않았다. 나도 거기서 밤을 지냈으면 좋겠다.

집으로 들어온 나는 뒷문 옆의 경보장치를 맞춘다거나, 불을 켠다거나, 코트와 목도리를 벗는 일보다 먼저, 집 안의 모든 차양과 커튼을 쳤다. 트렌트 부인이 내 옷들이 공중에 둥둥 떠서 돌아다니는 것을 본다면, 모든 것이 끝장이었기 때문이다.

경보 장치를 맞추고 코트와 다른 옷들을 뒷문 옆에 대충 벗어 놓고서 일단 먹을 것을 찾았다. 배가 고팠다. 내 손이 더듬거리며 땅콩 버터를 찾고 젤리 샌드위치를 만드는 것을 보면서, 지금 당장 더블 치즈버거를 먹을 수 있다면 소원이 없겠다는 생각이 들었다. 그러나 금방 이런 생각도 들었다. 만약 상황이 바뀌지 않는다면, 이제부터 나는 패스트푸드를 먹지 못한다는 것! 누군가가 그것을 대신 사다 주지 않는 한. 멋지군. 아빠나 엄마가 대신 사다 주지 않으면 나는 햄버거조차 먹을 수 없다니.

아 참, 엄마!

나는 부엌의 전화 수화기를 들었다.

집에 도착하면 바로 전화하기로 엄마와 약속한 걸 잊고 있었다.

전화벨이 한 번, 두 번, 세 번. 엄마는 벌써 잠이 들었나, 아니면 화장실에 갔나?

네 번째 벨이 울렸다. 엄마 가방은 속이 깊다. 벨소리가 아주 작게 들리는지도 모르겠다.

다섯 번, 여섯 번. 죽었나? 기분 나쁜 표현이다. 내 말 뜻은, 전화의 배터리가 다 된 것이 아닐까 하는 것이다.

그러더니 곧 메시지 녹음으로 이동한다. 나는 아무렇지 않은 듯 얘기하지만, 사실은 걱정스러웠다.

"엄마? 엄마, 나예요. 집에 잘 도착해서, 지금 뭘 좀 먹으려고요……. 지금은 9시쯤 된 것 같아요. 그럼…… 아빠에게 안부 전해 주세요. 내일 또 전화할게요. 아님 엄마가 전화하시든지요. 그럼, 안녕히 주무세요."

나는 공포영화, 특히 크고 낡은 집에 누군가가 혼자 있는 내용의 영화는 좋아하지 않는다. 나는 어두운 것을 싫어한다. 이곳 시카고에는 경찰과 대학 경비원들이 어디에나 있긴 하지만, 그래도 해가 지면 안심할 수가 없다. 가로등이 켜져 있긴 하지만 그림자들, 많은 그림자들이 있다.

그래서 나는 불을 더 많이 켰다. 그리고 탁자를 TV 쪽에 갖다 놓고 거기서 우유와 샌드위치를 먹었다.

TV는 여전히 WGN에 맞춰져 있었다. 잭 니콜슨이 도끼를 들고 문틈으로 얼굴을 내밀고 있는 장면이 나왔다. 영화 예고편인가 보다. 채널을 돌렸다. 시네맥스란 영화 전문 케이블방송이 나왔다. 십 대 뱀파이어들이 모여서 식사를 하고 있었다.

TV를 꺼 버렸다. 그러자 집 안이 너무 조용하게 느껴지면서, 나쁜 영상들만 머릿속에서 맴돌았다. 전등이 세 개나 켜져 있었지만, 아직도 어두운 것 같았다. FM 라디오를 켰다. 거실은 재즈로 가득해졌다. 나는 친근한 트럼펫 선율에 귀를 기울였다. 트럼펫이 갑자기 고음의 독주를 시작했다. 밝고 청명하며 깨끗한 소리다.

갑자기 샌드위치에 생각이 미쳤다. 나는 줄곧 샌드위치를 먹고 있었지만, 입 안의 느낌이 평소와는 아주 달랐다. 삼킬 때도 느낌이 이상했다. 우유 맛도 이상했다. 모든 것이 제대로 느껴지질 않았다.

두려움이 점점 커져서 나를 계속 짓눌렀다.

집 안은 불빛이 환하지만, 창문 저편은 너무나 캄캄했다. 커튼 너머에는 온갖 공포가 가득할 것만 같았다. 그리고 밤새도록 나를 괴롭힐 것이다.

경보장치가 깜빡거렸다. 그나마 그것이 안정감을 주었다. 경보장치는 모든 문 옆에서 깜빡거리며, 집 안 곳곳의 사물을 감지하고 있었다. 문이나 창문을 통해 누군가가 들어오면, 즉각 경보음이 울릴 것이다.

사실 두려움은 문밖에 있는 것이 아니라 내 안에 있었다.

나는 급히 서재로 가 불을 켰다. 커튼이 쳐진 커다란 창문을 등지지 않으려고 컴퓨터 모니터를 돌렸다. 거실에서는 계속 재즈가 흘러나오고 있었다. 이번에는 다른 곡. 색소폰이 구슬픈 소리를 내기 시작했다.

컴퓨터를 켜자마자, 나는 메신저에 접속해서 케니 템플의 대화명인 간달프375를 쳤다. 케니도 톨킨의 팬이어서 우리는 친구가 되었다. 친구와 대화라도 하면 좀 도움이 될 것이다. 케니와 재즈 밴드에 대해서 이야기해야겠다. 아마도 오늘 방과 후에는 나 없이 밴드부가 연습을 했을 테지.

그러나 대답이 없었다. 나는 다시 그의 대화명을 입력했다. 여전히 아무런 응답이 없었다. 가끔씩 숙제에 관한 얘기를 하는 제프와 다른 몇몇 친구들도 찾아봤다. 제프에게는 오늘 생물수업에 대해서 물어 봐야지. 그리고 엘렌 벡에게는 영어수업에 관해 물어 볼 생각이었다.

하지만 온라인에는 아무도 없었다.

아, 그렇다. 중간고사가 다가오고 있었다. 모두들 컴퓨터 앞에 없는 게 당연했다.

모니터 한 귀퉁이에 있는 시계의 숫자가 바뀌었다. 9시 11분. 컴퓨터를 껐다. 하드 드라이브가 윙윙거리다가 멈추고, 모니터는 딱딱 소리를 내더니 이내 어두워졌다. 시간이 너무 이르다는 생각이 들었다. 해가 뜨려면 여덟 시간에서 아홉 시간은 더 있어야 하는데. 불은 켜 있지만, 내 주변에는 온통 어둠이 도사리고 있었다. 오솔길에, 다락방에, 지하실에, 벽장에……, 모든 곳에 어둠이 있었다. 밤이고, 밤이고, 또 밤이다.

나는 책상에 앉아서 어두운 모니터에 비치는 내 옷을 바라봤다.

지금 내가 어떤 눈빛을 하고 있을지 궁금했다. 불안해 보일까? 그 이상일까, 귀신에 홀린 것처럼? 러셀의 집 지하실 냉장고에 누워 있었다는 그 죽은 여자는 눈을 뜨고 있었을까? 그 눈은 과연 어떤 빛을 띠고 있었을까?

나는 불을 켜면서 계단을 뛰어 올라갔다. 얼른 내 방으로 들어가 불을 켜고, 문을 잠그고, 침대에 앉아 베개를 끌어안았다. 무서웠다. 이것은 공포 이상이다. 분명 공포를 뛰어넘는 무엇인가가 있었다. 생각할 여지도 없다. 그저 느낌으로, 공포가 바닥의 갈라진 틈 사이로 스멀스멀 기어 올라오는 듯한 느낌이 들었다. 난방장치를 통해서도 부글거리며 올라오고 있었다. 나는 그것을 느낄 수가 있었다. 물처럼, 시뻘건 피처럼, 어떤 액체처럼. 마치 러셀의 아빠가 장례식 때 시체 속에 넣는 어떤 액체처럼, 공포는 나의 방과 입과 코와 귀와 눈과 폐를 가득 채우고 있엇다. 나는 그 속으로 빠져들고 있었다.

그러나 나는 여기에 앉아 있다. 절대 그 속에 빠져 죽지는 않을 것이다. 숨이 가빠지고, 현기증이 났다. 나는 하품을 해야 한다. 그리고 생각해 내야 한다. 진짜 생각, 두려움을 떨쳐낼 무언가를. 그리고 나는 생각해 낸다. 그것은 아주 간단하다. "두려움 그 자체를 제외하고는 두려울 것이 없다." 역사 시간에 배운 격언이었다. 왠지 조금은 안심이 된다. 어제까지만 해도 그 말은 나에게 단지 하나의 문장에 불과했는데.

내 영혼이 몸으로부터 분리되어 공중에서 나 자신을 내려다보고 있는 것 같았다. 공중에 떠 있는 나는 아래에 있는 내가 아무런 공격도 받지 않을 거라는 것을 안다. 아무런 위험도 없다. 그것은 그저 두려움일 뿐이다.

또 하나의 기억이 떠올랐다. 약 1년 전에 도서관을 나오면서 나는 두 명의 여대생 뒤를 따라 걷고 있었다. 그중 한 명이 "너무 혼란스러워, 정말 너무 혼란스러워! 그리고 나를 가장 혼란스럽게 하는 것은 바로 내가 너무 혼란스러워한다는 거야!"라고 말했다. 그것이야말로 정말 그녀가 하고 싶은 말이었다. 하지만 나는 그 말을 들으며 이렇게 생각했다. '바보 같기는! 혼란스럽고 싶지 않으면, 혼란스러움을 멈추면 될 거 아냐!'

지금 나에게 그것은 바로 두려움이다. 혼란스럽기 때문에 혼란스러운 것처럼, 그것은 끊임없이 반복된다. 두려움은 계속해서 두려움을 만든다. 그러므로 그것을 멈춰야만 한다.

나는 그것을 멈춰야만 한다.

나는 일어서서 베개를 침대 위로 내던졌다. 그러고는 숨을 깊이 들이마셨다. 옷장으로 가서 거울을 들여다봤다. 내 머리가 어떻게 되어 있을지 궁금했다. 그래서 빗으로 머리를 빗어 내리면서, 다른 한 손으로는 머리를 가볍게 톡톡 쳤다. 바로 이 느낌이다. 차림이 단정한 유령, 바비.

그리고 방을 나와 다시 아래층으로 내려갔다. 라디오를 끄고, 빈 그릇을 부엌으로 가져가서 초코 아이스크림을 가득 채웠다. 그러고는 소파로 다시 돌아와, 파란 양털 담요를 몸에 두르고 TV를 켰다. 〈내 사랑 루시〉가 방송되고 있었다. 재미있었다. 나는 웃으면서 아이스크림을 먹고 있었다. 이제 두렵지 않았다.

하지만 다시 위층으로 올라왔을 때, 나는 또다시 방문을 잠갔다.

그리고 불을 켠 채로 잠이 들었다.

나는 두려움을 극복할 수 있어. 하지만 불은 그냥 켜 두기로 하자.

아니, 나 자신을 속일 수는 없지.

두려움은 영원히 사라지지는 않을 것이다.

단지 오늘 밤, 이곳에 없는 것뿐이야.

8
나의 인생

 일어났다. 샤워를 하고 먹었다. 읽었다. 엄마와 이야기를 했다. TV를 봤다. 엄마에게 이야기를 했다. 먹었다. 잠깐 졸았다. 재즈를 들었다. 책을 읽었다. 아빠와 이야기를 했다. TV를 봤다. 컴퓨터를 했다. 엄마와 이야기를 했다. 먹었다. 트럼펫을 연습했다. 걱정했다. TV를 봤다. 책을 읽었다. 엄마와 이야기를 했다. 잠깐 졸았다.
 수요일, 사라진 바비로 지내는 소름끼치는 두 번째 날이 되었다. 또 아무도 곁에 없다는 것이 이상했다. 이런 상황이 자꾸 나를 생각하게 만들었다. 너무 쉽다. TV나 음악이 켜져 있지 않으면, 나는 그냥 생각을 하고 있기 때문이다. 엄마가 다시 전화를 걸 때까지, 그러고 나서는 또다시.

엄마는 내가 전화로 모든 일을 일일이 말해 주기를 바랐다. 엄마는 아침에 전화를 걸어서는, 내가 어젯밤 병원에서 택시를 탄 것부터 시작해, 집에 돌아와서 경보장치는 켰는지, 왜 엄마에게 전화를 하지 않았는지 추궁하듯이 물었다. 사실은 엄마가 전화기를 켜두지 않아서 전화를 못 받아 놓고서 말이다. 그리고 다음과 같은 질문들이 이어졌다. 화분에 물 주는 것을 잊지는 않았겠지? 담쟁이덩굴은 물 주는 걸 한 번이라도 빼먹으면 금세 시들어 버리고 만다. 그리고 숙제는 했겠지? 학교에는 가지도 않았는데 숙제라니, 이 무슨 말이지? 또 아무도 온라인상에 없다면, 전화를 걸면 되지 않느냐, 요즘 아이들은 전화 사용법을 잊어버리기라도 했니? 어젯밤에 네가 아무하고도 얘기하고 싶지 않았다는 건 무슨 뜻이지? 지금은 어때? 영양가 많은 음식을 먹어야 해. 그저 패스트푸드로 때우면 안 돼. 왜냐하면 그런 음식은 혈색에 좋지 않으니까, 등등…….

15분이 지나자, 나는 비명을 지르며 전화기를 집어 던지고 싶었다. 그나마 한 가지 위로가 되는 것은 병원에는 배터리 충전기가 없다는 사실이었다. 엄마의 핸드폰 배터리는 얼마 안 가 다 떨어질 것이다. 하지만 그렇게 되면 엄마는 일반 전화기를 병실로 가져다 달라고 할지도 모른다. 그렇다면 영영 벗어날 방법이 없다. 문득 기껏해야 하루에 한두 번쯤 나타나서 명령을 하고는, 자신의 바쁜 일상으로 사라져 버렸던 예전의 엄마가 그리워졌다. 갑자기, 내가 엄마 인생의 전부가 된 것 같았다.

정오쯤 아빠에게서 전화가 왔다. 아빠는 괜찮은 것 같았다. 정말 기뻤다. 무엇보다도 나에게는 아빠의 도움이 필요했기 때문이다. 내 말은, 그 사고로 아빠의 머리가 뒤죽박죽이 되기라도 했으면 어쩔 뻔했느냐는 뜻이다. 하지만 그런 일은 일어나지 않았다. 아빠는 아빠가 얼마나 다쳤는지를 나에게 정확히 설명했다. 마치 자신이 외과의사인 것처럼, 또 직접 기록을 하면서 꼬박 깨어 있었던 것처럼 정확하게. 그러고 나서 내 '상황'에 대해서도 이런저런 얘기를 나누었다. 아빠가 자세히 말하지 못하는 것으로 보아 병실에 다른 사람들이 있다는 것을 알 수 있었다.

"바비, 음……, 너의 그…… 상황에 관해서 말이다. 몇 가지 가능한 원인들을 줄곧 생각하고 있단다. 일종의 시나리오지."

가능한 원인들의 시나리오. 아빠는 변함이 없었다. 다치기 전과 똑같았다.

"내가 이곳을 나가자마자, 실험실에서 몇 가지 테스트를 좀 하고 싶구나. 네 손톱 샘플을 전자 현미경으로 살펴본다든지 하는 것들 말이야. 그리고 학술지들을 뒤지다 보면 뛰어난 논문들이 수십 편은 넘을 거다. 빛과 에너지에 대한 것이나 아원자 굴절과 같이 우리에게 유용한 연구법을 제시해 줄 수 있는 것들 말이다. 그럼 나는 금방 우리에게 일어난 일에 대해서 이론적인 근거를 얻을 수 있을 거 같다. 멋지지 않니?"

"네, 그런 것 같네요."

그러고 나서 나는 곧바로 이렇게 덧붙였다.

"그런데 왜 우리는 이 일을 형사나 탐정들처럼 처리하지 않는 거죠? 여러 가지 원인이 있을 수 있잖아요. 예를 들어, 내가 학교 식당에서 방사선 쇠고기 덩어리를 먹었다든지, 아니면 우리가 텍사스 주의 큰 발전소에서 너무 가깝게 살았다든지, 또는 아빠가 20년 동안 원자를 분해하는 일을 했기 때문에 내가 아빠로부터 물려받은 유전자에 문제가 생겼다든지 하는 거 말이에요. 먼저 실마리가 될 만한 것부터 찾아봐야 하지 않을까요?"

나도 그동안 많은 생각을 하고 있었다. 세상에 두뇌를 가진 사람이 아빠뿐인 건 아니니까.

아빠는 "으으응……"이라고 단어를 잡아 늘리더니, 태도를 바꾸어 말했다.

"좋은 지적이다. 하지만 우리에게는 뭔가 출발점이 필요하고, 내 생각엔 먼저 이론을 세우는 것이 좋을 것 같은데."

아빠의 이런 반응은 별로 놀랍지 않다. 아빠에게로 가면 모든 일은 이론으로 정리된다. 이론을 세우는 것, 그것이 바로 아빠가 하루 종일 하는 일이다. 아빠는 아빠가 연구하는 원자들을 실제로 본 적이 있을까? 없을 것이다. 아빠는 눈에는 보이지도 않는 것들의 인공 사진을 쳐다보면서 이론을 만든다. 하지만 나에게 그런 이론은 아무 필요가 없다. 나에게는 실행이 필요하다.

나는 아무 대답도 하지 않았다. 오랫동안 이야기가 중단되자 아빠가 다시 말하기 시작했다.

"바비야, 오늘 오후에 인터넷에 접속해서 '과학 잡지'라는 사이트에 한번 들어가 보렴. 빛에 대한 기사들을 찾아서 읽어 보는 것도 괜찮을 것 같은데, 어때?"

"네, 확인해 볼게요."

나는 환자와 논쟁하고 싶지 않아서 얼른 대답했다. 전화를 끊자마자 나는 TV의 영화전문 채널을 켜고 존 웨인이 나오는 영화를 봤다. 존 웨인의 영화야말로 아빠 같은 사람의 생각을 치료하는 데 안성맞춤일 것이다. 존 웨인은 생각하는 데 시간을 낭비하지 않고 바로 행동에 돌입하니까.

수요일의 가장 큰 사건은, 트렌트 부인이 현관 앞까지 찾아왔던 일이었다. 오후 2시쯤, TV에서 존 웨인이 군용 마차를 타고 전력 질주를 하고 있을 때였다. 초인종이 울렸고, 나는 현관 쪽으로 급히 걸어갔다. 트렌트 부인은 흐릿한 현관 유리에 아주 커다란 그림자를 만들고 있었다.

또다시 벨이 울렸을 때, 나는 조그만 목소리로 말했다.

"네, 누구세요?"

"바비? 옆집……, 트렌트 아줌마야. 너희 부모님 소식 들었단다. 가엾어라. 이 크고 낡은 집에 혼자 있는 거니? 어젯밤에 불이 켜진 걸 보고, 네가 있을 거라고 생각했단다. 근데 오늘 아침 네가 학교에 가지 않는 것 같아 걱정이 되어서 왔다. 쿠키를 좀 가져다

줄까 하는데."

그것은 쿠키를 미끼로 집 안에 발을 들여놓으려는 낡은 수법이었다. 트렌트 부인이 정말로 쿠키를 맛있게 굽기는 한다. 트렌트 부인은 때로는 쿠키, 때로는 VCR의 작동법에 관한 질문, 또는 그녀의 집으로 잘못 배달된 우리 집 광고 우편물들을 이용했다. 어떤 것이든 상관없었다. 그리고 일단 트렌트 부인이 현관에 발을 들여놓으면, 그 발을 다시 빼는 데는 적어도 20분이 걸렸다.

나는 무슨 말을 해야 할지 몰랐지만, 엄마가 병원에서 말했던 대로 해야 할 것 같았다.

"부모님이 퇴원하실 때까지 에델 고모할머니가 저와 함께 계실 거예요. 그리고 저는 감기에 걸려서 학교에도 못 갔어요. 에델 고모할머니는 지금 목욕을 하고 계셔서 저더러 나가 보라고 하셨고요. 하지만 저는 문을 열 수가 없어요……. 감기 때문에…… 너무 추워서요."

내가 들어도 내 말은 좀 설득력이 없었다. 트렌트 부인에게도 아마 그렇게 들렸을 것이다.

하지만 트렌트 부인은 문틈에 대고 이렇게 말했다.

"그럼 됐다. 난 그저 네가 괜찮은지 궁금해서 들렀단다, 바비. 그럼 여기 현관에 쿠키를 놔두고 갈 테니, 조금 있다가 고모에게 가져가시라고 해라. 얼른 침대에 가서 누워 있으렴."

"네. 고맙습니다, 트렌트 부인. 그리고 오늘 엄마 아빠와 통화했는데, 두 분 다 괜찮으시대요."

그녀는 이미 계단을 내려가, 갈색 잔디밭을 뒤뚱거리며 걸어가고 있었다. 나는 현관 유리를 통해 살짝 밖을 내다봤다. 트렌트 부인은 문에서 약 1.5미터 정도 떨어진 곳에 쿠키를 놓아두고 갔다. 그것이 바로 트렌트 부인이 보기보다 영리하다는 증거다. 현관 멀리 놓인 쿠키를 이용하여, 트렌트 부인은 창가에 앉아서 그것을 가지러 나오는 사람을 곁눈질로 볼 수 있을 것이다. 트렌트 부인은 에델 고모할머니를 훔쳐보고 싶은 것이다.

10분 후, 트렌트 부인은 우리 집 현관 덧문이 휙 열리는 것을 보게 된다. 그리고 긴 핑크색 겉옷을 입은 작고 통통한 사람이 보풀이 선 파란색 슬리퍼를 질질 끌고 나와 천천히 허리를 굽혀 쿠키 접시를 집어 들고는, 다시 몸을 돌려 슬리퍼를 끌며 안으로 들어가는 것을 보게 된다. 트렌트 부인은 세 가지 이유 때문에 에델 고모할머니를 자세히 보지 못한다. 첫째로 핑크색 겉옷의 깃이 세워져 있었으며, 둘째로 머리에 목욕 수건이 둘둘 말려져 있었고, 셋째로 진짜 에델 고모할머니는 이곳에서 남동쪽으로 약 1,800킬로미터 떨어진 곳에 있었기 때문이다.

나는 나의 뛰어난 연기 실력에 대한 상으로, 초코칩 땅콩쿠키 한 접시를 몽땅 수여했다. 그러나 존 웨인의 세 번째 영화가 끝나자 쿠키도 사라졌다.

현관에서 펼친 나의 대단한 연기에도 불구하고 수요일은 따분하게 지나가고 있었다. 수요일 밤, 나는 이제 두렵지 않았다.

그리고 목요일 아침이 밝았다.

일어난다. 샤워를 한다. 먹는다. 걱정한다. TV를 본다. 엄마에게 이야기한다. 걱정한다. TV를 본다. 걱정한다. 아빠와 이야기한다. 읽는다. 걱정한다. 먹는다. 걱정한다. 읽는다. 걱정한다. 아빠와 이야기한다. 걱정한다. 엄마와 이야기한다. 걱정한다. 재즈를 듣는다. 엄마와 이야기한다. 걱정한다. 걱정한다. 걱정한다. 잠깐 존다.

이제 나는 심지어 졸 때도 걱정을 했다.

목요일은 수요일과 별로 다를 게 없었고, 그냥 더 나쁘기만 했다. 걱정이 많아진 것을 제외하더라도, 더 나빴다. 바깥 날씨 때문이었다. 여기 시카고에는 적어도 앞으로 6주에서 8주 정도는 계속 춥고 눈이 내리고 진눈깨비가 날릴 것이다. 하지만 2월 말의 시카고에는 간혹 봄날 같은 포근함이 느껴지는 날도 있는데, 오늘이 바로 그 멋진 날이기 때문이었다. 이런 날에는 밖에 나가서 플라스틱 원반이라도 던지고 싶어진다.

그리고 더 견디기 힘든 것은, 엄마와 아빠의 상태가 훨씬 나아져서 그분들답지 않게 수시로 내게 전화를 한다는 사실이었다.

그럴수록 내 인생에 무슨 일이 벌어지고 있는지 깨닫게 되니까 더 견디기가 힘들었다.

이것은 내가 원했던 일이 아니다. 나는 평생 동안 투명인간이 되는 것을 계획하고 연구하며 꿈꿔 온 정신 나간 과학자가 아니며,

그런 일이 일어났다고 해서 세상을 지배할 어떤 능력을 발휘할 슈퍼맨도 아니었다. 이것은 그런 문제가 아니었다. 실제로 이런 일이 일어났을 때, 이건 결코 영화처럼 흥미진진한 이야기는 아니었다.

나는 학교 친구들이 이 일을 알게 되면, 어떤 반응을 보일지 충분히 짐작이 되었다.

'와! 네가 투명인간이야? 그런데 뭐가 불만이지? 도대체 문제가 뭐야? 신나잖아. 여학생 탈의실에도 가 보고 보석가게에도 가 보고, 은행에 가서 암호도 좀 알아내고. 제임스 본드처럼, CIA에 가서 일하든지. 투명인간이라, 정말 멋진걸!'

하지만 이것은 어느 평범한 소년이 원한다고 해서 나타났다 사라지는 그런 현상이 아니다. 두 시간 동안 보고 나면 끝나 버리는 영화가 아니라는 말씀이다. 끝난 뒤에 친구들과 피자를 먹으면서 떠들어댈 만한 그런 심심풀이 영화 말이다.

이것은 차원이 다른 문제였다. 이것은 나의 인생이었다.

지금 이 상황은 내가 내 인생의 항로를 갑자기, 그것도 완전히 벗어났다는 걸 뜻했다. 마치 기차 사고와 같이 예측할 수 없는 일에 나는 꼼짝없이 걸려들고 말았다. 게다가, 이 일이 영원히 지속될 것 같은 불길한 예감마저 들기 시작했다. 예전의 나로 다시 돌아가지 못한다면 어떡하지? 그럼 어떻게 되는 걸까? 아내와 아이들에게조차 자신의 정체를 밝힐 수 없는 스파이처럼, 평생 비밀을 간직하고 살아야만 하는 건가? 아니, 쓸데없는 걱정이다. 아내와 아이들이라니, 그건 상상도 못 할 일이다.

갑자기 나는 혼자서는 절대로 살아갈 수 없을 거라는 예감이 들었다. 운전면허도 못 딸 테고, 대학에도 못 갈 것이다. 차도 못 사고, 취직도 못 하고, 내 아파트도 갖지 못할 것이다. 절대로!

그럼 나는 어떻게 살아가게 될까? 또 어디서? 이 집에서 부모님과 함께 지내야만 하는 건가? 영원히?

나는 안절부절못하고 계속 부엌과 거실을 왔다갔다했다. 내 인생은 이곳에서 정지되었다. 평생 집 안에서만 살아야 하는 건 아닐까? 무슨 일이라도 좀 일어났으면 좋겠다. 엄마가 집에 온다거나, 아빠가 무언가 해결책을 찾아낸다거나, 트렌트 부인이 쿠키를 조금 더 갖다 준다거나, 아니면 빨리 해가 지고 다시 떠서 내일이 오기라도 했으면 좋겠다. 지금의 나는, 말하자면 잘 나오던 비디오테이프가 갑자기 멈춰 버려 아무것도 나오지 않는 상태, 게다가 테이프의 나머지 부분마저 전부 지워져 버린 것 같은 어이없는 상태였다.

계단을 내려가 옆문으로 갔다. 트렌트 부인의 집과 멀리 떨어진 문이다. 경보장치를 끄고 옷을 전부 벗었다. 밖으로 나가 문을 잠그고, 계단 옆 배수관 안쪽에 열쇠를 숨겨 두었다.

집 앞을 잠시 거닐다가, 트렌트 부인이 앉아 있는 창가를 지나 산책을 갔다. 일기예보에서 오늘은 날씨가 더울 거라고 했는데, 이번만은 정말 그 말이 맞았다.

기온은 약 22도 정도라고 했는데, 에어컨을 세게 틀어 놓은 듯한 느낌이었다. 옷을 안 입었지만 참을 만했다. 무엇보다 나는 바깥을 걷고 싶었다. 오늘, 지금 당장, 따뜻한 햇볕 속을. 정말 그렇게 하고 싶었고, 아예 불가능한 일도 아니었다. 더 이상 가만히 앉아 무슨 일이 일어나기만을 기다리고 있지는 않을 생각이었다. 나는 여전히 나이고, 나에게는 내 인생이 있다. 조금 엉망이 되기는 했지만, 그럼 좀 어때?

그래도 여전히 내 인생인데!

9
외로운 전사

작년 세계사 수업 시간에 선생님이 고대 그리스인들은 발가벗고 전쟁에 나갔다는 얘기를 해준 적이 있었다. 그들은 체육대회도 역시 발가벗고 열었다고 했다. 옷을 입지 않은 채로, 검과 방패와 창을 들고 싸웠으며, 달리고 레슬링을 하고 원반을 던졌다.

강한 남자들이다.

나보다 더 강하다.

학교를 향해 걸어가면서 나는 내 옷이 무척이나 그리웠다. 22도의 기온에 산들바람이 부는 쌀쌀한 날씨여서가 아니었다. 그저 옷이 나를 감싸주는 그 느낌이 그리웠다.

나는 고대 그리스인들의 기분을 조금 알 것 같았다. 바깥에서,

그것도 전쟁터에서 발가벗고 있을 때의 느낌을. 예전에 나는 이렇게 흥분하거나, 조심스럽게 무언가에 준비 태세를 갖추고 있었던 적이 없었다. 나는 갑옷이 없기 때문에, 실수란 용납되지 않는 용사다. 나에게는 단지 내 생명을 담고 있는 얇은 피부막이 있을 뿐이다. 칼이나 창 심지어는 스케이트보드를 탄 아이마저도 나에게는 커다란 위험이 될 수 있었다.

하지만 내가 만일 마라톤 대회에 나가야 한다거나, 산악자전거를 타는 소녀를 피하기 위해 담벼락까지 뛰어 올라가야 한다면, 몸에 무거운 무언가를 걸치고 있을 필요가 없지 않을까?

그리스의 장군들은 바보가 아니었다. 그들은 전사와 주자들을 빨리 달리게 하기 위해서, 또 항상 미친 듯이 싸우면서도 늘 각별히 조심하고 정신을 똑바로 차리게 하기 위해서, 옷을 전부 벗기면 된다는 것을 알고 있었다.

나는 깊은 생각에 잠겼다. 그리고 지금 나는 그럭저럭 기분이 좋았다. 왜냐하면 3일 동안 내가 만든 감옥 안에 갇혀 있다가 밖으로 뛰쳐나왔기 때문이다. 나는 자유의 몸이다. 나와 존 웨인, 우리는 행동가다.

사람들은 보통 다른 사람을 오랫동안 쳐다보지 않는다. 특히 낯선 사람일 경우에는 더 그렇다. 누군가가 나를 보고 있으면 나는 그것을 금세 알아챌 수 있다. 다른 사람들도 대부분 그럴 것이다.

하지만 오늘은 내가 원하는 만큼 오랫동안 사람들을 쳐다볼 수 있었다. 나 바비는, 아주 가까이 근접할 수 있는 인간 비밀 카메라였다.

나와 같은 방향으로 걷고 있는 이 남자, 그는 18세 정도로 보이며, 헐렁한 청바지와 스웨터를 입고 두건을 두르고 있었다. 나는 아까부터 쭉 그를 지켜보고 있었다. 또 좀 전에 나를 지나쳐 간 몇 명의 아이들은 생각에 몰두한 나머지 아주 심각한 표정을 짓고 있었다. 어깨를 흔들며 턱을 위아래로 까딱까딱 움직이기도 했다. 또 어떤 아이는 머리를 긁적이다가 코를 후비더니 코딱지를 청바지에 닦았고, 보도 위의 비둘기를 발로 차기도 했다. 아무도 그를 보고 있지 않기 때문이었다. 고독한 그리스 전사를 제외하고는.

나는 왠지 내가 서두르고 있다는 느낌이 들었는데, 금방 그 이유를 알게 되었다. 아니, 사실은 집을 나온 순간부터 나는 마음속으로 알고 있었다. 나는 지금 켄우드 59번가에 와 있으며, 학교 수업이 이제 막 끝날 거라고 내 머릿속 시계가 말해 주고 있었다. 조금만 서두르면, 문밖에 서서 학교 안을 몰래 엿볼 수 있을 것이다.

이것은 상당히 위험한 생각일 수도 있었다. 수업이 끝난 후의 교문은 매우 복잡할 테니까. 네 개의 문이 스르르 열리자, 집으로 가기 위해 차와 버스와 인도로 향하는 3백 명가량의 아이들이 한꺼번에 계단으로 우르르 쏟아졌다. 3일 전만 해도 나는 바로 이 무리 속에 끼어 있었다. 투명인간이 아니라 해도 이런 상황에서 발을 밟히지 않기란 쉽지 않다. 나는 한쪽으로 몸을 피해 사람이 없는 자전

거 보관소로 갔다. 뒤로 몸을 기대어 보았지만, 그것도 잠시 뿐이었다. 살에 닿은 금속 봉들이 차가운 고드름처럼 느껴졌기 때문이다.

나는 케니 템플을 발견하고 미소 지었다. 그는 분명히 재미있는 얘기를 하고 있을 것이다. 케니는 제이 벤더와 함께 낄낄거리며 서로를 밀치고 있었다. 그의 웃옷은 풀어헤쳐져 펄럭이고 있었고, 오른손에는 색소폰 케이스를, 왼손에는 붉은색의 커다란 책을 쥐고 있었다. ≪반지의 제왕≫ 50주년 기념판이다. 3주 전에 케니는 그 책을 생일 선물로 받았는데, 언제나 끼고 다녔다. 그 책의 가장 좋은 점은 지도가 들어 있다는 점이었다.

케니는 버스에 올라탔고, 아이들은 계속해서 교문에서 쏟아져 나오고 있었다. 인기가 많은 여학생들의 무리가 보였다. 마야, 레슬리, 캐롤, 제시카, 그리고 이름을 잘 모르는 서너 명의 다른 여학생들. 나는 생물수업을 같이 듣는 제시카를 알고 있었다. 하지만 그녀는 나를 모를 것이다.

그 소녀들은 군인처럼, 또는 편대로 비행하는 비행기들처럼 현관 계단을 미끄러지듯 내려왔다. 제시카는 머리를 쓸어 올리며 입가에 미소를 머금은 채, 날개 쪽 선두로 내려왔다. 다른 여학생들도 그대로 했다. 제시카가 무슨 얘기를 하고 있는지 비행 중대는 조용히 듣고 있었다. 마치 제시카가 학교에 관한 재미있는 비밀이라도 말해 주는 것처럼, 그들을 선택받은 자로 만들어 줄 비밀을 몰래 전해 주기라도 하는 양. 그리고 나는 그들을 바라보고 있는 유일한 남학생은 아니었다. 그것은 그들도 알고 있었다.

하지만 나는 이내 고개를 돌렸다. 나는 그리스 전사이며, 그들은 내 관심을 끌 만한 가치가 없었다.

나의 눈은 다시 계단으로 향했다. 그 소녀들 바로 뒤쪽으로 축구 우상들이 몰려오고 있었다. 텍사스 주에서는 럭비였지만, 이곳에서는 단연 축구가 최고다. 시즌이 끝나고 몇 달이 지났지만 그들의 우쭐대는 모습은 여전했다. 그리고 일 년 내내 계속될 것이다. 저기 조시 애컬리가 보였다. 마음만 먹으면, 걸음을 재촉하여 그를 따라가서 다리를 걸 수도 있을 것이다. 그러면 조시는 비틀거리다가 계단 아래로 쭉 미끄러지겠지? 하지만 훌륭한 전사가 왜 저런 형편없는 녀석에게 몸을 굽혀야 하지? 또 조시가 넘어지는 것을 지켜보다가 내가 그만 큰 소리로 웃어 버릴지도 모른다. 나는 그냥 조용히 있기로 했다.

학생들이 거의 다 빠져나가자, 선생님들이 회전문을 돌리며 나온다. 레인 선생님, 버그 선생님, 캐플란 선생님……. 그리고 버스가 서서히 움직이기 시작했다. 이제 학교 안에는 학생들이 거의 보이지 않았다.

쇼는 끝났고, 학교는 파했다.

너무 오랫동안 조용히 서 있었나 보다. 이제 전사는 한기를 느낀다. 안으로 들어가서 몸을 녹이고 싶었지만, 안에서도 편안함을 느끼지 못하리라는 것을 알고 있었다. 하지만 밴드 연습실에는 가 봐야겠지. 스토지스 선생님 앞에 가서 트럼펫 연주를 한 뒤, 선생님이 공중에 둥둥 뜬 트럼펫의 연주를 봄에 열릴 재즈콘서트 프로그램에 넣어야 할지 말지 고민하는 모습을 지켜보는 건 재미있을 것 같았다.

그러나 아직은 스토지스 선생님 차례가 아니다. 내게는 급하게 할 일이 있었다. 이곳 전장에서 발에 동상이 걸리지 않도록 뭔가 조치를 해야 했다. 몇 블록만 더 가면 되었다. 그러면 내가 늘 마음 편하게 느끼는 곳, 바닥에 차가운 회색 리놀륨도 없으며 음식 냄새도 없는 곳에서 편안히 쉴 수 있을 것이다.

나는 도서관을 향해 뛰어갔다. 얼른 따뜻한 카펫 위를 걷고 싶었다. 고대 그리스인들이 지중해가 아니라 미시간 호 옆에 살았다면, 아마 발가벗는 일에 대해 다시 생각해 봤을지도 모른다.

이번에도 왈트가 출입구를 지키고 있었지만, 오늘 나에게 제재를 가할 사람은 아무도 없었다. 전사들은 허가를 요청하지 않는다. 나는 나만의 방패 안에 숨은 채 그의 옆을 지나쳐 갔다.

따뜻했다. 열기란 좋은 것이다. 추위는 사람을 절대로 쉬게 할 수 없다. 추운데다가 옷까지 벗고 있다면 그건 더 말할 것도 없겠지. 이곳은 정말 좋다. 밝고 깨끗하고 아늑하다. 게다가 카펫은 부드럽다. 주위에 깨진 유리 조각도 없고, 개똥도 없으며, 반쯤 녹은 눈이 질퍽거리지도 않는다.

나는 마치 날듯이 계단을 한 번에 두 개씩 뛰어올랐다. 눈에 보이지 않는 내 몸이 깃털처럼 가볍게 느껴졌다. 그리고 나는 내가 어디로 향하고 있는지 알고 있었다. 3층이었다. 그곳은 전사가 휴가를 즐기기에 완벽한 장소였다. 나는 방음 장치가 잘 된 청취실로 갔다. 그곳에서 좋은 CD 한 장을 몰래 갖고 나오기만 하면 되었다. 얼마나 용감한가? CD는 그다지 크지도 않다. 내 겨드랑이 밑에 충분히 숨길 수 있다. 그러고 난 뒤 청취실로 들어가 문을 잠그고 크고 푹신한 의자에 앉아 발이 다 녹을 때까지 마일즈 데이비스의 음악을 들으면 된다. 네 개의 청취실 중 하나면 충분하다.

첫 번째 청취실에는 다섯 명의 학생들이 심각한 표정으로 토론을 벌이고 있었다. 그들은 아마도 법대생이거나 의대생들일 것이다. 두 번째 청취실에는 오케스트라 지휘봉을 든 남자가 벽을 마주 보고 서 있었다. 그는 음악에 맞춰 몸을 흔들며, 힘차게 지휘를 하고 있었다. 세 번째 청취실에는 남자 한 명과 여자 한 명이 왔다갔다 하면서 연극 연습을 하고 있었다. 아주 그럴듯했다.

마지막 청취실에도 역시 사람이 있었다. 그러나 그 여학생은 노트북을 사용하고 있었다. 나는 문을 쾅쾅 두드린 다음, '이봐요, 학생. 여기는 청취실이에요. 그건 아무 데서나 칠 수 있는 거잖아요. 그러니까 좀 나가 주세요!'라고 소리치고 싶었다. 그런 생각을 하면서 막 돌아서려는데, 그 여학생의 얼굴이 낯익다.

나는 잠시 호흡을 가다듬었다. 그러고는 문을 가볍게 두드린 뒤, 재빨리 안으로 들어가 문을 닫았다.

나는 이 여학생을 알고 있었기에, 지금처럼 용감해질 수 있었다. 지금 노트북을 두드리고 있는 이 여학생은 내가 화요일에 도서관 입구에서 부딪혔던 바로 그 애다. 앞을 못 보던 바로 그 여학생!

10
앨리시아

 그 애는 깜짝 놀랐다. 나도 그랬다. 그 애는 노트북만 사용하고 있는 게 아니었다. 나는 미처 그 애의 컴퓨터 옆에 놓인 조그마한 녹음기를 보지 못했다. 거기에서 한 남자의 목소리가 흘러나오고 있었다.

 ……그가 거의 지나쳐 갈 때까지, 헤스터 프린은 그의 걸음을 멈추게 할 만한 목소리를 낼 수 없었다. 마침내, 간신히 용기를 내어 그녀는 입을 열었다.
 "아더 딤즈데일!"
 처음에 그녀는 머뭇거리며 말했다. 그리고 두 번째는 좀 더 크게 말했지만, 거의 쉰 목소리였다.

"아더 딤즈데일!"

나는 이 등장인물들을 알고 있었다. 그 애는 오디오북을 듣고 있었다. 그러니까 독서를 하고 있었던 셈이다.

내 손은 여전히 문손잡이를 잡고 있었다. 그 애는 의자에 앉은 채 호기심과 걱정이 뒤섞인 얼굴로, 나를 향해 몸을 돌렸다.

지금이라도 돌아서서 다시 나갈 수도 있었다. 조용히 이 방을 빠져나가면, 그 애는 방에 들어왔던 사람이 누군지 전혀 알 수 없을 것이다.

하지만 나는 벌써 3일째 엄마와 아빠하고만 얘기를 나누고 있었다. 트렌트 부인과 플레밍 박사, 그리고 두세 명의 택시운전사들을 빼놓고는 말이다. 즉 사람들을 만나지 않은 지 3일이나 되었다.

"안녕……?"

그 애가 말했다. 그 애는 아마도 요 2년 동안 나에게 '안녕'이라고 말했던 사람들 중에서 가장 예쁜 사람일 것이다.

나는 최대한 아무렇지도 않게 말하려고 노력했다. 비록 그 애가 볼 수 없다 해도, 내가 발가벗었다는 사실이 나를 아주 긴장하게 만들었다.

"안녕, 저…… 방해해서 미안해. 너를 본 적이 있어서…… 그래서 인사를 하려고……"

그 애가 머리를 한쪽으로 약간 기울였다. 머리카락이 한쪽 뺨으로 흘러내렸다.

"넌 나를 잘 모르겠지만, 난……."

그 애가 살짝 미소 지으며 고개를 끄덕였다.

"화요일에 입구에서 나랑 부딪혔던 그 애 맞지? 목소리가 기억나. 첫인상이 강했거든."

그러더니 이번에는 더 크게 미소를 지었다.

"응, 그 일은 정말 미안해……. 그리고 내가 도망치듯 달아났던 건 그날 좀 급한 일이 있었거든."

그 애는 생글거리며 어깨를 들썩거렸다.

"별일 아닌데 뭐. 나는 원래 잘 부딪혀. 괜찮아."

나는 또 무슨 말을 해야 할까 고민이 되었다. 그 애도 마찬가지인 것 같았다. 녹음기 속의 그 남자 혼자서 얘기를 계속하고 있었다. 그 애의 긴 손가락이 불안한 듯 계속 움직였다. 마치 내가 쳐다보고 있는 걸 아는 것 같았다. 그 애가 손을 뻗쳐 버튼을 누르자, 남자 목소리가 멈췄다.

조용해지자 내가 먼저 말을 꺼냈다.

"≪주홍 글씨≫, 맞지? 난 1학기 때 읽었어. 어때, 재미있니?"

그 애는 코를 찡그리며 머리를 흔들었다.

"아니, 너무 지루해. 난 흥미진진한 얘기가 더 좋아."

"응, 사실은 나도 그래."

또다시 분위기가 어색해졌다. 이 문을 열지 말았어야 했다는 생각이 들기 시작했다.

"이 도서관에 자주 오니?"

그 애가 고개를 끄덕였다.

"일주일에 네 번 이 방을 예약해. 거의 살다시피 해. 그래도 여기 있는 게 집에서 하루 종일 꼼짝 않고 있는 것보다는 좋아."

"학교는 안 다녀?"

"안 다니는 거나 마찬가지야. 통신교육과정으로 혼자 공부하거든."

"여기 시카고 대학에서? 그래서 이 도서관에 자주 오는 거구나."

그 애가 다시 머리를 흔들었다.

"아니, 아빠가 이 대학에 교수로 계셔. 그래서 여기 출입증이 있어. 나는 노스 쇼어에 있는 특수학교에 다녀."

"너의 아빠가 여기 교수라고? 우리 엄마도 그런데."

얘깃거리가 생겨서 다행이었다.

"우리 엄마는 영문학을 가르쳐. 너의 아빠는?"

"주로 천문학, 그리고 수학."

그 애는 다시 코를 찡그렸다.

"우리 아빠는 연구밖에 모르셔."

우리는 서로의 아빠에 대해 이야기하면서, 누가 더 공부벌레인지 따져 보았다.

"그런데 넌 몇 살 때부터 앞을 못 보게 된 거니?"

실수였다. 나의 이 바보 같은 질문에, 그 애는 표정이 굳어지며 당황한 기색을 보이더니 얼굴이 빨개졌다. 그 애가 화가 난 건지, 당황한 건지는 잘 모르겠다. 아무튼 나는 설명하려고 몹시 애를 썼다.

"내 말은, 기분 상하게 하려던 건 아냐. 그냥 궁금해서…… 내가 아는 사람 중에는 앞을 못 보는 사람이 없어서, 그래서 그냥……."

"궁금해서?"

그 애는 오른쪽 눈썹을 치켜세웠다.

"그러니까, 맹인 여자애에 대해서 알고 싶었다는 거지?"

그 애의 목소리가 날카로웠다. 그러나 분명 화를 내는 것은 아니었다. 내가 당황해하는 걸 알고 나를 괴롭히려는 듯, 비꼬면서 약간은 즐기고 있는 말투였다. 그 애가 다시 말했다.

"괜찮아, 말해 줄게. 앞을 못 본 지는 겨우 2년 정도밖에 안 됐어."

"사고를 당한 거야?"

"사고? 네가 말하는 사고라는 것이, 내가 고의로 내 눈을 멀게 한, 그러니까 뾰족한 연필로 내 눈을 찔렀다든지 하는 일과 반대되는 상황을 말하는 거니? 아니면, 과학 실험을 하다가 산이 폭발했다거나 하는 그런 사고를 말하는 거니?"

이건 분명히 빈정대는 말투였다.

나는 설명을 하듯이 손을 들어 올렸지만, 이 행동은 두 배나 더 어리석은 짓이었다. 그것은 첫째, 나는 눈에 보이지 않으며, 둘째, 내가 눈에 보인다고 해도 그녀가 앞을 못 보기 때문이었다. 어쨌든 나는 손을 들고서 말했다.

"아니, 말하고 싶지 않으면 그만둬. 나, 그냥 나갈게. 정말이지 귀찮게 하려던 건 아니었어. 훌륭한 소설을 읽고 있는 걸 방해하려던 것도 아니고."

비꼬는 말은 듣는 것보다 말하는 쪽이 훨씬 더 재미있다.

"그럼, 안녕!"

그렇게 말하고 방을 나온 뒤, 나는 쿵 소리가 나게 문을 닫았다. 이런 비꼬는 상황을 누가 좋아하겠는가? 게다가 나는 이제 더 이상 발이 시리지도 않았다.

내가 다섯 발짝쯤 걸어가고 있을 때, 방문이 다시 열리더니 그 애가 말했다.

"저기…… 다시 들어와 줄래?"

컴퓨터 책상과 창가 테이블에 앉아 있던 예닐곱 명의 학생들이 몸을 돌려 쳐다봤다. 그들은 이 여학생이 누구를 부르고 있는 건지 의아해하는 눈치였다. 나는 재빨리 그 애에게 다가가서, 도서관이라서 목소리를 낮춘 듯 아주 작게 말했다.

"알았어."

그 애는 청취실로 들어가 다시 책상에 앉았다. 나는 문을 닫고 그 애를 바라보던 학생들을 한번 둘러보았다. 그들은 모르는 여학생이 아무도 없는 데서 소리를 치고는 다시 문을 닫은 일에 그다지 오래 신경 쓸 겨를이 없는 듯했다. 중간고사가 다가오고 있었으니까. 그들은 아무 일 없다는 듯 다시 공부를 했다.

나는 다리가 아팠지만, 차가운 의자에 맨엉덩이를 대고 싶지는 않았다. 나는 의자 위에 오른쪽 다리를 구부려 올려놓은 뒤, 내 발 위에 앉았다.

그 애는 내가 앉은 쪽으로 수줍은 미소를 던지며 말했다.

"미안해. 나도 그러려고 했던 건 아닌데……"

"아냐, 내 잘못이야. 우린 잘 아는 사이도 아닌데…… 그런 걸 물어보다니. 내가 생각이 짧았어. 난…… 지난 며칠 동안 거의 혼자 있었거든. 혼자 생각을 많이 해서 그런지, 사람들하고 말하는 법을 잊어버렸나 봐. 그래서 머릿속에 궁금하다는 생각이 들자마자, 그게 바로 입 밖으로 튀어나와 버린 거야. 일주일 전의 나였다면 아마 너한테 인사도 하지 않고 지나쳤을지도 몰라. 아무튼 미안해할 필요 없어."

그 애는 참 여러 가지 빛깔의 미소를 가지고 있었다. 지금 그 애의 얼굴엔 새로운 미소가 번졌다. 따뜻하면서도 여러 의미가 담겨 있는. 뭐랄까, 슬픔이나 외로움 같은 것들이 뒤섞인 느낌이랄까.

"거의 혼자 있었다는 게 무슨 뜻이니?"

나는 조심스럽게 말을 시작했다.

"화요일 날, 도서관에서 너랑 부딪히고 나서 몇 시간 후에, 우리 부모님이 교통사고를 당하셨어. 곧 괜찮아지시겠지만, 아직 병원에 계셔."

그 애의 얼굴에는 그 애의 생각이 곧바로 표현되는 것 같았다. 아주 감정이 풍부한 얼굴이었다. 나는 그 애를 계속 쳐다봤다. 내가 투명인간이 아니라 해도, 그 애가 나를 볼 수 없기 때문에 이렇게 계속 바라보는 게 가능했다. 하지만 아까 길에서 옆에 가던 남자를 쳐다볼 때와는 달랐다. 이 애는 내가 옆에 있다는 걸 알고 있으니까. 내 존재를 인식하고 있는 것이니까. 그렇지만 지금은 오히려 그 애가 내가 자기를 바라보고 있다는 걸 알아차려 줬으면 하는 생각이 들었다. 기억해 두고 싶은 얼굴이었다.

그 애의 눈썹이 가운데로 모아졌다.

"그럼, 집에 너 혼자 있는 거야? 부모님이 그렇게 해도 괜찮다고 하셨니?"

"응. 좀 복잡하지만, 그렇게 됐어."

"그럼 학교에는 버스를 타고 가니?"

"아니, 계속 집에 있었어."

"어디 아팠어?"

"아니, 그냥 학교에 갈 처지가 안 돼서."

나는 더 이상 이야기해선 안 될 것 같아 말을 돌렸다.

"근데, 통신교육과정은 마음에 들어? 꽤 괜찮아 보이던데. 학교에 가지 않아도 되고 말이야."

그 애는 재미있다는 듯 살짝 코웃음을 쳤다.

"괜찮아 보이는 단 한 가지 이유는, 네가 그 처지에 있지 않기 때문일 거야. 난 선택의 여지가 없잖아."

그 애는 잠깐 멈추었다가, 다시 말을 이었다.

"내가 너를 다시 부른 이유는 아무도 나에게 앞을 못 보는 이유나, 무슨 일이 있었는지에 대해 물어 본 적이 없어서야. 대부분의 사람들, 특히 다른 학생들은 그냥 나를 피해 다녀. 그 애들은 내가 시각장애인이라는 걸 알아차리지 못하는 척하는 것 같아. 그래서 네가 그렇게 물어 봤을 때 난 좀 놀랐어. 그리고 순간적으로 내 자신이 가엾다는 생각이 들어서 조금 화가 났고."

"빈정댄 것도 잊지 마."

그 애는 활짝 미소 지으며 낮게 소리 내어 웃었다.

"그건 맞아, 빈정거렸어."

노트북에서 삑 하는 소리가 났다. 그리고 이상한 목소리가 '오후 3시 55분'이라고 말했다.

그 애가 웃었다.

"알버트야. 내 컴퓨터에 살고 있어. 5분 내로 이곳을 비워 줘야 한다고 알려 주는 거야."

그 애는 말을 멈추고, 무언가 생각하는 듯 얼굴을 조금 찡그렸다.

"너 금방 집에 갈 거니? 나는 집에 가야 하거든. 너도 금방 나갈 거라면, 같이 조금 걷는 것도 괜찮을 것 같아. 바깥 날씨가 너무 좋잖니."

"그래, 같이 나가자."

2분도 안 되어 그 애의 노트북과 녹음기가 잘 꾸려졌다. 그 애는 코트를 입고 배낭을 멨다. 길고 하얀 지팡이도 집어 들었다.

우리는 함께 밖으로 나갔다.

11
위기일발

첫 번째 위기는 엘리베이터에서였다. 3층에서 두 명이 탔고, 2층에서는 커다란 배낭을 멘 학생이 네 명이나 탔다. 누군가가 내 발을 밟거나, 밀려 들어오다가 자신들 속에 끼어 있는 무언가를 발견하고는 소리치며 흥분할 수도 있기 때문에, 상황이 아주 곤란해질 수도 있었다.

하지만 그런 일은 일어나지 않았다. 모두가 엘리베이터 안쪽으로 차곡차곡 들어갔고, 아무 말도 하지 않았다. 그 애의 길고 휜 지팡이가 요술지팡이 역할을 하고 있었기 때문이다. 그 애가 공간을 덜 차지하려고 지팡이를 몸에 바짝 붙이고 기다란 손가락을 그 위에 올려놓자, 지팡이가 거의 그 애의 코까지 올라왔다. 아무도 맹인 소녀와 부딪히길 원하지 않는 것 같았다. 아무튼 그 애의 지팡이 때문에 나는 엘리베이터에서의 위기를 아주 쉽게 모면했고, 무사히 1층까지 내려올 수 있었다.

입구를 지나칠 때 왈트가 그녀에게 말했다.

"앨리시아, 어떻게 지내니?"

그 애는 웃으며 말했다.

"잘 지내요. 내일 봐요."

우리는 속도를 줄이지 않고 계속 걸어갔다. 그리고 이제 나는 그 애의 이름도 알게 되었다. 앨리시아.

조금 어색했다. 내가 안내를 하겠다고 해야 할지, 그냥 있는 게 좋을지 잘 모르겠다. 그 애는 지팡이를 쭉 내밀어 레이더처럼 앞뒤로 쓸고 있었다. 지팡이가 문에 닿자, 그 애가 멈췄다.

"내가 열게."

그 애는 내가 문을 미는 동안 기다리고 있다가, 문이 열리자 밖으로 나가 계단을 따라 보도로 내려갔다.

물론 그 애가 이 길을 수없이 지나다녔기 때문이겠지만, 혼자서도 익숙하게 발걸음을 옮기는 것이 나는 무척 놀라웠다.

"넌 정말 혼자서도 잘 다니는구나."

그 애는 엷은 미소를 지으며 이렇게 말했다.

"응. 내가 앞으로 10년 정도 더 노력한다면, 목발을 짚은 여섯 살 난 보통 꼬마처럼 왔다갔다할 수도 있을 거야. 이런 말을 기대하는 거니?"

그러고는 그 애의 미소가 밝아졌다.

"어, 또 비꼬고 있네."

도서관 정문을 나서자, 그 애가 멈춰 서더니 지팡이를 자기 앞에 곧추세웠다. 그러고는 서쪽을 가리키며 말했다.

"나는 저쪽으로 네 번째 블록쯤에 살아. 넌 어디에 사니?"

그리고 그 애는 미소 지었다. 100퍼센트 확실한 것은 아니지만, 그 애는 나와 계속 얘기하고 싶어 하는 것 같았다.

나는 조심스럽게 말했다.

"우리 집은 남동쪽이야……. 하지만 좀 돌아서 가도 돼. 네 블록 정도면 산책하기 딱 좋은걸."

사실은 아니었다. 지금은 아까보다 최소한 5도쯤은 더 추워졌고 바람의 방향도 바뀌어, 멀리 호수에서 찬바람이 불어오고 있었다. 무척 추웠지만 나는 다시 그리스 전사가 되기로 했다. 전사에게 이 정도 추위가 뭐가 문제야?

그 애는 "잘 됐다!"라고 말하며, 나에게 오른손을 내밀었다.

"자, 내가 네 팔꿈치를 잡을게. 그렇게 하면 네가 걷는 속도에 맞춰서 걸을 수 있어. 네 블록을 가는 동안 네가 내 눈이 되어 주는 거야, 괜찮지?"

'괜찮지? 아니, 괜찮지 않아. 나는 옷을 벗고 있어서 네가 내 팔을 잡고 57번가를 거닐 수는 없어.'

하지만 거절할 수가 없었다. 만일 내가 싫다고 한다면, 내가 그 애를 전염병 환자처럼 생각하고 있는 게 되어 버릴 테니까. 안 그래도 쉽게 상처받는 그 애가 몹시 자존심 상해할 것이 분명했다.

그래서 나는 그 애에게 반걸음 더 다가가서, 내 팔꿈치를 그 애의 오른손 쪽으로 내밀었다. 그러나 팔꿈치가 보이지 않는 나로서는 쉬운 일이 아니었다. 곧 그 애가 가볍게 내 팔꿈치를 잡았고, 우리는 다시 걷기 시작했다. 내 키가 조금 더 크기 때문에, 나는 보폭을 좁혀야 했다.

나는 걸으면서 그 애와 계속 이야기하고 싶었지만, 지나다니는 사람들이 많아 그럴 수가 없었다. 그러나 차차 사람들이 줄어들었고, 자동차의 소음도 들렸기 때문에, 이제는 말하는 것이 두렵지 않았다. 사람들은 그녀를 피했다. 아무도 그 애 가까이 걸으려 하지 않는데다 심지어 1초 이상은 그 애를 쳐다보지도 않았다.

"왈트가 너를 앨리시아라고 부르던데, 이름 참 예쁘다."

"고마워. 너는?"

"바비. 바비 필립스."

간간이 짧은 대화가 오갈 뿐, 우리는 거의 그냥 걷고만 있었다. 그렇게 하는 편이 훨씬 나았다. 어떤 남자와 여자가 바로 우리 뒤를 따라오고 있었으니까. 그리고 거의 엘리스 가에 이르렀을 때, 그들은 우리를 사이에 두고 갈라져서 우리를 앞질러 가려고 했다. 내 옆으로 남자가 지나갔는데, 자칫하면 나와 부딪힐 뻔했다. 내가 막 피하려고 할 때, 앨리시아의 흰 지팡이를 본 그 남자가 내 옆으로 크게 반원을 그리며 피해 갔다. 이번에도 요술 지팡이가 나를 도왔다.

"혼자서 걸어갈 때는 자동차 소리를 듣니? 신호가 바뀔 때를 알기 위해서 말이야."

"응. 그리고 그 소리로 내가 길모퉁이에 얼마나 가까이 왔는지도 알 수 있어. 언제쯤 속도를 늦출지를 말이야. 그렇지만 난 전부터 이 길을 잘 알고 있었어. 길모퉁이에는 휠체어 횡단도로가 있는데, 그런 것들이 나한테는 참 좋아."

우리는 길모퉁이에 도착했고, 신호가 바뀌어서 길을 반쯤 건너고 있는 중이었다.

바로 그때, 문제가 발생했다.

건너편에서 한 아이가 작은 은색 스쿠터를 타고 우리를 향해 돌진해 오고 있었다. 열두 살 정도 되어 보이는 그 아이는 스쿠터를 잘 못 타는지 균형을 잡지 못한 채 머리를 숙이고 있었고, 헬멧 때문에 우리를 보지 못했다. 그리고 정말 빠른 속도로 우리를 향해 돌진하고 있었다.

"이봐!"

내가 소리쳤다. 아이는 고개를 쳐들었지만 멈추지는 않았다. 나는 앨리시아가 부딪힐 것 같아 그 애의 팔을 내 쪽으로 잡아당겼다. 그러자 균형을 잃은 그 애가 내 팔꿈치를 잡고 있던 손을 앞으로 내밀고 말았다.

그 아이는 "너나 조심해!"라고 소리치며 인도를 따라 서서히 사라져 갔다.

어쨌든 우리는 건너편 길모퉁이에 도착했고, 무사했으며, 때마침 가까이에 아무도 없어서 앨리시아에게 말을 걸 수 있었다.

"정말 위험했어. …… 미안해. 어떤 애가 스쿠터를 타고 갑자기 다가오는 바람에. 괜찮니?"

나는 앨리시아의 얼굴을 쳐다봤다. 전혀 괜찮지가 않은 표정이었다. 조금은 겁에 질리고, 약간은 당황한 것 같았다. 그리고 나는 그 이유를 알았다. 내가 앨리시아를 홱 잡아당겨서 균형을 잃었을 때 앨리시아는 손을 내밀었고, 그 손이 내 갈비뼈 위를 지나 거의 내 왼쪽 겨드랑이에 닿았기 때문이다. 앨리시아는 나의 맨살을 만졌던 것이다.

"셔츠를 입지 않았니?"

그것은 질문이 아니었다. 앨리시아는 반쯤 뒷걸음질치며 말했다.

"그러니까 내 말은, 아까 네 팔꿈치를 잡았을 때도 긴 소매나 재킷을 입고 있지 않아서 이상하다고 생각했지만, 오늘은 날씨가 따뜻하니까 난 그냥 네가 반팔 티셔츠 같은 걸 입고 있는 줄 알았어. 그런데, 그럼…… 그럼, 아까 도서관에서는……, 도서관에서 어떻게 셔츠도 안 입고 있었니? 그리고 지금 밖에서도……? 아직 춥잖아. 2월이라고!"

나는 이 상황을 어떻게 대처해야 할지 몰라 당황했다. 이곳 길모퉁이에 서서 그 애가 지금 생각하는 것보다 더, 몇백 배는 더 이상한 일을 말할 수는 없었다.

"무슨 일이야? 말해 봐. 너 거기 있는 거니?"

나는 침을 삼켰다.

"응, 있어. 그런데…… 나중에 설명하면 안 될까? 아니면, 내가 너희 집에 전화를 할게. 이건 네가 생각하는 것하고는 다른 문제야."

그 애의 얼굴은 거의 원시 가면처럼 사나워졌다.

"내가 생각하는 것과는 다른 거라고? 내가 지금 무슨 생각을 하는지 알기나 하니? 넌 아마 모를걸? 나는 지금 30분째 셔츠도 안 입은, 게다가 온몸이 문신으로 뒤덮인 이상한 남자 애랑 걷고 있었다고 생각하고 있어. 그리고 분명히 몸에 피어싱도 했겠지. 아니니? 내 앞에서 당장 사라져, 바비 필립스. 그게 네 본명인지는 모르겠지만. 어린 맹인 소녀한테 집적대는 녀석은 너뿐만이 아니야. 그리고 난 바보가 아니야. 난 내가 지금 어디에 있는지 정확히 알고 있어. 여기는 우리 동네고, 나는 집으로 가고 있어. 혼자서 말이야. 그리고 네가 나한테 가까이 다가오거나, 내 주변에 있다고 느껴지기만 해도 난 커다랗게 소리를 지를 거야. 가게 주인들이랑 이 근처에 살고 있는 사람들은 내가 누군지 다 알고 있어. 그 사람들이 당장 달려와서 너를 잡아갈 거야. 그러니까 꺼져 버려! 당장! 길

반대쪽으로 가서 내가 들을 수 있도록 '안녕'이라고 소리쳐. 얼른!"

아무도 없는 데서 고함을 치고 있는 이 맹인 소녀를, 지나가던 여자가 놀라서 쳐다보고 있었기 때문에 나는 아무 말도 하지 못했다. 조금이라도 잘못한 것이 있었다면, 나는 그냥 가 버렸을 것이다. 아니, 적어도 내가 그 애에게 내 이름과 우리 엄마가 그 대학 교수라는 걸 말하지만 않았다면, 그래서 그 애가 나를 추적할 방법이 없었다면 나는 뒤도 돌아보지 않고 그냥 도망 가 버렸을 것이다. 그렇게 하는 게 현명한 일이고, 지금이라도 그렇게 하는 게 옳을지도 몰랐다. 하지만 그 애가 나에게 이렇게까지 소리칠 이유가 없기 때문에 나 역시 몹시 화가 났다. 나는 아무 잘못도 하지 않았고, 그 애에게 거짓말을 하지도 않았다. 그리고 앞으로도 그러지 않을 것이다. 나는 맹인 소녀에게 집적대는 그런 녀석이 아닐뿐더러, 그 애가 나를 계속 그렇게 생각하도록 내버려 두지도 않을 터였다.

"계속해, 계속 소리쳐 봐! 원하는 만큼 소리치라고. 그래도 나는 계속 여기 서 있을 거야. 네가 계속 소리쳐서 사람들이 너를 구하러 달려온다고 해도, 그 사람들이 나를 끌고 가려고 해도, 그 사람들은 바로 이 길모퉁이에 서 있는 나를 발견하지 못할 테니까. 그러고 나서 진짜 무슨 일이 일어나고 있는지 말해 줄게. 너는 이 상황에 대해서 아무것도 모르고 있어. 진짜 아무것도 모른다고. 그러니까 계속 소리쳐 봐. 무슨 일이 벌어지는지 한번 보자."

그 애의 얼굴에 순식간에 열 가지도 넘는 복잡한 감정이 뒤엉켰다. 하지만 하나의 감정이 지배적이었다. 그것은 바로 두려움이었다. 집에서 혼자 첫 번째 밤을 보냈을 때의 나처럼, 앨리시아는 어둠 속에서 홀로 두려워하고 있었다. 그리고 두려움은 계속해서 커져만 갔다. 그 애는 크게 숨을 들이마셨다. 나는 그 애가 곧 비명을 지를 거라고 생각했다. 하지만 그 애는 5초, 그리고 10초가 지나도 조용했다. 그러더니 천천히 숨을 내뱉었다.

그 애는 매몰차고 단호한 목소리로 말했다.

"그럼 어디 얘기해 봐. 나에게 진실을 말하라고. 그 대단한 비밀을 한번 말해 보라고. 셔츠도 입지 않은 네가 왜 이상한 녀석이 아닌지를 내게 말해 보란 말이야."

그 애는 두 손으로 흰 지팡이를 꽉 움켜쥐었다. 금방이라도 사무라이의 검처럼 휘두를 자세였다.

"간단해. 난 셔츠만 입지 않은 게 아냐. 나는 바지도 팬티도 안 입었고, 양말도 신발도 안 신었어. 아무것도 입지 않았다는 얘기야. 너는 진실을 알고 싶어 했고, 나는 지금 내가 말하고 있는 것이 진실이라는 걸 신께 맹세할 수 있어. 자, 어째서 지금 우리 주변에 사람들이 모여들지 않는 걸까? 어째서?"

그 애는 정말 당혹스러워하고 있었으며, 또한 훨씬 더 많이 두려워하고 있었다. 나는 얘기를 계속했다.

"완전히 발가벗은 사람이 군중을 끌어 모으지 않는 이유가 뭘까? 두 가지 경우가 있을 수 있겠지. 모든 사람들이 너처럼 앞을 못 보기 때문이거나, 또 하나, 가능한 일은 아니지만 아무도 나를 볼 수 없기 때문이거나. 너는 어느 쪽이라고 생각해? 우리 주변에 있는 모든 사람들이 앞을 못 보는 걸까? 아니면 내가…… 내가 안 보이는 걸까?"

그 애는 한참 동안 말이 없었다. 그러더니 거의 화를 내듯이 크게 소리쳤다.

"아주 재미있구나. 자, 봐, 보라고. 나도 투명인간이야. 그뿐만 아니라 슈퍼맨 못지않은 강철로 만들어졌지. 그런 말도 안 되는 농담은 집어치우고 이제 그만 사라지는 게 어때, 바비?"

앨리시아는 어쩔 줄 몰라 했다. 나는 그 애가 다시 소리를 칠지도 모른다는 생각이 들었다. 하지만 그 대신 그 애는 오른손을 나에게 내밀었다. 그 애의 손이 떨렸다.

"네 손을 잡게 해줘."

그 애의 목소리 역시 떨리고 있었지만, 단호했다. 만일 내가 지금 앨리시아의 입장이라면 어땠을까? 상상이 안 되었다. 아마 막무가내로 소리를 치고 있었을 것이다. 나는 그 애의 손바닥 위에 내 손을 올려놓았고, 그 애는 내 손을 세게 거머쥐었다. 가냘퍼 보이는 것과는 달리, 힘이 아주 셌다.

"우리 쪽으로 걸어오는 사람이 있니?"

나는 보도를 유심히 살펴봤다.

"있어. 스타벅스에서 방금 어떤 남자가 나왔어. 15초 내로 우리 옆을 지나갈 거야."

"그 사람이 우리 옆에 오면 내 손을 한 번 꽉 쥐어 줘, 알았지?"

"알았어, 그렇게 할게."

그 애는 정말로 내 손을 꽉 잡고 있었다. 나는 숨을 죽였다. 만일 그 애가 저 남자에게 경찰을 불러 달라고 부탁한다면, 나는 이 손을 빼내는 데 꽤나 애를 먹을 것이다. 그러나 나는 그렇게 하겠다고 대답했다. 내가 거짓말을 하는 게 아니라는 걸 그 애에게 확인시켜 주고 싶었기 때문이다.

그 남자가 거의 우리 옆으로 왔을 때, 나는 앨리시아의 손을 꽉 쥐었다.

"실례합니다."

그 애는 귀엽게 도움을 청했다.

그 남자는 멈춰 서서 필요 이상 큰 목소리로 대답했다.

"네? 뭘 도와드릴까요? 길을 건너야 하나요?"

내 심장이 심하게 요동쳤다. 나는 너무 긴장해 손을 놓고 달아날 각오까지 했다. 앨리시아는 그 남자에게 웃으며 말했다.

"여기 제 옆에 있는 이 남학생이 저보다 키가 큰지 말해 주실 수 있을까요? 저는 제가 더 크다고 생각하는데, 서로 아니라고 우기고 있거든요. 어떤가요?"

그 애가 내 손을 더욱 꽉 조였다.

남자는 몹시 당황스러워했다. 그에게는 내가 보이질 않았다. 그러나 이 남자는 앞을 못 보는 소녀의 감정을 상하게 할까 봐 걱정하는 듯했다.

"학생 옆에 있는 남학생이라니? 음, 그러니까…… 거기엔 아무도 없는데?"

그 애는 마치 강아지가 천 조각을 흔들 듯 내 손을 흔들었다.

"여기 있잖아요. 제가 이 친구 손을 잡고 있는데요! 누가 더 큰지 말해 줄 수 없으세요?"

그 애는 극도로 흥분하여 날카로운 목소리를 냈다.

그 남자는 거짓말쟁이 취급을 받은 것이 불쾌한 듯 말했다.

"누가 학생 옆에 있다고 생각하든지 간에, 학생 옆에는 아무도 없어. 나는 신호가 바뀌기 전에 어서 가 봐야겠군."

남자는 57번가를 가로지르며, 뒤를 한번 흘긋 돌아보고는 고개를 흔들었다.

이제 그 애의 얼굴에 새로운 표정이 나타났다. 앨리시아에게는 새롭지만, 나는 그 표정을 알고 있었다. 첫날 아침 엄마와 아빠의 얼굴에서 본 적이 있는 표정이다. 그것은 불가능한 정보를 처리하려고 애쓰는 사람들의 표정이다.

불가능한 일 앞에서는 누구나 이성을 잃게 마련이다.

그 애는 숨 쉬기가 힘들어 보였다.

"그럼…… 너, 너 정말."

"응, 안 보여."

그러자 그 애가 문장을 마무리했다.

"……발가벗었어?"

"응, 그것도 맞아."

"그리고…… 그리고 네가 정말 이상한 사람이 아니라는 거지? 네가 말한 것처럼, 네가 정말 바비 필립스이고 대학 부속학교에 다니고 너의 엄마가 문학을 가르치시고, 맞지? 그리고 이게 정말 너에게 일어나고 있는 일이란 말이지? 실제로."

"맞아. 이 일은 내가 꾸미고 있는 게 아니야. 어떻게 그럴 수가 있겠니? 그 남자가 하는 말 들었잖아. 그는 나를 볼 수 없었어. 옷을 입지 않으면 아무도 나를 볼 수 없어. 그리고 오늘 난 옷을 안 입고 나왔어. 음, 그렇지 않으면 밖에 나올 때 나를 완전히 감싸는 방법밖에 없거든. 화요일처럼 말이야. 그런데 오늘은 날씨가 별로 춥지 않잖아. 나는 잠시 동안이라도 집 밖에 나오고 싶었어. 정말 그러고 싶었어."

그러고 나서 나는 다시 조용히 말했다.

"저 건물들 가까이로 좀 가면 안 될까? 사람들이 계속 우리 옆을 지나가고 있는데, 주위에 아무도 없는데 네가 혼자 얘기하는 것처럼 보여. 사람들이 분명 이상하게 생각할 거야. 이쪽이야."

그 애는 끄덕이고 지팡이로 바닥을 톡톡 치면서, 조금 어리둥절한 표정으로 내 목소리를 따라왔다. 그 애는 머리를 흔들고 있었다.

"하지만 어떻게…… 어떻게 이런 일이 벌어진 거야? 왜 너한테?"

나는 무의식적으로 어깨를 으쓱거렸다.

"그게 바로 내가 알아내야 할 문제인데, 아직 전혀 모르겠어."

나는 다시 한 번 나에게 일어난 일을 실감했다.

"나도 모르겠고, 우리 아빠도 몰라. 아빠는 훌륭한 과학자야. 너의 아빠도 우리 아빠랑 아주 비슷한 것 같더라. 아마 우리 아빠보다 더 못 말릴 수준인지도 모르지. 아빠는 정말 똑똑하시지만 이 일에는 아무런 해결책을 못 찾고 계셔. 나랑 우리 엄마 아빠만 이 사실을 알고 있어. 그리고 이제 너도 알게 되었지."

그 애는 약국 창문 옆에 서서, 차디찬 바람에 머리카락을 이리저리 흩날리며 이 엄청난 사실을 이해하려고 노력했다. 그리고 그 애는 우리 부모님보다 훨씬 더 잘하고 있었다.

그때, 갑자기 몹시 차가운 바람이 우리를 한바탕 휘감고 지나갔다. 그 애가 몸을 후들후들 떨었다. 그 애의 얼굴에 또 다른 표정이 나타났다. 그것은 엄마의 표정이었다. 그 애는 엄마 같은 목소리로 말했다.

"너 정말 춥겠다."

"응. 하지만 너무 엄청난 일을 겪고 있어서 그다지 추운 줄도 모르겠어."

"코코아 좀 마실래? 스타벅스 코코아가 맛있는데. 몸을 좀 녹여야 되지 않겠니? 왼손을 내 지팡이에 올려놔 봐, 그러면 나랑 함께 걸어 들어갈 수 있을 거야. 모두가 나를 피해 다니거든. 자, 가자."

그 애는 몸을 돌려 스타벅스로 향했고, 나는 그 애의 지팡이를 잡았다. 그리고 우리는 별 어려움 없이 안으로 들어갔다. 그 애는 코코아를 큰 컵으로 한 잔 사고 빨대를 두 개 달라고 했다. 나는 벽 쪽 의자로 그 애를 안내했다. 그 애는 컵 뚜껑을 열고 두 개의 빨대를 꽂았다. 내가 오른쪽 빨대 쪽으로 몸을 구부리자, 그 애가 속삭였다.

"너무 뜨거워. 늘 그래. 한 일 이 분 정도 저으면 돼."

1미터 정도 떨어진 작은 테이블에 한 남자가 앉아 있었다. 그는 앨리시아가 속삭이는 것을 듣고 흘긋 쳐다보았지만, 금방 다시 신문을 봤다. 앞을 못 보는 사람들이 혼자 중얼거리는 건 별로 이상할 게 없다는 듯이.

우리는 코코아를 완전히 바닥낸 후, 다시 밖으로 나와 길모퉁이로 갔다. 길 건너편 은행의 시계가 4시 28분, 기온은 14도를 가리키고 있었다.

앨리시아가 말했다.

"너무 흥분해서 미안해. 내가 원래 좀 흥분을 잘하는 편이야."

"나도 그런 걸 뭐. 그만 집에 가야 할 것 같아. 아마 엄마가 전화를 열 번도 넘게 했을 거야. 엄마가 911에 전화하기 전에 내가 무사하다는 걸 알려 줘야 하거든. 뭐 그렇게 하지는 않으시겠지만 말이야. 우리 가족은 이 일에 대해 아무에게도 말하지 않기로 했거든. 아빠는 이 일이 알려지면, 내가 정부나 다른 어떤 곳으로 유괴될 거라고 생각해. 그리고 그 말이 맞을지도 몰라. 내가 너한테 얘기한 걸 알면 아빠는 아마 굉장히 화를 내실 거야. 그러니까 이 사실은 비밀로 해줘, 알겠지?"

그 애는 매우 심각한 표정으로 고개를 끄덕였다.

"물론이야."

그러고 나서 잠깐 무슨 생각을 하는 듯하더니 빙그레 웃으며 말했다.

"근데, 걱정하지 마. 내가 우리 엄마나 아빠, 또는 다른 사람들한테 가서 '오늘 저는 안 보이는 소년과 함께 코코아를 마셨어요'라고 한다면, 그 사람들이 어떤 반응을 보일 것 같니?"

나는 살짝 웃으며 말했다.

"이제 가 봐야겠어."

"난 내일도 1시에서 3시 사이에 그 청취실에 있을 거야. 그리고 우리 집에 전화를 걸어도 돼. 내 성은 반 돈이야."

"알았어. 가도록 노력해 볼게. 아마 두 시쯤이 될 거야, 괜찮겠지?"

"응."

"안녕, 앨리시아."

"안녕, 바비."

나는 잠시 그 애의 뒷모습을 지켜봤다. 앨리시아와 함께 길고 하얀 지팡이가 점점 멀어져 갔다.

나는 몸을 돌려 뛰기 시작했다. 왠지 모를 힘이 느껴졌다. 나는 그리스 전사다. 그리고 나는 전사가 막사에 도착하면 먼저 무엇을 해야 할지 정확히 알고 있었다. 전사는 오랫동안 뜨거운 목욕을 하게 될 것이다.

나는 바삐 걸어가면서, 적어도 지난 이틀 동안 전혀 하고 싶지 않았던 뭔가를 하고 있었다.

나는 웃고 있었다.

12
친구

집 안으로 들어서자, 전화벨이 울리고 있었다.

"바비? 무슨 일이야? 괜찮은 거니? 두 시간 동안 아빠와 내가 여섯 번도 넘게 전화를 걸었다. 대체 어디 갔다 온 거니?"

"밖에요."

"무슨 뜻이니? 밖이라니, 어딜?"

"밖이오. 아시잖아요, 바깥이오. 안이 아니라 바깥 말이에요. 날씨가 너무 좋아서 나갔다 왔어요."

"하지만…… 하지만 어떻게?"

"계단을 걸어 내려가서 옆문 손잡이를 돌려서 열고, 문지방을 넘어서 나갔어요."

엄마는 말이 없었다. 빈정거리며 얘기하면 아빠는 큰 소리로 말하지만, 엄마는 조용해진다.

"그래서…… 어딜 갔다 온 거니?"

"여기저기요."

"걸어 다녔니?"

"네, 두 발로 걸어 다녔어요. 아주 잘 움직여요."

"하지만 어떻게……."

"아, 그 사소한 문제요? 간단해요. 아침 일찍부터 햇빛이 따뜻하게 비쳤고, 그다지 춥지 않아서 그냥 옷을 다 벗고 나갔다 왔어요."

정적이 흘렀다.

"바비, 엄마와 아빠는 네가 어디에 있는지 알아야 해. 그걸 네가 우리한테 말해 줬으면 좋겠구나."

"내가 어디에 있는지 아셔야 한다고요? 그건 날 책임감 없는 아이라고 생각하신다는 뜻인가요? 절대로 그렇지 않아요. 나는 내가 어떻게 행동해야 할지 다 알고 있고, 아주 잘하고 있다고요."

또다시 조용하다. 훌쩍거리는 소리가 들리는 듯했다.

"바비, 엄마는 내일 정오쯤 집에 갈 거다. 코 상태가 그다지 좋지 않지만, 의사들이 수술은 하지 않아도 된다고 해서 바로 퇴원할 수 있게 되었어."

엄마는 대화를 원했지만, 나는 그렇지 않았다.

"그럼, 내일 정오쯤 집에 오시는 거죠?"

"응."

"그럼 내일 뵐게요."

"알았다."

"네, 바깥이 조금 추웠어요. 이제 더운 물로 목욕을 하려고요. 그럼, 이만 끊을게요."

"알았어, 바비. 잘 자거라. 얘기하고 싶으면 전화하고. 바비⋯⋯ 아빠와 난 널 너무 사랑한단다. 우린 널 사랑해."

"네."

"잘 자라, 바비."

"안녕히 주무세요."

전화를 끊고 나서, 나는 좀 더 착하게 굴었어야 했다는 생각이 들었다. 엄마가 좋은 엄마가 되려고 노력하고 있다는 건 잘 알고 있지만, 지금 나에게 필요한 건 그게 아니라는 게 문제다.

나는 오랫동안 목욕을 하고, 인스턴트 스파게티를 먹고, 입술이 아프도록 트럼펫을 연주하고 난 뒤에 TV를 봤다. 전화벨이 또 울렸다.

소파 바로 옆에 전화기가 있었지만, 받지 않고 그냥 울리게 내버려 두었다. 엄마 아니면 아빠일 것이다. 부모님과 별로 얘기하고 싶지 않았지만, 자동응답기가 켜지기 직전에 수화기를 들었다.

"네?"

약 3초 동안 말이 없다.

"넌 전화를 '네?' 하고 받니?"

앨리시아였다.

"어! 아니. 그러니까, 엄마랑 아빠말고는 전화할 사람이 없어서……. 지금은 부모님과 얘기하고 싶은 기분이 아니라서 말이야."

"그럼, 다시 걸게."

그리고 나서 그 애가 전화를 끊었다.

15초 후에 다시 전화벨이 울렸다. 나는 전화를 받았다.

"안녕하세요. 여기는 필립스 씨 집입니다. 저는 바비고요."

앨리시아는 낄낄 웃었다.

"훨씬 좋네. 위엄이 있으면서 너무 딱딱하지도 않고. 만약 '로버트입니다' 라고 했다면, 너무 웃겼을 거야."

그리고 나서 낮은 목소리로 물었다.

"좀 어때? 몸은 다 녹았니?"

"응. 난 온수기가 가장 우수한 발명품 중의 하나라고 생각해."

"그럴 거야."

그 애의 목소리에서 미소가 느껴졌다.

"하지만 변기만은 못 하지."

"맞아, 변기. 좋은 지적이야. 그런데 넌 어때?"

"따분해. 귀가 녹초가 됐어. 오디오 책을 너무 많이 듣고 나면 그 뒤로는 모든 게 다 똑같이 들려."

나는 무슨 말을 해야 할지 몰랐다. 여학생과 얘기해 본 적이 별로 없기 때문이었다. 특히 이번 주에는 말이다. 아니, 사실은 전혀 없었다.

"나 때문에 많이 놀랐지?"

이건 사실 내가 정말 묻고 싶은 말이었다. 내가 얼마나 이상하게 보였을지 정말 궁금했다.

앨리시아는 몇 초 동안 조용했다.

"음……, 나는 아무도 너를 볼 수 없다는 것에 대해 생각해 봤어. 그리고 내가 그걸 완전히 믿고 있는지는 아직 잘 모르겠어. 하지만 그게 명확한 사실이라는 건 알아. 분명히 너는 내 옆에 있었고, 우리 옆을 지나가던 그 남자는 너를 못 봤으니까. 내가 그 사람 코앞에서 네 손을 잡고 흔들었는데도, 그는 아무것도 보지 못했잖아."

그 애는 지난 화요일에 내가 어떻게 도서관에 들어갔는지 궁금해했다. 나는 옷을 칭칭 감고 밖으로 나갔던 일과, 부모님의 교통사고, 그리고 병원에 몰래 숨어 들어갔던 일에 대해서 그 애에게 얘기해 주었다.

엄마 옆 침대에 누워 있던 튜브를 꽂은 할머니에 대해서 말하자, 그 애는 믿을 수 없다며 깔깔 웃기 시작했다. 얼마나 많이 웃었던지, 그 애는 우습게도 숨을 들이쉴 때 작게 킁 하는 소리까지 냈다.

곧 그 애는 웃음을 멈추고 말했다.

"너는 아주 용감해, 바비. 정말이야. 병원으로 엄마를 찾아간 것도 그렇고, 오늘 오후에 나한테 네게 일어난 일을 설명해 준 것도 그렇고. 정말 용감했어."

나는 그 애가 그 말을 하면서 어떤 표정을 짓고 있을지 알 것 같았다. 나는 얼굴이 빨개졌다.

"아까는 네가 나를 거짓말쟁이라고 생각하는 것 같아서 좀 흥분했어. 네가 나를 그런 아이로 생각하는 게 싫었거든."

잠시 정적이 흐르자, 우리는 어색해했다. 아니, 나만 내 투명 얼굴을 붉히면서 어색해하고 있는 건지도 몰랐다.

그 애의 질문이 정적을 깼다.

"내일 도서관에 올 거지?"

"노력해 볼게."

"못 올지도 모른다는 얘기니?"

"음……, 엄마가 퇴원해서 12시쯤 집에 오시기로 했거든. 혹시 무슨 일이 생길지도 모르지만, 가도록 노력해 볼게. 정말이야."

"그러니까 확실하지는 않은 거지?"

"응."

"알았어. 안녕, 바비."

"응, 안녕. ……앨리시아?"

"응?"

"전화해 줘서 고마워."

"천만에."

"잘 자."

바로 소파 옆에 있는 스파게티 빈 깡통이 수백 킬로미터는 떨어져 있는 것처럼 보였다. 그러나 대략 열 블록 정도 떨어진 곳에 있을 앨리시아가 어떤 표정을 짓고 있는지, 어떤 미소를 띠고 있는지는 다 보이는 것 같았다. 다시 전화벨이 울렸다.

아마도 앨리시아의 두 번째 전화 예절 테스트이겠지?

나는 첫 번째 벨소리가 울리자마자 수화기를 들고 말했다.

"안녕하세요, 반 돈 양. 당신은 다시 필립스 씨 집에 전화를 거셨군요."

"바비?"

"아빠! 어…… 아빠, 좀 어떠세요?"

나는 명랑하게 말하려고 노력했지만, 상대가 아빠라는 게 무척이나 실망스러웠다. 아빠와 이야기를 하다 보면, 몇 분 동안 잊고 있었던 나의 사라진 몸에 대해 다시 신경을 쓰게 될 게 뻔하기 때문이었다.

"반 돈 양이 누구니?"

"아빠가 모르는 사람이에요. 내 친구예요."

나는 아빠와 벌써 5분째 통화하고 있었지만, 아빠 말은 거의 흘려듣고 있었다.

대신 나는 방금 아빠한테 앨리시아를 친구라고 소개한 것에 대해 생각하고 있었다. 순간적인 대답이었지만, 나는 주저 없이 앨리시아를 내 친구라고 얘기했다. 그럴 수 있었던 건, 정말 앨리시아가 이미 내 친구이기 때문일 것이다.

13
믿음

금요일. 엄마는 12시 45분에 집에 도착했다. 나는 엄마가 택시에서 내리는 것을 돕고 싶었지만, 그럴 수가 없었다. 택시 기사가 엄마의 팔을 잡고 계단에 올라서는 것을 도와주었다. 엄마가 저렇게 뻣뻣하게 움직이다니 너무 낯설었다. 나는 엄마가 현관에 도착하는 것에 맞추어 문을 열었고, 안으로 들어오자마자 우리는 꼭 껴안았다. 엄마를 다시 만나서 정말로 기뻤다.

오랜만에 집에 돌아온 엄마는 1층을 천천히 돌아봤다. 부엌을 둘러볼 때는 조금 언짢아했다. 엄마가 병원에 있는 동안 청소 서비스를 취소했기 때문이었다. 나 때문에 그럴 수밖에 없었다. 하지만 엄마는 의외로 담담했다. 평소 같았으면 벌써 이것저것 명령을 내리고도 남았을 텐데. 엄마의 그런 모습에 나는 감동하기까지 했다. 엄마는 단지 이렇게 말했을 뿐이다.

"정리하는 것 좀 도와줄래?"

나는 진공청소기를 꺼내어 청소를 시작했다.

하지만 시간이 벌써 1시 30분이나 된 것을 보고, 나는 엄마한테 외출하겠다고 말했다. 엄마는 자루걸레로 부엌 바닥에 엎질러진 아이스크림을 닦다 말고 나를 쳐다봤다.

"무슨 말이니?"

예전의 엄마 목소리다. 그래서 나는 좀 빈정거리기 시작했다. 예전의 엄마와 예전의 바비다.

"어제 내가 한 말 기억 안 나세요, 엄마? 밖은 그냥 밖이라는 뜻이에요. 바깥이요. 여기 집 안이 아니라 바깥 말이에요. 나갈게요."

"도대체 어디를 가겠다는 거니?"

"도서관에 누구를 좀 만나러요."

생각도 하기 전에 말이 나와 버렸다. 엄마는 기가 막히다는 표정이었다.

"만나긴 누굴 만나? 이 일에 대해서 누구한테 얘기한 거니?"

나는 거짓말을 할 이유가 없었고, 그래서 심호흡을 한 번 하고는 사실대로 대답했다.

"네, 말했어요. 앞을 못 보는 여자 애한테요. 그 애가 모든 걸 알고 있지만 괜찮아요. 그 애는 아무에게도 말하지 않을 테니까요.

그리고 그 아이 말처럼 누구한테 말한다고 해도 아무도 믿으려고 하지 않을 테고요."

엄마는 양손으로 의자의 등받이를 잡았고, 자루걸레가 달가닥 소리를 내며 바닥으로 떨어졌다. 엄마는 머리를 흔들기 시작했다.

"로버트, 로버트, 로버트…… 아무에게도 말하지 않겠다고 바로 여기서 아빠랑 약속했잖니? 아빠가 이 사실을 알면 얼마나 화를 내시겠니? 그리고 엄마도 너한테 너무 실망했다. 도대체 왜 그런 거니?"

"왜냐고요? 말을 해야 한다고 생각했기 때문이에요. 그럴 수밖에 없는 상황이었어요. 그 애는 분명 믿을 수 있다고 확신해요."

"그 여학생을 안 지 오래된 거니?"

"화요일에 처음 만났어요."

엄마는 거의 까무러칠 지경이었다.

"화요일이라고? 이번 주 화요일 말이니? 오, 로버트. 이건…… 이건 마치 전혀 모르는 사람에게 네 인생을 맡긴 거나 다름없어!"

"바로 그거예요! 바로 그게 엄마와 아빠가 아직도 모르고 있는 부분이에요. 이건 내 인생이라고요. 내가 누구와 이야기하고 싶고 누군가를 믿고 싶으면, 엄마가 어떻게 생각하든 난 그렇게 할 거예요. 이건 내가 결정할 문제이지, 엄마가 결정할 문제는 아니라고요."

그런 말을 쏟아 놓고 나는 집을 나왔다. 그리고 다시 어리석은 짓을 하고 말았다. 옷을 벗어서 뒤쪽 계단에 대충 던져놓고 밖으로 뛰쳐나온 것이다. 정말 어리석었다. 비록 지금이 하루 중 가장 따뜻한 때이고 햇빛이 비치고 있다고 해도, 기온은 6도 정도밖에 되지 않았다. 뛰지 않으면 죽을 만큼 추운 날씨다. 나는 도서관까지 1킬로미터 정도 되는 거리를 최고 기록으로 뛰었다. 도착하여 호흡을 고르고 3층으로 올라가자, 거의 2시가 되었다.

나는 청취실을 들여다보면서 여기에 온 사실을 기뻐했다. 앨리시아는 어제 있던 바로 그 자리에 앉아서, 긴 손가락으로 노트북 자판을 두드리며 머리를 한쪽으로 기울인 채, 오디오북을 듣고 있었다. 그 애는 녹색 스웨터에 붉은색 바지를 입고 있었고, 진주목걸이를 하고 있었다. 어제보다 더 예뻤다. 앨리시아에게 무엇이 어울리는지 잘 아는 누군가가 있는 것 같았다.

나는 조금 긴장했다. 앨리시아가 마치 데이트를 위해 예쁘게 차려입은 것처럼 보였기 때문이다.

나는 문을 가볍게 두드리고, 안으로 들어갔다.

"안녕."

"안녕, 바비."

그 애는 조심스럽게 미소를 짓더니, 녹음기를 껐다. 여전히 ≪주홍글씨≫였다.

"엄마는 집에 오셨니?"

"응."

불현듯 나는 내가 이곳에 있어서는 안 될 것 같은 느낌이 들었다. 나는 정말 발가벗은 느낌이었다. 물론 그것은 사실이지만 보이지도 않는 내가, 더구나 앞을 못 보는 이 아이 앞에서 이렇게 발가벗은 느낌이 드는 건 왜일까. 지금 나는 아무것도 갖추지 못한, 심지어 그리스 전사인 체하지도 못하는 초라한 남자 애일 뿐이었다. 나는 앉지 않았다. 양손으로 의자 등받이를 짚고 넓은 테이블을 사이에 둔 채, 그 애의 맞은편에 그냥 서 있었다.

앨리시아도 안절부절못했다. 그 애는 대화의 속도를 늦추지 않으려고 계속 얘기했다.

"엄마는 어떠셔? 그리고 아빠는?"

"아빠는 아직도 병원에 계셔. 하지만 그게 더 나아. 난 아빠가 치료를 충분히 받고 퇴원해서 바로 직장에 나가셨으면 좋겠거든. 하루 종일 부모님과 함께 집에 틀어박혀 있는 건 상상하기도 싫어."

앨리시아는 내 말이 재미있다는 듯 고개를 끄덕였다. 잠깐의 정적이 흐르고, 그 애가 다시 물었다.

"그럼 엄마는 지금 집에 계시는 거니?"

갑작스러운 침묵에 어쩔 줄 몰라 하던 나는 그 질문에 기뻐했다. 그러니까, 엄마 말이 어느 정도는 사실이었다. 나는 앨리시아에 대해 거의 아는 게 없었다. 그리고 왠지 앨리시아와 얘기할 때, 내 목소리가 조금 우습게 들리는 것 같았다.

"응, 집에 계셔. 많이 나아지셨지만, 아직은 좀 힘이 없으신 것 같아. 택시에서 내릴 때, 기사 아저씨가 도와줘야 할 정도였거든. 집에 들어와서는 집이 지저분한 걸 보고 조금 화가 나신 것 같아. 엄마가 안 계신 동안 내가 청소를 안 했거든. 그렇지만 겨우 3일 정도여서 집이 돼지우리 같진 않았어."

이야기를 하는 동안에도 나는 청취실 문 쪽으로 계속 시선이 갔다. 창문 밖으로 머리가 크고 흐트러진, 40대가량의 남자가 보였다. 그는 멈춰 서서 안을 들여다봤다. 앨리시아를 쳐다보더니, 시계를 한 번 보고는 다시 가 버렸다.

앨리시아는 고개를 끄덕였다.

"응, 우리 엄마도 똑같아. 아빠도 그렇고. 결벽증이셔. 그리고 내가 앞을 못 보기 때문에 더 그래. 항상 나를 걱정하시지. 예를 들어 신발이 한 짝만 잘못 놓여 있어도, 내가 걸려 넘어져서 목을 삘 거라고 생각하시는 것 같아."

나는 느닷없이 그녀의 말에 끼어들었다.

"앞을 못 본 지 2년 정도 됐다 그랬지?"

"으응, 2년이 좀 지났어."

"아직 무슨 일이 있었던 건지 대답해 주지 않았잖아."

그 애는 어깨를 으쓱이며 약간 얼굴을 붉혔다.

"그냥 그렇게 됐어. 말로 표현할 수 없는 부분이야. 병에 걸린 것도 아니고, 끔찍한 사고를 당한 것도 아니야."

"하지만, 무슨 일이 있긴 있었을 거 아냐. 그렇지?"

그녀는 약간 비웃듯이 윗입술을 비쭉거리며 대답했다.

"그래…… 바비. 그러니까 무슨 일이 있었던 건 사실이야. 그래, 있었어."

또다시 나는 무슨 말을 해야 할지 몰랐다. 마치 살얼음 위를 걷는 것 같았다. 내가 안전하다고 생각해서 한 걸음 나아가면, 금세 금이 가고 깨지기 시작하는. 그 얼음 밑은 너무나 깊은 강물이다.

우리는 둘 다 말이 없었다. 조금 뒤, 그 애가 숨을 깊이 들이마셨다가 천천히 내뱉었다. 그리고 살짝 미소 지었다.

"미안해. 그냥 어떻게 말해야 될지를 모르겠어. 늘 생각은 하고 있지만, 말해 본 적이 없어서 말이야."

나는 계속해서 그 애의 얼굴을 쳐다보고 있었고, 앨리시아는 말을 해야 할지 말아야 할지 고민했다. 그 애는 마치 머나먼 과거의 기억 속으로 돌아가고 있는 것 같았다. 그리고 나서 처음 듣는 작고 조용한 목소리로 말하기 시작했다.

"그냥 일어난 일이야, 2년 전에. 내 생일 이틀 전인 1월 19일 밤이었고, 추웠어. 엄마가 창문을 열어 두었는데, 너무 추워서 깨어 보니 내가 아무것도 덮지 않은 채 자고 있었어. 침대 옆으로 손을 뻗어 보았지만, 거기에도 이불이 없었어. 그래서 창문 쪽으로 손을 뻗다가 침대에서 떨어졌고 바닥에 머리를 부딪혔어. 별로 다친 것 같지도 않아서 금방 다시 잠이 들었지. 그런데 아침에 일어나 보니 머리가 좀 흔들리는 것 같았어."

앨리시아는 잠시 말을 멈췄다. 그리고 힘들어 보이지만, 웃는 목소리로 이야기를 이어갔다.

"잠이 완전히 깨지 않아서, 그냥 바닥에서 이불을 덮고 잠깐 다시 잠이 들었어. 그런데…… 그날 아침은 정말 끔찍했어. 나는 깼다고 생각했는데 여전히 꿈속인 거야. 아니, 그 깊은 어둠…… 속에서 길을 잃은 것만 같았지. 하지만 그곳이 내 방이라는 건 알 수 있었어. 바깥에서 새들이 모이를 먹고 있는 소리가 들려왔고, 창문을 통해 들어온 햇살이 내 얼굴을 비추는 것이 느껴졌고, 손가락 끝에 차가운 유리가 느껴졌거든. 하지만…… 아무것도 보이지가 않았어."

40대의 남자가 또다시 문 앞에 와 서 있었다. 연구 집회를 기다리고 있는 듯했다. 그는 안을 들여다보며, 문을 열려고 하다가 다시 가 버렸다.

앨리시아는 거칠고 긴 호흡을 억지로 가라앉혔다.

"네가 어제 투명인간이라고 말했을 때 내가 얼마나 흥분했는지 기억나?"

"응."

"아마도 내가 맹인이 되고 나서 보낸 첫 해 동안의 기분과 너무 비슷하다고 느꼈기 때문일 거야. 나도 마치 투명인간이 된 것 같았거든. 나 자신을 볼 수도 없었고, 댄스파티에도 갈 수 없었으며, 대학이나 대학원에 가는 것은 물론이고, 고고학자가 되는 것 또한 전혀 상상할 수가 없었지. 피라미드나 왕가의 계곡을 보러 갈 수도 없었고, 결혼을 하고 아이를 낳는 것 같은, 내가 원했던 모든 일들을 더 이상 꿈꿀 수 없었거든. 그냥 모든 것이 다 사라져 버린 거야."

앨리시아는 말을 계속했다.

"나는 다른 사람들이 날 우습게 쳐다본다는 걸 알 수 있었어. 목소리에서 다 느껴졌거든. 내가 주변에서 사라져 버리기를 바라는 것 같았지. 내가 그들을 불편하게 만드니까. 그리고 나는 내가 너무 좋아하는 책도 읽을 수 없었고, 영화도 못 보고, 노을이나 꽃도 볼 수가 없었어. 아무것도 보이질 않았어. 마치 나처럼 말이야. 수많은 의사들이 내 눈을 검사했고, 모두 정말 훌륭한 사람들이었지. 그들은 내게 어떻게 된 일인지를 친절하게 설명해 주었지만, 결론은 모두가 고칠 수 없다는 것뿐이었어. 그리고 우리 부모님 눈에도 내가 안 보이는 것 같았지. 지금은 전보다 좋아졌지만, 아직도 그래. 나는 더 이상 부모님이 자랑스러워하는 훌륭한 딸이 아니야. 나는 그저 커다란 짐일 뿐이야. 없애고 싶어도 그럴 수 없는 아주 커다란 짐."

앨리시아는 거의 화를 내는 듯했다. 깊고 격렬하며 고통스럽게.

머리가 큰 남자가 다시 나타났다. 그는 문에서 약 1미터 정도 떨어져 있었다. 그는 매우 불안해 보였다. 한 손에는 오래된 황갈색 서류가방을 들고 있었다. 그는 앨리시아가 말하는 것을 지켜보더니, 그 애의 말을 듣고 있는 사람이 누구인지 확인하려는 듯 방을 유심히 들여다봤다. 나는 속으로 이렇게 말했다.

'빨리 가 버리세요, 아저씨. 이 방은 3시까지 예약되어 있다고요. 이 애가 벽하고 이야기를 하든 말든, 상관할 거 없잖아요.'

"친구들은 어땠어? 도와주지 않았어?"

다시 이렇게 묻자, 그녀의 아랫입술이 떨렸다. 아마도 이 질문이 너무 많은 것을 담고 있는 것 같았다. 그 애가 눈물을 흘리기라도 하면 어쩌나 걱정이 되었다. 하지만 그 애는 이내 슬픈 감정에서 벗어나 이야기를 시작했다.

"그 일이 있기 전에 나는 인기가 많았어. 하지만 그게 도움이 되진 않더라. 나랑 친했던 친구들 모두 내 곁을 떠났어. 낸시, 낸시 프레더릭스만 빼고. 낸시는 멋진 친구야. 방과 후에 거의 매일 찾아와서 내 말동무가 되어 줬고, 내가 몹시 흥분해서 심한 욕을 해도 다 받아줬어. 내가 울면 같이 울 정도였지. 요즘도 난 낸시를 자주 만나. 내가 앞이 안 보이는 건 우리 사이에 별로 중요한 일이 아냐. 첫 해에, 부모님은 특수 개인교사들을 집으로 불러서 나에게 점자법과 시각장애인들이 알아야 할 것들을 가르치게 했어. 가령, '이 하얀 지팡이로 바닥을 톡톡 두드리면서 걸으면 된단다' 하는 것들 말이야. 그때 내가 미치지 않은 건 다 낸시 덕분이야. 낸시는 나에게 학교와 선생님, 남학생들, 또 누가 누구한테 첫눈에 반했는지 등등 많은 얘기들을 시시콜콜 다 해줬어. 우린 전화 통화도 자주 해. 낸시만이 내 인생에서 변하지 않은 유일한 존재야. 낸시를 제외하고는 모든 것이 다 변해 버렸어. 마치…… 내게 남아 있던 날들과 함께 전부 사라져 버린 듯했어."

그 애는 지쳤다. 그리고 또다시 부끄러워했다. 나는 무슨 말을 해야 할지 몰랐다. 마치 그 애의 일기를 몰래 읽은 것 같은 기분이었다.

"고마워……. 나한테 모든 것을 말해 줘서."

"뭐가 고마워?"

그 애는 의자에 바짝 기대 앉아 무릎을 끌어안았다.

"글쎄. 나한테 말할 필요는 없었던 것 같아서."

그 애의 얼굴에 악동 같은 미소가 감돌았다.

"어제 너에게 일어난 일에 대해서 굳이 나한테 말할 필요가 없었던 것처럼?"

"응, 그래."

나는 그 애의 말이 무슨 뜻인지 알 것 같았다. 어제 내가 나의 일들을 그 애에게 말해야 했던 것처럼, 그 애도 그 모든 것을 내게 말해야 했던 것이다. 때때로 우리는 무언가를 꼭 말해야만 할 때가 있다. 그렇지 않으면 미쳐 버리고 말 테니까.

아까 그 남자가 또다시 문 앞으로 다가왔다. 이번에는 문을 열고 바로 참견을 했다. 앨리시아는 문소리를 듣더니 몸을 돌려 원래대로 다리를 내려놓았다.

"앨리시아, 지금 뭐 하고 있니? 누구랑 얘기하고 있는 거야?"

그 애의 얼굴에 핏기가 사라졌다.

"어……, 여기는 웬일이세요?"

"엄마가 전화로 네가 오늘 여기서 누구를 만나는 것 같다고 해서 와 봤다. 그리고……."

"그래서 딸을 염탐하러 오셨단 말씀이세요?"

앨리시아는 입술을 꼭 깨물었다. 그 애는 이미 놀란 것보다도 몹시 흥분한 상태로 보였다.

나는? 나는 무서웠다. 앞을 못 보는 소녀와 그 애의 아빠와 함께 이 작은 방 안에 갇혀 버렸기 때문이다.

그리고 앨리시아의 아빠는 아직도 딸에게 대답할 말을 찾고 있었다.

14
두 개의 위원회

　앨리시아의 아빠가 나의 비밀을 알게 되었고, 앨리시아의 엄마도 마찬가지였다. 앨리시아 부모님이 비밀을 알게 된 이유는 간단했다. 금요일, 도서관에서 앨리시아는 아빠에게 왜 5분 동안 벽을 보고 혼자 이야기하고 있었는지에 대해 질책을 받게 되었다. 그 애는 나를 위해 거짓말을 해야 할 테고, 나는 앨리시아가 거짓말하는 것을 원치 않았다. 그래서 나는 그냥 앨리시아의 아빠에게 말을 하기 시작했다.
　앨리시아의 아빠는 말을 더듬거리고, 곁눈질을 하며, 우리 엄마와 아빠, 그리고 앨리시아가 겪은 모든 단계들, 즉 두려움, 당황, 불신, 그리고 놀라움의 반응을 보였다. 다른 점이라면, 우리 엄마와 아빠에게는 걱정이라는 단계가 하나 더 있었다는 것이다. 그건 말할 것도 없이 그들이 바로 나의 부모이기 때문이었다. 부모는 자식이 건강할 때조차도 늘 걱정을 하게 마련이니까.

훌륭하신 레오 반 돈 교수는 충격을 극복하자, 천문학자라는 사실만 빼고는, 우리 아빠와 거의 똑같은 반응을 보였다. 앨리시아의 아빠 역시 곧바로 이론을 세우기 시작했는데, 아빠가 빛의 반사와 굴절에 대해 얘기했다면, 그는 모든 각도에서 나를 쳐다보며 방 안을 이리저리 걸어 다니다가 한 손으로 아인슈타인 같은 그의 머리를 쓸어내리며, 내가 블랙홀 같다고 말한 것이 다르다면 다른 점이었다.

"…… 별개의 흡수 원리. 그러나, 그럼에도 불구하고 상당히 이례적이군."

그 다음으로 앨리시아의 엄마가 알게 되었다. 바비 이야기와 같은 흥미진진한 비밀을 가족의 3분의 2만 알고 있을 수는 없는 일 아닌가. 그래서 나는 도서관을 나오면서, 반 돈 부인이 이성을 잃거나 경찰에 신고하지 않는다는 것을 앨리시아와 그녀의 아빠가 확신할 수만 있다면, 반 돈 부인에게 얘기해도 좋다고 허락했다. 금요일 늦은 오후, 앨리시아의 엄마도 그 엄청난 비밀을 알게 되었다. 물론 앨리시아의 엄마도 다른 사람들과 똑같은 단계를 거치게 되었다. 나는 나중에 전화로 앨리시아에게 이 얘기를 들었다. 처음에 앨리시아의 엄마는 앨리시아와 아빠가 짓궂은 장난을 치는 거라고 여겼다. 그러나 마침내 그 사실을 믿게 되었을 때, 앨리시아의 엄마는 핵심적인 질문을 던졌다.

"그 바비라는 아이는 널 만날 때 뭘 입고 있니?"

"정말 추운 날에는 랩을 둘둘 말기도 하지만, 대개는 아무것도 안 입어요."

앨리시아의 이 같은 대답에, 반 돈 부인은 매우 불쾌해했다.

그리고 토요일 오후, 나는 처음으로 앨리시아의 집에 놀러 갔다. 앨리시아는 내가 온다는 걸 엄마에게 말하지 않은 상태였다. 나는 초인종을 눌렀고, 앨리시아가 나올 거라고 생각했지만, 머리띠를 하고 몸에 착 달라붙는 운동복을 입은 부인이 나왔다. 앨리시아는 엄마 뒤에 서서 문 쪽을 향해 방긋이 웃고 있었다. 앨리시아의 엄마는 현관 주변을 여기저기 쳐다보다가, 화난 눈빛으로 문을 쾅 닫으려고 했다. 그 순간 내가 말했다.

"반 돈 부인? 전 바비 필립스예요. 앨리시아가 저한테 오늘 놀러 오라고 해서요."

그러자 눈이 휘둥그레진 앨리시아의 엄마는, 뒤로 주춤주춤 물러서서 아무 말도 못 했다. 그때 앨리시아가 소리 높여 말했다.

"미안해요, 엄마. 제가 엄마한테 말하는 걸 깜빡했어요. 바비가 잠깐 들어와도 괜찮겠죠?"

앨리시아가 그녀의 엄마와 나를 놀래 주려고 일부러 말을 안 했다는 걸 그녀의 표정에서 알 수 있었다.

"거기 잠깐 서 있으렴."

앨리시아의 엄마는 나를 현관에 세워 놓고는, 안으로 달려가서 길고 흰 샤워 가운을 가져왔다. 정말 빨랐다.

그날, 앨리시아는 거실 의자에, 나는 앨리시아의 엄마와 함께 소파에 앉아 있었고, 앨리시아의 엄마는 줄곧 우리와 함께 있었다.

나는 앨리시아의 엄마를 탓하지는 않는다. 앨리시아가 내 딸이라 해도 나 역시 그렇게 했을 것이다.

'현재 상황'을 우리 가족이 아닌 다른 사람이 알게 된 걸 아빠가 알면 펄쩍 뛰실 거라는 엄마의 예상은 빗나갔다. 엄마는 그 사실을 내게 직접 아빠에게 말하라고 해서서, 토요일 늦은 오후, 나는 병원에 있는 아빠에게 전화를 걸었다. 아빠와 한바탕 할 준비를 단단히 갖추고서. 하지만 그런 일은 일어나지 않았다. 아빠는 그냥 듣고만 계셨다. 소리를 지르거나 흥분하거나 내 말을 가로막지도 않았다. 아빠는 가만히 듣고만 있다가 말을 꺼냈다.

"바비, 그게 네가 내린 결정이라면, 네 엄마와 나는 그 결정에 따르마. 그 사람들이 도움이 될지도 모르니까. 솔직히 나는 이 모든 일에 얼마간 짓눌려 있었어. 반 돈 교수라면 이름을 들어 본 적이 있어. 그분을 만나서 이야기하는 게 조금쯤 기대가 되는걸."

나는 아빠의 반응에 놀라며 전화를 끊었다. 아빠가 왜 이렇게 부드러워졌는지 궁금했다. 어떻게 된 걸까. 하지만 그렇게 큰 기대는 하지 않았다. 아마도 의사가 처방한 진통제 때문일 테니까.

나는 짓눌린 느낌이라는 아빠의 말이 무슨 뜻인지 알고 있었다. 아빠가 옳다. 바비 필립스를 구하기 위한 공식 위원회에 몇 사람이 더 참가한다는 건 잘된 일이다. 이 사건은 화요일에 시작되었고, 지금은 토요일, 즉 벌써 닷새째 지속되고 있기 때문이었다.

오늘 아침에 일어났을 때, 나는 몹시 두려웠다. 지난 사흘 동안의 두려움과는 다른 느낌이었다. 내 몸이 없어졌다는 사실 때문에 두려운 게 아니라, 내가 내 상태를 인식하고 있는 채로 일어났다는 사실이 두려웠던 것이다. 그것은 내가 점점 더 익숙해지고 있다는 뜻이고, 지금의 상태 그대로 그저 물 흐르듯 천천히 나아가고 있다는 뜻이었다. 나는 대단히 비정상적인 상태에 자연스럽게 적응하고 있었다!

그것은 참 섬뜩한 일이었다. 부정하고 싶지만 나는 이런 상태로 살아가는 방법을 배워 가고 있었다.

진정한 적응은 아빠가 퇴원하고 집에 돌아온 뒤에 시작됐다. 아빠는 2주 후에 집으로 돌아왔고, 다시 연구소로 출근하기 전 6일 동안 우리 가족은 함께 집에 있었다. 아빠는 왼쪽 팔꿈치에서 손가락 관절까지 파란색 플라스틱 깁스를 하고 있었다. 아빠는 집에 있는 시간을 모두 이런저런 책들과 과학 잡지들을 읽으면서 보냈다. 그리고 다시 연구소에 출근해서도 하루 종일 똑같은 일만 하는 것 같았다. 즉 그곳에서도 이 현상을 설명할 과학적 근거만을 찾고 있는 게 틀림없었다. 나는 아빠에게 내 손톱을 잘라서 전자 현미경으로 보는 것이 어떠냐고 물었다. 하지만 아빠는 머리를 흔들었다.
"너무 일러. 먼저 적합한 이론을 파악한 후에 다시 생각해 보자꾸나."

아빠는 달라졌다. 아니면 내가 달라졌는지도 모르겠다. 어쩌면 우리 둘 다인지도 모르고. 우리 모두 소리 지르는 일이 훨씬 줄어들었기 때문이다. 아빠가 말하면, 나는 들었다. 내가 말하면, 아빠는 들었다. 아빠는 여전히 바보 같은 이론들을 얘기하고, 아직도 '빙고!'란 단어를 자주 사용하지만, 분명 예전의 아빠는 아니었다.

문득 나는 죽음에 가까운 경험을 한 번씩 해 보는 것도 좋을 것 같다는 생각이 들었다. 아무튼 아빠의 경우는 분명 그랬다.

그리고 나는 여자 친구, 또는 적어도 여자인 친구를 갖는 것도 괜찮다는 생각을 해 봤다. 앨리시아와 나는 전화와 메신저로 많은 이야기를 했다. 앨리시아의 컴퓨터에는 글을 말로 변환하는 번역기가 있어서, 내가 메시지 창에 입력하는 말들을 들을 수 있었다. 그리고 앨리시아의 타자 실력은 나보다 훨씬 뛰어났다.

앨리시아는 자신의 하루가 얼마나 형편없는지, 또는 자신의 엄마가 얼마나 고함을 쳐대는지를 나에게 말해 주고, 나는 나의 하루가 얼마나 형편없는지, 그리고 엄마가 나에게 얼마나 소리를 지르는지를 말해 주었다. 앨리시아는 앞을 못 보게 되기 바로 전 주에, ≪원숭이 집에 오신 것을 환영합니다≫라는 책을 도서관에서 대출했다고 했다. 그 책은 커트 보니거트의 작품인데, 앨리시아는 처음

세 편의 이야기밖에 읽지 못해, 지금 오디오북 공급업체에서 그 책의 녹음 테이프를 구하고 있는 중이라고 했다. 그래서 우리는 보니거트에 대해 이야기를 나누었고, 나는 그의 책 중에서 ≪고양이 요람≫이 가장 좋다고 말했다. 나는 엄마에게 ≪원숭이 집에 오신 것을 환영합니다≫라는 책을 사 달라고 하여, 전화로 두세 편의 이야기를 앨리시아에게 읽어 주었다. 그 애는 내가 큰 소리로 잘 읽는다고 칭찬해 주었다. 그리고 우리는 그냥 일상적인 대화를 나누곤 했다. 나도 여자와 수다를 떨 수 있다는 사실을 알게 되었다.

사실대로 말하자면, 앨리시아를 만나기 전에 나는 여자들과 얘기를 해 본 적이 거의 없었다. 엄마, 그리고 근본적으로 엄마와 아주 비슷하다고 할 수 있는 50명가량의 선생님들과 보모들과 보육교사들을 제외하고 말이다. 참, 8학년 과학 실험 시간에 내 파트너였던 칼라가 있긴 하다. 하지만 그 애는 근본적으로 아빠와 아주 비슷하다. 그리고 우리 학교에 다니는 여학생들은 대개 무서운 아이들이다. 그 애들은 나한테 친구로 지내자는 말을 하지 않는다. 대학 부속 중학교에 다니는 여학생의 절반 이상은 그들이 인생에서 무엇을 원하는지 다 아는 것처럼 행동한다. 미건 머레이와 리다 슈트라우스 같은 전교 수석에 가까운 여학생들의 눈에 나는 하찮은 벌레 같은 존재일 뿐이었다. 그리고 나머지 절반의 여학생들은 온통 돈밖에는 관심이 없었다. 제시카와 같은 무리의 여학생들 말이다. 그 애들은 옷과 신발과 보석, 핸드폰과 자동차에 열광했다.

그들은 수업시간에 쪽지를 보내는 대신 PDA로 서로에게 이메일을 보냈다.

다시 생각해 보니 켄드라도 있었다. 그 애는 재즈밴드에서 테너 색소폰을 연주했다. 그 애의 '할렘 녹턴' 독주는 너무나 훌륭하여, 나도 색소폰을 배우고 싶도록 만들 정도였다. 나는 그 애와 잠시 얘기해 본 적이 있는데, 켄드라는 여학생이라기보다는 음악가에 더 가까웠다.

그러니까 내가 하고 싶은 말은, 앨리시아 때문에 여자들도 나와 이야기를 할 것이라는 것과, 심지어 그 대화를 즐거워할 수도 있다는 걸 알게 되었다는 사실이다.

반 돈 박사가 나의 비밀을 알고 몹시 흥분했기 때문에, 나는 바로 그 주말에 반 돈 박사와 아빠가 주축을 이루는 비밀 위원회의 모임이 있을 거라고 기대했다. 최고의 수재들이 모여 바비 필립스를 구하기 위한 행동에 나설 거라고 말이다. 하지만 그런 일은 일어나지 않았다. 대신 그 위원회는 전화로 한 가지 사실에 합의했다. 그 내용은 이랬다.

'바비 필립스가 정상적인 삶을 살기 위해서, 그를 원래대로 되돌릴 방법을 찾을 때까지 이 모든 일을 절대적으로 비밀에 부칠 것, 따라서 나는 내 문제의 해결을 전적으로 위원회에만 의존하고 있어서는 안 된다는 중요한 사실을 깨닫게 되었다.

둘째 주의 어느 날 밤, 침대에 앉아서 책장을 쳐다보다가 나는 두꺼운 셜록 홈즈 추리소설을 발견했다. 셜록 홈즈의 훌륭한 점은 이론을 찾으려고 빈둥거리지 않는다는 것이다. 그는 관찰에 열중한다. ≪얼룩무늬 끈≫에서도 그렇다. ≪얼룩무늬 끈≫은 침대에서 죽은 채 발견된 한 남자에 대한 이야기인데, 아무도 그 사람이 죽은 이유를 알아내지 못한다. 아무도 그 사건이 일어났던 방에 주목하지 않았기 때문인데, 홈즈는 뛰어난 관찰력으로 무슨 일이 벌어졌는지를 정확하게 밝혀낸다.

그 내용에 자극을 받은 나는, 다음 며칠에 걸쳐서 부모님이나 앨리시아와 얘기도 하지 않고, 먹거나 자는 시간을 제외하고는 오로지 탐정 노릇만 했다. 나는 내가 사라지기 전 이틀 동안 일어난 일을 모두 적어 보았다. 무엇을 먹고, 무엇을 입고, 어디에 가서 누구와 이야기를 했고, 어디에 앉았으며, 손을 몇 번 씻었는지까지, 내가 기억하는 것은 모두 다 기록했다. 그리고 나는 네 장의 종이를 길게 붙여서 모든 정보를 시간대별로 정리했다. 어딘가에 분명 단서가 있을 것이다. 사람이 어떻게 그냥 사라지겠는가. 무엇인가에, 또는 누군가에게 그 원인이 있을 것이다.

그러고 나서 나는 내 방을 마치 범죄 현장처럼 철저히 조사했다. 이곳이 바로 사건이 발생한 장소이기 때문이었다. 화장실도 빼놓을 수 없었다. 나는 그 두 장소에 있는 모든 물건의 목록을 만들었다. 카펫, 백열전구, 알람시계, 침대 밑에 있는 손전등, 책상에 숨겨진 딱총 꾸러미, 욕조 안의 샴푸, 세면대 밑의 변기압축기, 아빠의 오래된 면도기 등등. 그런 다음, 나는 내가 생각할 수 있는 모든 방법으로 그것들을 분류했다. 천연, 합성, 액체, 고체, 전기, 화학, 나무, 금속, 플라스틱, 종이, 기타 등등. 첫날과 이튿날까지는 상당한 진전을 보이는 듯했다. 하지만, 셋째 날 생각이 바닥났다. 설사 내가 그 모든 정보들을 완전히 분석한다 할지라도, 여전히 나는 투명인간으로 남아 있을 것이라는 데 생각이 미쳤다. 저녁을 먹은 뒤 아빠에게 그 목록들을 보여 주었다.

"으음, 재미있는 자료구나, 바비. 한번 연구해 보마."

말은 이렇게 했지만 나는 아빠의 표정에서 아빠가 그것들을 별로 대수롭지 않게 여긴다는 걸 알 수 있었다.

그래서 내가 터득한 또 한 가지 사실은, 셜록 홈즈는 항상 올바른 단서만을 발견하지만 나는 그렇지 않다는 점이었다.

또 내가 깨달은 것 중에 한 가지 위험한 사실도 있었다. 그건 내가 평생 이런 식으로 살아야 될지도 모른다는 두려움에 끝없이 시달리고 있으면서도, 동시에 해결책이나 단서를 찾기 위해 열심히 노력할 때나 앨리시아에게 전화를 걸 때, 또는 과자를 먹을 때, 책을 읽을 때처럼 일상적인 행동들을 할 때, 내가 현재의 상황을 잊고 정상인인 듯한 착각에 빠져있는 걸 심심찮게 발견하게 된다는 것이었다.

그러나 무엇보다도 내가 터득한 사실 중 가장 위험한 것은 학교를 경영하는 사람들의 참견이었다. 그들은 이유 없는 결석에 상당히 민감하게 반응했다. 어떤 학생이 일주일 동안 학교에 나오지 않는다면, 그들은 반드시 그 이유를 알아야만 직성이 풀린다.

내가 일주일째 학교를 결석하고 다음 월요일이 되었을 때, 양호 선생님으로부터 전화가 왔다. 엄마는 내가 아직도 독감에 걸려 있다고 말했다. 양호 선생님은 교통사고에 관한 것과 엄마와 아빠가 병원에 입원했다는 사실을 알고 있었다. 엄마는 에델 고모할머니가 와서 나를 돌봐 주었다고 대답했다. 양호 선생님은 내가 일주일 정도 더 학교에 못 갈 거라는 대답을 듣고 전화를 끊었다.

그 일주일 동안, 양호 선생님은 나에 대해 궁금해하지 않았다. 그러나 그 일주일이 지나자, 초조해진 양호 선생님이 다시 엄마에게 전화를 했다. 양호 선생님은 다른 선생님들과 상담 사무실에서 보낸 수많은 메모들을 전해 주었다. 명문 사립 중학교를 결석하기에 2주는 너무 긴 시간이었다. 중간고사는 말할 것도 없고, 수업도 많이 빠졌다. 그러나 엄마는 양호 선생님과 담소를 나누며 바비가 훨씬 좋아졌으니까 걱정하지 말라고 안심시켰다.

그로부터 30분 후, 상담 교사인 크리드 선생님에게서 전화가 왔다. 그는 나에게 줄 엄청난 책과 과제물이 있으며, 괜찮다면 그것을 직접 가져와서 나와 이야기를 나누면서 몇 가지 과제에 대해 설명을 해주겠다고 했다. 그러나 엄마는 내가 아직 많이 피곤한 상태이기 때문에, 엄마가 학교에 들르는 것이 좋겠다고 했다. 그러자 상담 선생님은 절차상 주치의의 소견서가 필요하다고 말했다. 소견서를 서류로 보관해 두는 것이 장기 결석에 대한 학교의 방침이며, 서류철에 편지가 있어야 벌점을 받지 않고 밀린 학업을 보충할 수 있다는 말도 했다.

그러나 엄마와 아빠는 우리 가족 주치의인 웨스톤 박사님에게 연락을 하지는 않았다. 진찰을 한다는 건 웨스톤 박사님이 나의 상태를 알게 된다는 뜻이 아닌가. 부모님은 웨스톤 박사님이 의사치고는 너무 수다스럽다고 여겼다.

따라서 나에 대한 의사의 소견서 같은 건 전혀 없었다.

이튿날, 엄마는 크리드 선생님께 전화를 하고 학교로 내 과제물을 가지러 갔다. 시커멓게 멍들었던 엄마의 눈이 지금은 노랗게 변했기 때문에 상담실로 들어서자 다들 눈길을 피했다. 하지만 엄마가 크리드 선생님과 얘기하고 있을 때, 양호 선생님이 우연히 그 옆을 지나갔다.

"필립스 부인, 맞죠? 바비는 좀 어때요? 독감에 걸린 거 맞죠?"

아무래도 우연은 아닌 듯했다.

학교라는 단체는 학생들에 대해 궁금해하기는 하지만, 조사하는 일에 직접 관여하지는 않는다. 학교는 단지 결과에만 관심이 있으며, 그 결과를 얻기 위해 외부 기관에 조사를 맡기곤 한다. 사립학교는 공립학교와는 달리 정부와 정보 교환이 되지 않는다. 그리고 그들 역시 독립적인 상태를 유지하려고 노력한다. 그러나 그렇게 독립을 유지하는 방법 중 하나는 정부의 규칙을 준수하는 것이었다. 그리고 정부는 학생들에 관한 규정과 장기간에 걸친 질병과 전염병에 관한 규정을 가지고 있으며, 모든 학교는 그 규정에 따라야 했다.

그것이 바로 학교에서 바비 필립스의 장기간 결석에 대해 끈질기게 관심을 갖는 이유였다. 즉 바비 필립스를 구하기 위한 두 번째 위원회가 결성된 이유였다. 거기에 소속된 사람들은 양호 선생님과 나의 선생님들, 상담 선생님, 그리고 학교를 운영하는 사람들이다.

그리고 범인은 양호 선생님 아니면 상담 선생님, 또는 학교의 기타 인물일지도 모른다. 아니, 어쩌면 학교에 있는 사람이 아닐 수도 있다. 하지만 내 생각엔 양호 선생님이 확실했다.

무슨 얘기냐 하면, 누군가가 쿡 카운티 보건국에 전화를 하여 대학교 부속 중학교에 재학 중인 열다섯 살 소년이 3주째 아파서 결석을 하고 있다고 신고를 했다. 학생 부모는 의사로부터 소견서도 받지 않았으며, 지난 3주 동안 그 소년을 본 사람이 아무도 없다고 말이다. 그 소년이란 바로 나, 바비 필립스를 말한다.

이제 보건국에서 일하는 누군가가 아동가정복지국에 전화를 할 것이고, 바비 필립스를 구하기 위한 두 번째 위원회는 점점 더 커질 것이다.

그리고 이 위원회는 곧 실행 계획을 세울 것이었다.

15
작은 전쟁

집에서 꼬박 3주를 보내고 또다시 월요일 아침이 왔다. 이날 아침의 초인종 소리를 시작으로 내 인생의 중요한 사건이 시작되었다. 나는 《반지의 제왕》을 침대에 떨어뜨린 채, 층계참으로 나갔다. 몸을 굽히고 내려다보니 엄마가 현관문에 서 있는 것이 보였다. 나는 귀를 기울였다.

"필립스 부인?"

"네?"

"안녕하세요. 제 이름은 마타 파겟이고, 아동가정복지국의 무단결석과에서 나왔습니다. 들어가도 될까요?"

"무슨 일이신데요?"

나는 발끝으로 조심조심 걸어서 다시 방으로 돌아가 옷을 벗고, 재빨리 계단으로 내려갔다. 내가 아래층으로 내려올 때까지, 엄마는 계속 현관에 서 있었다. 엄마는 그 여자를 집 안으로 들이지는 않을 것이다. 나는 1.5미터 정도 떨어진 곳에서 그들을 쳐다보고 있었다.

그 여자는 엄마보다 키가 작았다. 대부분의 여자들이 그랬다. 얼굴은 갸름하고, 머리는 갈색이었다. 두꺼운 안경을 끼고 있어서 눈이 더 커 보였다. 파란색 치마와 웃옷을 입고 있었으며, 코트의 왼쪽 깃에 작은 성조기가 보였다. 흰 셔츠의 단추는 끝까지 채워져 있었고, 왼손에 검은색 서류가방을 들고 있었다.

그 여자는 웃으며 이야기하고 있었고, 엄마는 팔짱을 낀 채 상냥하게 보이려고 노력했다.

"…… 따라서 당연히 바비에 대해 좀 걱정이 되는군요. 3주 동안이나 감기에 걸려 결석한다는 건 상당히 드문 경우라는 거 아시죠? 학교 측은 의사로부터의 소견서조차 받지 못했기 때문에 저희에게 직접 방문해서 바비의 병세에 차도가 있는지, 그리고 집에 별 문제는 없는지 확인해 달라고 요청한 겁니다."

이것은 단순한 대화가 아니었다. 이 여자는 나를 보고 싶어 했다. 아니 내 몸을.

나는 엄마가 빠르게 뇌를 회전시키고 있다는 걸 알 수 있었다. 엄마는 웃고 있었고, 진짜 웃는 것처럼 보였지만, 나는 저 웃음을 알고 있었다. 지금 엄마는 상대를 잡아먹기 일보 직전이었다.

엄마는 여전히 웃으면서 이렇게 말했다.

"그러니까 당신은 지금 우리 집 계단을 올라와 우리 집 안으로 들어와서 아픈 내 아들을 만날 권리가 있다고 말하는 건가요? 수색 영장은 가지고 있으세요?"

안타깝게도 이 사회복지사는 에밀리 필립스에 대해 잘 알지 못했다. 한 예로, 엄마는 1968년 민주당 전당대회 때, 시카고 경찰들이 집회현장에 있던 당시 18세의 엄마를 밀치자, 그들을 다시 밀쳐버렸던 장본인이었다. 나는 엄마의 업적을 보도한 뉴스를 본 적도 있었다. 그리고 그로부터 2년 후, 엄마는 대학 총장실 문에 자신을 묶은 뒤, 총장에게서 여성 교수 채용을 늘리겠다는 약속을 받아낼 때까지 그 자리에 꼼짝 않고 있었던 사람이다. 꼬박 6일 동안이나.

사회복지사는 엄마와 눈을 맞추기 위해 올려다봤다. 나는 그녀가 긴장해서 서류가방을 단단히 고쳐잡는 것을 볼 수 있었다. 줄곧 웃고는 있지만, 몹시 긴장하고 있다는 걸 알 수 있었다. 나는 영리한 두 여자 사이에서 벌어지는 작은 전쟁을 보고 있었다. 그녀는 오히려 목소리를 낮춰 말했다.

"오늘 말씀이세요? 제가 지금 수색 영장을 가지고 있냐고요? 아뇨, 필립스 부인, 오늘은 없군요. 하지만 일리노이 주의 아동보호법에 따라 저에게 아드님을 잠시 방문할 권리가 있는 것은 사실입니다. 그리고 이를 수행하기 위해 수색 영장이 필요하다면, 당장이라도 가져올 수 있습니다."

엄마는 마치 그녀의 말을 낚아채듯 손을 흔들었다.

"아, 제 말을 거북하게 생각하지는 마세요, 배저 씨."

"파겟입니다."

푸른색 옷을 입은 사회복지사가 이렇게 말하자, 엄마는 여전히 미소를 띤 채 말했다.

"네, 파겟 씨. 죄송합니다만 제 말을 정부의 악한을 고소라도 하려는 것인 양 잘못 들으셨군요. 제가 오랫동안 학생들만 가르치다 보니 말투가 딱딱해져서 그런 거니까 이해해 주세요. 물론 파겟 씨는 바비와 이야기를 나눌 수 있어요. 바비가 지금 집에 없다는 한 가지 문제점만 없다면요."

그 사회복지사는 거의 나만큼 놀랐다.

"아, 그래요? 그렇다면 지금 댁의 아드님이 어디에 있는지 물어봐도 될까요?"

그녀는 허리를 굽혀 현관 바닥에 서류가방을 내려놓았다. 그러고는 가방을 열고 노란색 법률 서류철과 펜을 꺼냈다.

"물론이죠. 아시다시피 해마다 이맘때의 시카고는 정말 춥고 습하잖아요. 남편과 저는 바비가 독감에 걸린 것과 우리가 교통사고를 당한 것 등을 감안해서, 바비가 잠시 이곳을 떠나 있는 게 좋겠다고 결정했어요. 그래서 지난 화요일에 바비를 플로리다에 있는 친척집으로 보냈답니다. 한 달 정도 거기에 있을 예정이고요."

파켓 씨는 또다시 놀랐다.

"플로리다요?"

그녀는 계속 받아 적었다.

엄마는 고개를 끄덕이며 상냥하게 미소 지었다.

"네. 이번 남은 학기 동안은 바비를 학교에 보내지 않을 생각이에요. 중간고사도 못 치렀으니, 그동안 빠진 것을 보충하기에도 너무 벅차지요. 우리는 바비에게 부담을 주고 싶지는 않아요. 무엇보다 건강이 우선이니까요."

사회복지사는 노란 서류에 무언가를 빠르게 적으며 고개를 끄덕였다.

"네, 물론입니다. 그럼, 바비는 플로리다 어디에 있나요?"

"남쪽 밑이에요. 그곳이 따뜻하고 좋거든요."

여자는 살짝 눈살을 찌푸렸지만, 고개를 들지 않고 계속 적으면서 물었다.

"그럼 바비는 언제쯤 집에 돌아올까요?"

엄마는 어깨를 한 번 으쓱거리고 미소를 지으며 말했다.

"그건 참 말씀드리기가 어렵군요. 예전처럼 다시 건강해지면 데려올 생각이니까요. 자, 파켓 씨. 이 이른 아침에 제가 더 도와드릴 일은 없나요?"

그녀는 눈을 가늘게 뜨고 입을 꽉 다물면서, 엄마의 얼굴을 들여다봤다. 잠시 아무 말이 없었다. 그러나 그 침묵은 질문들로 꽉 차 있었다. '바비가 정말 어디에 있는 거냐?' 또 '내가 얼마나 빨리 수색 영장을 가져올 수 있는지 알기나 하느냐?' 그리고 '이게 끝이 아니라는 것을 명심해야 할 것이다. 알겠냐?'와 같은 질문들로.

그러고 나서 그녀는 서류와 펜을 다시 가방에 넣고, 몸을 똑바로 세우고 엄마의 얼굴을 쳐다보며 말했다.

"오늘 제게 많은 도움을 주신 것 같군요, 필립스 부인. 시간 내주셔서 정말 감사합니다."

엄마는 그녀의 눈을 쳐다보고 미소 지었다. 그들은 둘 다 1회전이 끝났음을 알고 있었다. 엄마가 이겼다.

"천만에요. 그럼, 안녕히 가세요."

사회복지사는 가벼운 구두굽 소리를 내며 목재 현관을 지나 계단을 내려갔다. 엄마는 그녀가 나가는 것을 확인한 뒤, 몸을 돌려 조용히 나를 불렀다.

"바비?"

"여기예요, 엄마. 그럼 저는 이제 플로리다에 있는 거죠? 멋지네요."

"웃을 일이 아니야, 바비. 이건 장난이 아니야."

엄마는 재빨리 창문 쪽으로 가서, 밖을 살짝 엿봤다.

"그들은 투견 같은 사람들이야. 알겠니?"

나는 창문을 내다봤다. 그 사회복지사는 옆집 현관에 서서 트렌트 부인과 이야기를 하며 메모를 하고 있었다.

"저 여자는 지금 사건을 조사하고 있는 거야. 그리고 그 대상이 바로 너야, 바비. 아빠와 나도 마찬가지지. 학교 양호 교사와 보건국과 아동가정복지국이 이성을 잃고 실종된 한 소년을 찾고 있어. 그들은 해답을 얻을 때까지 계속해서 밀어붙일 거야. 웃을 일이 아니라고."

하지만 나는 그렇게 생각하지 않았다.

"그렇다고 해도 그 사람들이 엄마가 나를 죽여서 쓰레기 처리장에 내다 버렸다거나, 벽장에 가둬 놓았다고 생각하진 않을 거예요, 엄마. 제발, 정신 좀 차리세요."

엄마는 웃지 않았다. 얼굴이 너무 창백해서 눈 밑의 멍이 황금방울새처럼 밝아 보였다. 엄마는 심각하게 말했다.

"아냐, 로버트. 정신 바짝 차려야 해. 너는 이 상황을 잘 이해하지 못하고 있어. 이건 장난이 아니야. 심각한 상황이야. 그 사람들에게는 힘이 있고, 그들은 주저 없이 그 힘을 사용할 거거든. 아이들은 부모나 다른 사람들로 인해서 다칠 수가 있기 때문에, 의심스러운 상황에선 반드시 조사가 이루어진단다. 그리고 지금 우리 상황은 누가 봐도 의심스럽지. 그 여자와 시카고 경찰들이 한 시간 내로 수색 영장을 들고 와서, 우리가 교통사고를 당한 날 심한 독감으로 집에 있었어야 할 바비를, 그러니까 트렌트 부인이 택시에서 내리는 것을 목격한 15세 백인 남자 아이, 바비 필립스를 찾으려고 이 집을 마구 뒤질 수도 있다는 얘기지. 이건 진짜 큰일이야.

그리고 너한테는 아주 위험한 일이고. 그 사람들이 너를 데려가게 그냥 내버려 둘 수는 없잖니? 어서 에델 고모에게 전화를 걸어야겠다."

엄마는 서재로 달려가서 고모할머니에게 전화를 걸었다. 누군가가 연락을 해서 바비에 대해 물어 보면, 바비가 3월 13일부터 그곳에 있었으며, 그곳에는 기차를 타고 왔다고 말해 달라고 부탁했다. 아니면, 다음 주 동안은 자동응답기를 켜 놓는 것이 어떻겠느냐고 권하기도 했다. 차라리 아무하고도 얘기하지 않으면 위증죄로 고소당할 일은 없을 테니까. 그리고 괜찮다면 좋은 호텔에 가서 일주일 정도 처녀 때 이름으로 투숙을 하는 게 좋겠다는 말도 했다. 물론 경비는 우리가 부담한다면서. 그리고 우리 집에 전화할 일이 있으면 핸드폰으로 하라는 말도 잊지 않았다.

에델 고모할머니가 자세한 내막을 물어보자, 엄마는 아무래도 말을 해야겠다고 느꼈는지, 3분 동안 내가 어쩌다가 도피자가 되었는지에 대해 짧게 줄여서 요점만 이야기해 주었다.

눈에 안 보이는 소년의 얘기를 듣고 당황하지 않는 사람은 아마 에델 고모할머니뿐일 것이다. 에델 고모할머니는 이렇게 대답했다고 한다.

"뭐 그다지 이상한 일도 아니구나! 나와 카드놀이나 하게 당장 이곳으로 보내렴!"

이제 에델 고모할머니도 우리의 비밀을 알게 되었다.

그 사회복지사가 한 시간 안에 수색 영장을 가지고 다시 돌아와 우리 집을 마구 뒤질지도 모른다는 엄마의 말은 틀렸다.

파겟 씨는 겨우 45분 만에 되돌아왔기 때문이다.

16
바비 필립스 찾기

나는 엄마가 제정신이 아니라고 생각했다.

아동가정복지국에서 나온 사회복지사가 트렌트 부인과 이야기를 나누고 가 버린 뒤, 엄마는 매우 흥분해서 에델 고모할머니와 통화를 했고, 끊자마자 나에게 고함을 치며 명령했다.

"로버트, 얼른 네 방을 싹 청소해라. 옷들은 다 치우고, 책은 전부 책장에 다시 꽂아 놓고. 트럼펫은 잘 싸서 옷장 위에 올려놔라. 욕실에서 네 칫솔도 치워. 치워서 세면대 아래 청소용품함에 넣어 두고, 알겠지? 그리고 아침에 쓰던 수건은 충계 밑에 던져 놓고, 이불도 개고 전기담요도 꺼라. 며칠 동안 네 방에 아무도 없었던 것처럼 만들어 놔야 해. 자, 어서 움직여!"

그러고 나서 엄마는 부엌으로 뛰어가더니, 아침과 점심때 사용한 그릇들을 손으로 직접 씻어서 선반 위에 놓았다. 식기세척기를 옆에 두고서도.

내가 방 정리를 반쯤 마쳤을 때, 엄마가 아래층에서 내게 큰 소리로 말했다.

"바비! 수요일부터 지금까지 이메일이나 메신저로 메시지를 보낸 적이 있는지 잘 생각해 봐라."

나는 잠시 생각한 뒤, 큰 소리로 대답했다.

"없어요. 앨리시아와 전화 통화만 몇 번 했을 뿐이에요."

"알았다. 방 청소가 끝나는 대로, 세탁실에 가서 네 옷들을 전부 가지고 올라가거라. 더러운 옷들도 잘 접어서 서랍 속에 넣어 둬. 알았지? 어서!"

"엄마, 제발 좀 진정하세요."

"바비, 난 지금 토론하고 싶지 않아. 나도 내가 지금 쓸데없이 흥분하고 있는 거라면 좋겠다. 하지만 지금은 엄마가 시키는 대로 하는 게 좋을 거다!"

난 엄마가 이성을 잃었다고 생각했다. 45분이 지나고 그 사회복지사가 다시 돌아오기 전까지는 말이다. 바깥에 그녀의 파란색 자동차가 보였고, 그 뒤로 시카고 경찰차 두 대가 보였다. 세 명의 경찰관들, 남자 둘과 여자 하나가 차에서 나왔다.

파켓 씨는 경찰관들과 함께 문 앞에 서 있었다. 엄마는 수색 영장을 읽은 후에, 서재로 들어가서 아빠와 우리 가족 변호사인 찰스 클라크 씨에게 전화를 걸었다. 클라크 씨는 5분도 안 되어 도착했지만, 수색 영장을 읽은 다음 엄마에게 모든 것이 합법적인 절차임을 확인시켜 주었다.

"무슨 일이에요, 에밀리?"

"아무것도 아니에요, 찰리. 제가 나중에 다시 전화 드릴게요. 빨리 와 주셔서 고마워요."

그러자 클라크 씨는 웃으며 자리를 떴다.

파겟 씨는 즐기고 있었다. 2회전은 엄마가 보기 좋게 당하고 있었으니까. 두 명의 경찰관은 위층으로 올라가고, 한 명은 사회복지사와 함께 아래층에 남았다.

나는 위층으로 올라가는 경찰들을 뒤쫓았다. 그들은 이층 방문을 모두 열어 보더니, 어디가 내 방인지 금방 알아채고 안으로 들어갔다.

나는 조금 전까지의 엄마의 행동에 감탄했다. 엄마의 직감은 정확했다. 내 방은 텅 비었고 깨끗해 보였다. 그들은 옷장과 서랍들을 모두 열어 보고, 침대 밑까지 살펴봤다.

나는 복도에서 그들을 지켜봤다. 그들은 방을 어질러 놓지 않으려고 조심스럽게 행동했다. 맘에 들었다. 내 방이 오늘처럼 깨끗했던 적은 없었고, 나는 또다시 청소를 하고 싶지는 않았으니까.

그들은 욕실로 들어갔다. 칫솔도 없고, 젖은 수건도 없었다. 세면대 옆에 빗이 있었지만, 그건 못 본 것 같았다.

그들은 모든 방과 옷장들을 다 확인했다. 서랍도 다 열어 봤다. 길고 검은 손전등으로 나 정도 크기의 아이가 숨을 만한 큰 공간들은 모조리 비춰 봤다. 그러고는 다락방을 둘러보고 내려와 복도 카펫 위에 시커먼 먼지를 남겨 놓았다.

그들은 이층 수색을 마치고 지하실로 내려갔다. 이번에는 그들을 따라 내려가지 않고 서재로 들어갔다. 엄마는 서재 책상에 앉아서 정장 차림의 사회복지사를 무시하느라 최선을 다하고 있었다. 그녀는 계속해서 엄마를 밀어붙이고 있었다.

"필립스 부인, 아들을 플로리다 어디로 보냈는지 말씀해 주셔야겠는데요. 제대로 말씀해 주시지 않으면 불이익을 당할 수도 있습니다."

엄마는 이제 웃으려고도 하지 않았다.

"내가 이미 바비가 집에 없다는 걸 말해 줬음에도, 당신은 내 아들이 집에 있는지 없는지를 확인하기 위해 수색 영장을 가지고 오셨군요. 당신이 엉뚱한 사람들과 공모해서 이 일을 법적인 상황으로 만든 거라고요. 내가 아는 한, 이것은 당신과 일리노이 주가 상관할 이유가 없는 우리 가족의 일이에요. 난 당신에게 더 이상 이 일에 대해서 말해야 할 의무가 없다고 생각해요. 나는 바비가 독감에 걸렸고, 건강을 회복하기 위해서 따뜻한 플로리다의 친척 집에 보냈다고 이미 당신에게 분명히 말했어요. 우리는 바비를 남은 학기 동안 학교에 보내지 않을 거고, 우리에겐 그럴 권리가 있어요. 그리고 이제 더 이상은 할 말이 없어요."

"그렇다면 이것에 관해서도 하실 말씀이 없나요? 당신과 당신 남편이 병원에 있는 동안, 에델 고모라는 사람이 이곳에서 바비를 돌보고 있었다고 이웃집 트렌트 부인이 그러더군요. 그게 사실인가요?"

엄마는 트렌트 부인이라는 말에 불쾌해하며 말했다.

"네, 맞아요."

"그럼 에델 고모라는 분의 전화번호가 전화기 옆 목록에 적혀 있던데, 그 에델 고모가 맞나요?"

"네."

엄마는 잠시 가만히 있다가 대답했다. 아마도 엄마는 그 목록을 치우지 않은 것에 화가 난 듯했다.

나는 파겟 씨가 이제 어디로 갈지 알 수 있었다. 엄마도 알고 있었다.

"이 목록에 남부 플로리다의 지역 번호를 가진 사람이 에델 고모뿐이라는 걸 제가 눈치 챈 이상, 바비가 그곳에서 잘 있는지 에델 고모라는 분에게 전화를 해서 물어 봐도 괜찮겠죠? 그리고 바비가 그곳에 있는 것이 확인되면, 저희는 플로리다 주와 상호 아동보호 협약을 이행할 것입니다. 그러니까 바비가 정말 거기에 있는지, 또 별 탈 없이 잘 지내고 있는지를 확인하기 위해 플로리다 경찰관 한 명이 당신 친척 댁을 방문할 거라는 얘깁니다. 그것이 우리가 여기에 온 목적이지요. 우리는 단지 바비가 적절한 보호를 받으며 건강하게 잘 지내고 있는지만 확인하면 됩니다."

엄마는 아무 말이 없었다. 그러다가 일어서서 창밖을 내다보더니 선반에 있던 라디오 리모콘의 버튼을 눌렀다. 고상한 음악이 방 안을 가득 메웠다. 모차르트인 것 같다. 파켓 씨가 다시 말을 시작했지만, 엄마는 계속 볼륨을 높였다. 작은 라디오에서 나오는 소리치고는 꽤 컸다.

여자 경찰이 서재로 와서 파켓 씨에게 귓속말을 했다. 파켓 씨는 엄마를 향해 몸을 돌려 말했다. 그녀는 바이올린과 하프시코드의 커다란 선율 때문에 거의 고함을 치다시피 했다.

"우리는 수색을 마쳤습니다. 만약 앞으로 5일 내에 바비의 소재가 확인되지 않거나, 저희 복지국 관계자와 만나서 해명을 하지 않으면, 이 일은 경찰이 맡게 됩니다. 바비는 의심스러운 상황에 처한 실종 청소년으로 분류될 것이고, 부인과 남편이 책임을 져야 하는 입장이 될지도 모르며, 그럴 경우 당신들은 형사고발될 것입니다. 감사합니다."

그러고는 나가 버렸다.

나는 엄마가 이따금 욕을 한다는 것을 안다. 예를 들어, 냄비에 손을 데거나, 프린터가 제대로 작동하지 않을 때 말이다. 그런데 사회복지사와 경찰들이 집을 나간 뒤, 엄마는 이성을 잃고 폭언을 했다. 심지어 주먹까지 불끈 쥐고 발갛게 달아오른 얼굴로 집 안을 돌아다니며 내가 여태껏 들은 적이 없는 욕을 계속해서 쏟아냈다.

나는 엄마가 진짜 사람인지 아닌지 늘 의심하곤 했다. 하지만 지금 보니 엄마 역시 틀림없는 사람이었다. 또 나는 누군가가 이렇게까지 심하게 화를 낼 수 있다는 것도 처음 알았다. 엄마가 내 편이라는 사실이 기뻤다.

엄마는 거실 소파에 거의 쓰러지듯 앉아 두 손으로 얼굴을 감싸고 호흡을 가다듬었다. 내가 옆에 앉자, 엄마는 소파가 움직이는 것을 느꼈다. 엄마는 손을 내리고 내 쪽을 바라보며 힘없이 웃었다.

"이성을 잃어서 미안하구나. 어른답지 못하게."

나는 무슨 말을 해야 할지 몰랐다. 엄마가 내 얼굴을 볼 수 있었으면 좋겠다. 지금 내가 할 수 있는 일이라고는 고개를 끄덕이며 약간 미소 짓는 것밖에 없었기 때문이다. 하지만 엄마가 그것을 볼 수 없으니 지금 난 무슨 말이라도 해야 했다.

"그 사람들은 욕먹을 짓을 했어요."

엄마는 머리를 흔들며 말했다.

"아니야, 그렇지가 않아, 절대로. 바로 그게 문제란다. 그 사람들은 나쁜 사람들이 아니야. 그들은 한 소년이 실종되었고, 정말로 뭔가가 잘못되었다고 믿고 있기 때문에 자신들의 할 일을 하고 있는 것뿐이란다."

"글쎄요. 뭔가가 잘못되었다는 건 단지 그 사람들 생각이잖아요."

엄마가 고개를 끄덕였다.

"그럴 수도 있지."

"그럼, 이제 어떻게 되는 거죠?"

엄마는 어깨를 으쓱해 보였다.

"그 여자가 하는 말 들었지? 네가 살아 있고 건강하다는 것을 5일 내로 그들에게 보여 줘야만 해."

"하지만 내가 계속 이런 상태로 남아 있거나, 우리가 다른 해결책을 찾지 못하면 어떡해요? 그러니까 제 말은, 이런 상태가 지속된 게 벌써 3주째잖아요! 5일은 충분한 시간이 아닌 것 같아요."

"그렇게 되면 아빠와 내가 법에 따라야겠지."

"그 사람들이 정말 엄마랑 아빠를 체포할 수 있을까요?"

"그럼 넌 그 여자가 세 명의 경찰관을 데리고 발을 쿵쿵거리며 들어와서, 우리 집을 모조리 뒤진 건 어떻게 생각하니?"

내가 대답을 하려는데, 아빠가 옆문으로 뛰어 들어왔다.

"에밀리? 바비?"

"아빠다."

아빠는 엄마를 꼭 껴안은 다음, 엄마의 얼굴을 오랫동안 들여다봤다.

"상황이 그렇게 나쁜 거야?"

"네, 좋지 않아요. 그 사회복지사가 바비가 실종되었다는 증거를 모으고 있고, 누군가를 플로리다의 에델 고모 댁으로 보내려고 하고 있어요. 분명히 수색 영장을 가지고 갈 거고요."

"저기, 그러니까, 진짜 무슨 일이 벌어지고 있는지를 그 사람들에게 말할 때가 된 게 아닐까요. 엄마 아빠는 아무 잘못도 없잖아요. 이건 내 문제인데, 그들은 엄마 아빠에게 책임을 물으려고 하잖아요."

아빠는 내 목소리가 들리는 쪽으로 고개를 돌리며 말했다.

"네가 지금 무슨 말을 하는지는 잘 알겠다, 바비. 하지만 내가 보기에 그건 그리 좋은 생각이 아닌 것 같구나. 그들이 만약 이 사실을 알게 된다면, 그들은 한달음에 달려와서 너를 잡아갈 거다. 보건당국은 대성공을 거두는 거지. 그들은 절대로 너를 놔주지 않을 거다. 네 상태를 분류한 뒤 다른 곳으로 넘길 테고, 아마 전염병이나…… 장애로 취급할지도 몰라."

그 말에 온몸이 얼어붙었다. 장애라니. 지금의 내 상태가 어떤 마비나, ……시각장애와 같은 것이라니!

"그들은 너를 병원이나 연구시설로 데려갈 거야. 우리가 너를 다시 데려올 수 있을는지는 아무도 몰라. 나는 그들이 우리 가정을 깨뜨리도록 그냥 내버려 두지는 않을 거다."

"하지만 그 사람들이 엄마와 아빠를 체포한다면, 그것도 가정을 깨뜨리는 거잖아요. 그리고 분명 아빠도 쿡 카운티 교도소보다는 연구소가 더 좋으시잖아요."

그러고 나서 나는 쿡 카운티 교도소란 말을 하지 말았어야 했음을 깨달았다. 그 말을 들은 두 분의 얼굴에 충격적인 공포가 쏜살같이 지나가는 것을 보았기 때문이다. 그리고 그 공포는 내가 집에 혼자 있을 때 느꼈던 것과는 아주 달랐다. 그것은 엄청난 위협이었다. 쿡 카운티 교도소는 정말로 무서운 곳으로, 나는 아빠의 눈에, 그리고 엄마의 입가에 공포가 번지는 것을 보았다.

절대로 부모님이 체포되어 감옥에 끌려가게 내버려 두지는 않을 것이다. 무슨 일이 있어도 우리 엄마 아빠에게 그런 일이 일어나게 해서는 안 된다.

사회복지사가 우리에게 5일의 시간이 있다고 말했다. 5일은 수많은 일이 일어날 수 있는 시간이다.

그리고 꼭 그래야만 한다.

17
실마리

경찰관들이 돌아가고 한 시간가량 지났다. 아빠는 다시 연구소로 돌아가고, 엄마와 나는 점심을 먹고 있었다. 그때 전화벨이 울렸다. 내가 수화기를 들고 말을 하려고 할 때, 엄마가 수화기를 홱 낚아챘다.

"여보세요? ……아니오, 바비는 집에 없어요. 플로리다에 있는 친척 집에 갔는데 언제 돌아올지는 확실히 몰라요. 다음에 바비와 통화할 때 전화하라고 전해 줄게요. 그럼."

엄마는 전화를 끊고서, 냉정하고 진지하게 말했다.

"전화를 받으면 어떡하니, 바비. 아빠나 내가 집에 없을 때는 그냥 울리게 놔둬. 알았지?"

"아, 그 사회복지사가 전화를 걸 수도 있겠네요?"

"그래, 그리고 트렌트 부인이거나, 학교일 수도 있고. 아무튼 넌 절대 전화를 받아선 안 돼. 이메일을 보내고 나서도 꼭 증거를 다 지우도록 해."

나는 고개를 갸우뚱하며 의심어린 눈빛으로 엄마를 응시했다. 그래봤자 아무런 소용이 없었다. 내가 이러고 있는 걸 엄마가 볼 수 없으니까. 나에게는 몸짓이 없다.

"그 사람들이 우리 전화를 도청할 거라고 생각하는 거예요? 그건 엄청난 과대망상이에요, 엄마."

"그럴 수도 있고, 안 그럴 수도 있어. 하지만 내가 만약 이 일을 조사하는 중이고, 한 아이가 위험에 처했다고 생각한다면, 분명히 판사에게 도청을 요청할 거야, 안 그렇겠니? 어쨌든 최악의 사태를 대비해서 나쁠 건 없잖니?"

이것은 정말 과대망상이다. 나는 쌀쌀한 목소리로 말했다.

"좋아요. 전화는 사용하지 않을게요. 그런데 지금 누가 전화한 거죠?"

"앨리시아."

"그럼, 이제부터 앨리시아와도 통화할 수 없다는 거예요?"

나는 갑자기 화가 났다.

엄마는 잠시 말이 없다가 내게 핸드폰을 건넸다.

"이걸 사용해라. 그리고 앨리시아에게도 그 번호를 가르쳐 주고,

알겠지?"

나는 방으로 올라가서 앨리시아에게 전화를 했다. 방금 떠오른 아이디어가 있어서 의견을 물으려던 참이라, 때마침 잘됐다. 꽤나 황당한 생각이라 아마 앨리시아는 내가 미쳤다고 생각할지도 몰랐다.

"플로리다에서 잘 지내고 있니?"

전화를 받은 앨리시아가 대뜸 이렇게 물었다. 나는 이런저런 이야깃거리들 때문에 계속 나의 미친 생각에 대해 잊고 있었다.

나는 "아주 재미있어"라고 말하고 나서, 그 수색대에 대해 이야기했다. 내가 말을 끝마쳤을 때, 앨리시아는 더 이상 웃지 않았다.

"그 여자가 정말 너희 엄마와 아빠가 감옥에 갈 수도 있다고 말했단 말이니?"

"아니…… 꼭 그런 건 아니지만, 형사소환이 있을 수 있다고 했는데, 그 말은 체포된다는 뜻이고, 체포되면 감옥에 끌려간다는 말이잖아. 그러니까 같은 거지."

앨리시아는 몇 초 동안 조용했다. 그러고 나서 말했다.

"내가 방금 무슨 책을 다 들었는지 맞춰 볼래?"

"모르겠는데? ≪주홍글씨≫보단 좀 더 읽기 편한 거니? 음……, ≪곰돌이 푸≫ 같은 거? 모르겠는걸."

"H. G. 웰즈의 ≪투명인간≫."

"정말? 혹시 그거 나 때문에 읽은 거야?"

"물론이지."

"영광인걸. 어때, 재미있어?"

"소름끼쳐. 내 생각엔 H. G. 웰즈라는 작가, 뭔가 심각한 문제가 있는 사람인 것 같아. 그 사람 책에는 항상 세상을 지배하려는 이상한 인물들이 등장하거든. 이 ≪투명인간≫에 나오는 사람도 진짜 미치광이야. 그래도 그 남자가 자기 자신을 사라지게 만드는 과정은 무척 흥미로워. 너도 읽어 보면 좋을 것 같아."

"네가 요약해 주는 게 더 좋을 것 같은데."

"읽기 싫은 거야?"

"아니, 그렇다기보다 지금 나는 도서관에서 책 빌리기가 좀 곤란하잖아."

"좋아, 알았어. 주인공은 선천적 색소 결핍증인 반쯤 미친 남자야. 이 남자는 괴짜이면서도 천재 같은 구석이 있어. 이 남자는 빛이 움직이는 방법을 연구하기 시작하지. 그의 몸 전체가 공기와 똑같은 방법으로 빛을 반사시킬 수 있다면, 그의 몸이 완전히 투명해져서 공기처럼 눈에 안 보이게 될 거고, 그러면 특별한 능력을 가질 수 있을 거라고 생각한 거지. 사실 그런 일은 불가능하지만 아무튼 그 사람은 맹목적으로 그런 능력을 갖기 위해 노력했고, 마침내 빛의 반사와 관련된 모든 화학물질들을 뒤섞어서 약을 만들어 냈어. 그리고 그걸 마셔 버렸지. 그는 고통을 느끼다가 의식을 잃었어. 그런데 깨어나 보니, 진짜 몸이 사라진 거야. 처음에 그는 행복해하지만, 결국 안 보인다는 건 끔찍한 일이라는 것을 알게 돼.

사람들이 그를 몹시 두려워한다는 걸 알게 되었거든. 그리고 그 사실은 그를 진짜로 미치게 만들었어. 결국 그는 미치광이 살인마로 변해 버렸고, 그를 없애는 데 여섯 명의 힘이 필요하게 됐다는 얘기야."

앨리시아는 잠시 숨을 돌렸다. 나는 아무 말도 하지 않았다.

"바비?"

"그래서, 그게 줄거리니?"

"네가 요약해 달라고 했잖아."

"정말 지금 내가 꼭 읽어야 할 책인 것 같구나. 모든 의욕이 사라져서 불안하고, 게다가 아주 우울하기까지 하거든. 그런 절망적인 이야기를 해줘서 정말 고마워. 독서 클럽을 만들어도 될 것 같아. '당신을 벼랑 끝으로 내모는 책들'이라는 이름으로."

앨리시아는 아무런 말이 없었다. 내가 다시 말했다.

"기분 상하게 해서 미안해. 하지만 그 내용이 나를 우울하게 만든 건 사실이야. 안 그렇겠니?"

"그렇지 않아. 너를 우울하게 만들려고 한 얘기가 아냐!"

나는 앨리시아가 너무 격렬하게 소리치는 바람에 깜짝 놀랐다. 그 애가 지금 어떤 얼굴을 하고 있을지 짐작이 되었다.

"나는 이 책을 들으면서 내내, 네가 이 남자와는 전혀 다르다는 생각뿐이었어. 너는 비정상적인 능력을 가지려고 기를 쓰는 미치광이가 아니잖아. 이 일이 일어나기 전에도 너는 좋은 아이였고,

지금도 여전히 그래. 이건 네가 원해서 일어난 일이 아니야. 이건 그냥 사고야. 너는 결백하지만, 이 남자에겐 죄가 있어. 게다가 그는 아무도 믿지 않았는데, 너는 그렇지 않아. 이 남자는 너무 이기적이어서 항상 혼자였지만, 너는 아니야. 너는 엄마와 아빠가 계시고, 그분들은 너를 안전하게 지키기 위해서라면 감옥에라도 가실 분들이야. 너에게는 너를 걱정하고 보호해 주는 사람들이 있어."

"그러니까, 너 같은 사람 말이야?"

그러자 앨리시아는 말을 멈췄다.

"······글쎄, ······응."

지금 앨리시아는 얼굴을 붉히고 있을 것이다. 확실하다. 내가 다시 물었다.

"정말이야? 정말 나를 그렇게 생각한다는 거야?"

"네가 눈치를 못 챘을까 봐 하는 말인데, 바비. 정말이야. 나도 스스로 생각을 할 수 있어. 내가 앞을 못 본다고 해서 바보는 아니야."

앨리시아가 빈정거려도 전혀 언짢지가 않았다. 게다가 내가 먼저 심한 말을 했기 때문에 내 잘못이 더 크다.

"나도 너처럼 이 일을 사고라고 생각해. 하지만 우리 아빠는 이런 종류의 사고는 없다고 믿고 계셔. 모든 일에는 반드시 원인과 결과가 존재한다고 생각하시거든. 그런데 오늘 아침에 나는 갑자기 이상한 생각이 들었어. 네가 바보 같다고 여길지도 모르겠지만."

"어서 얘기해 봐."

"뭔가 나쁜 일이 생기면 사람들은 모두 '왜 하필 나한테 이런 일이 일어났지?'라고 말하잖아. 오늘 아침에 UFO에 유괴된 적이 있는 사람들에 관한 기사를 읽었는데, 수백 명이나 되는 사람들이 그 일이 자신에게만 일어난 거라고 생각했기 때문에, 매스컴에서 이 일을 다루기 전까지는 모두들 그걸 비밀로 했다는 거야. 그 기사를 읽으면서 생각한 건데 지금 이 일이 나에게만 일어났다고 어떻게 확신하겠어? 다른 사람들한테도 일어났을지 모르잖아! 그리고 모두가 이 일을 비밀로 해서, 오직 나만 이 문제를 안고 있다고 생각하는 걸 수도 있잖아?"

"그래서 넌 지금 어딘가에 너처럼 눈에 안 보이는 사람들이 있을 거라고 생각하는 거니? ……글쎄, 그건 상당히 믿기 어려워."

"넌 단 한 명의 투명인간은 가능하고, 다섯 명의 투명인간은 믿기 어렵다는 얘기니? 다섯이나 열이나 백 명이 한 사람보다 더 이상하다는 거야? 그렇다면 이걸 생각해 봐. 혹시 너희 아빠와 외계의 생명체에 대해 이야기해 본 적 있니?"

앨리시아는 코웃음을 쳤다.

"물론이지. 우리 아빤 거기에 푹 빠져 있어. 아빠는 우주의 다른 곳에도 분명히 생명체가 살고 있다고 확신하셔. 우주의 광대함을 생각해 볼 때, 지구에만 이성적인 생명체가 산다고 생각하는 건 어리석다고 말이야."

"바로 그거야. 지구에서 생명을 만들었던 요소들이 다른 곳에서도 분명 같은 방법으로 생명을 만들었을 거란 얘기야. 나 역시 노력한 것도 아닌데 투명인간이 되었어. 거기엔 뭔가 원인이 있을 테고, 똑같은 원인이 다른 사람에게도 작용했을지 모르잖아. 다른 행성에 생명체가 있다고 생각하는 것과 똑같은 이치야. 그다지 이상한 게 아냐."

나는 흥분한 것처럼 보이지 않으려고 노력했지만, 몹시 흥분해 있었다.

하지만 앨리시아는 내 말에 그다지 동의하는 것 같지 않았다.

"글쎄. 하지만 그렇다고 해도, 정말로 너 말고도 눈에 안 보이는 사람이 있고, 그 사람들을 찾는다고 해도 말이야, 그게 무슨 소용이 있니?"

"그렇게 된다면 정보를 교환할 수가 있잖아. 그게 바로 그들을 찾으려는 이유야. 그리고 그것이 바로 과학자들이 연구를 할 때, 수없이 실험을 반복하는 이유인 거야. 결과를 비교하기 위해서 말이야."

나는 앨리시아가 이 문제의 중요성을 깨닫기를 바라는 마음으로 잠시 이야기를 멈췄다. 앨리시아에게 생각할 시간을 줘야 할 것 같았다.

"생각해 봐. 네가 시력을 잃었을 때, 의사들이 너와 같은 증상의 환자들 얘기를 해줬다고 했지?"

앨리시아는 골똘히 생각하는 듯했다.

"응, 맞아. 의사들이 제일 먼저 한 일이 그거였어! 그들은 방대한 자료들을 살펴보면서 나와 똑같은 문제를 가진 사람들을 찾았고, 그들을 어떻게 치료했는지 연구했어."

"바로 그거야. 그래서 너와 같은 환자들을 찾긴 찾았니?"

"미국에서만 50명 정도 있었어."

"도움이 됐어?"

"글쎄……, 조금은. 아니, 사실 알고 있던 것을 확인시켜 준 것뿐이었어. 나와 같은 문제를 가진 사람들도 큰 도움이 되진 않았어."

"그렇구나."

"하지만 바비, 그렇다고 네 경우에도 똑같을 거라는 뜻은 아니야. 그러니까 네 말은 단 한 명이라도 너 같은 사람을 찾는다면 양쪽의 증세를 비교해서 비슷한 부분을 찾아낼 수 있을 테고, 그렇게 되면 진짜 실마리를 찾을 수 있을지도 모른다는 얘기 아니니? 그렇지?"

"맞아. 그렇지만 문제가 있어. 나와 같은 사람이 있다 해도, 그 사람을 어떻게 찾지? 신문에 광고라도 낼까? '눈에 보이지 않는 문제를 가졌나요? 바비에게 전화해서 당신의 문제를 상담하세요'라고?"

앨리시아는 키득거리며 웃었다.

"그러면 아주 이상한 전화를 많이 받게 될 거야."

"맞아. 그리고 만일 그런 사람을 찾는다고 해도 현재로서는 아무 소용이 없다는 게 더 큰 문제지. 앞으로 5일만 있으면 경찰관들이 우르르 달려와서 우리 부모님을 체포할 테니까."

"하지만 바비. 그게 문제를 해결하는 출발점이 될 수도 있잖아. 뭐 다른 거창한 계획이 있는 것도 아닌 것 같은데, 그렇게 생각하지 않니? 아무것도 안 하고 가만히 앉아서, 자기 자신을 동정이나 하면서 5일을 보낼 수는 없는 거잖아, 안 그래?"

앨리시아의 말투가 내 신경을 건드렸다.

"누가 아무것도 안 하고 있겠다고 했니? 가끔 넌 모든 것을 비비 꼬아서 분쇄기로 간 다음 나한테 다시 퍼붓는데, 그게 날 아주 미치게 만들어."

"네가 지금 너무 예민한 건 아니고? 내가 기억하기로는 안 보이는 사람들이 세상을 활보한다는 얘기를 꺼낸 건 바로 너야, 그렇잖아? 그리고 네가 나한테 의견을 물어봐서, 나는 살펴볼 가치가 있을 것 같다고 대답한 거고. 그런데 이제 와서 또 너는 모든 게 무의미할 뿐이라고 말하고 있어."

"나는 모든 게 무의미하다고 말하지는 않았어. 단지 안 보이는 사람들을 찾는 방법에 문제가 있다는 거지. 신문 광고 따위를 내는 건 도무지 말이 안 돼."

"그럼, 말이 되는 게 뭐가 있는데?"

"그래, 지금 나한테 말이 되는 일이라곤 아무것도 없지."

앨리시아는 나를 계속 밀어붙였다.

"오, 이런. 가엾은 바비, 얼버무리려고 하지 마. 어떻게든 문제를 해결해야 해. 다른 방법을 얘기해 봐. 분명 뭔가 다른 생각이 있는 거지, 그렇지?"

"없어. 전혀 없다고. 난 그저 이 문제를 의논해 보고 싶었을 뿐이야. 그냥 친구와 이야기하고 싶었다고. 알잖아, 앨리시아. 친구란······."

"응."

앨리시아가 말을 가로막았다.

"응, 알아. 나한테 설교할 생각은 마. 꿈도 꾸지 마, 바비. 이제 그만 전화를 끊어야겠다. 그리고 넌 네 우는 소리를 들어 줄 다른 사람을 찾아보는 게 좋겠어."

"좋아, 어서 끊어. 안녕."

나는 앨리시아가 끊기를 기다리면서 수화기를 귀에 대고 있었다. 그러나 앨리시아의 숨소리는 계속해서 들려왔다.

"앨리시아?"

"왜?"

"끊는다고 했던 것 같은데."

"안녕이라고 말한 건 너 같은데."

"그런데 왜 안 끊는 거야?"

"너도 마찬가지잖아."

"들어 봐, 앨리시아, 내 생각이 이상하다는 건 알고 있어. 하지만 지금껏 생각해 봤지만 별 뾰족한 방법이 없어. 정말 어떻게 해야 할지 모르겠어. 그래서 계속 생각해 보겠다는 거야. 그것에 대해서, 그리고 다른 모든 가능성에 대해서도 말이야. 뭔가를 생각해 내야만 해. 안 그러면, 나는 내일이라도 당장 아동가정복지국으로 가서 그 사회복지사 책상에 내 엉덩이를 올려놓고 나는 아주 건강하다고 말하고, 안 보이는 내 손을 잡고 맥박을 짚어 보라고 할지도 몰라. 그 여자 앞에 똑바로 서서, 무슨 일이 일어나는지 지켜보게 할지도 모른다고. 그것도 아니면, 그 여자한테 거부할 수 없는 어떤 제의를 한다거나, 사무실로 찾아가 컴퓨터를 망가뜨려서 나에 대한 일을 잊게 만드는 건 또 어떨까. 또는 밤마다 그 집으로 찾아가서 겁을 주든지. 아니면 그럴듯한 유서를 작성해 둘까? 그럼 우리 엄마와 아빠의 혐의는 풀릴 거 아니겠어? 그러고 나서, 나는 허클베리핀처럼 내 장례식장에 가 보는 거야. 그러곤 영원히 사라져 버리는 거지. 어때? 아휴, 정말 모르겠다, 모르겠어."

앨리시아는 아무 말도 하지 않았다. 내게 들리는 것은 숨소리뿐이었다. 잠시 후, 앨리시아는 작은 목소리로 말했다.

"난 지금 네가 어떤 상태인지 알 것 같아, 바비. 나도 그랬던 적이 있었어. 그리고 만약 낸시가 없었다면, 난 아마 자살을 했거나,

네가 말한 것처럼 정말 어리석은 짓을 했을지도 몰라. 그래서 난 너의 낸시가 되기로 결심했어. 상황이 바뀌는 데 아무리 오랜 시간이 걸릴지라도, 아니면 전혀 좋아지지 않는다 해도, 난 너를 포기하지 않을 거야. 그리고 네가 너 자신을 포기한다 할지라도, 난 너를 포기하지 않을래. 나는 네가 절대 비겁해지거나 미치지 않을 거라고 믿어. 정말 그렇게 믿어, 바비. 나는 그걸 알 수 있어."

나는 무슨 말을 해야 할지 몰랐다. 하지만 이야기를 멈추고 싶지도 않았다.

다시 5초 정도가 지난 후에 앨리시아가 말했다.

"바비?"

"응?"

"우리 이제 끊자, 알았지? 그리고 언제든 다시 전화해. 아니면 만나서 산책이라도 할까? 아무튼, 알겠지? 언제라도 괜찮아."

"알았어."

"그리고 이상한 생각은 하지 마, 알았지?"

"그렇게 할게."

"약속하지?"

"응, 약속해."

"좋아. 나중에 또 얘기하자, 바비."

"알았어, 안녕."

우리는 둘 다 전화를 끊었다. 하지만 여전히 연결되어 있는 느낌이 들었다. 그걸 분명히 느낄 수가 있었다.
그리고 그 느낌은 참 좋았다.

18
피자와 수수께끼

저녁식사 초대는 아빠의 생각이었다. 아빠는 월요일 오후 집으로 전화를 걸어 앨리시아네 가족을 초대했다고 했다. 7시 30분에 집에서 피자 파티를 하기로 했다고 말했다. 앨리시아의 아빠와 통화를 하다가 갑자기 초대를 하게 되었다는 것이다. 엄마는 큰 소리로 투덜거렸지만, 이미 정해진 약속이므로 우리는 저녁 파티를 해야 했다.

하지만 그것은 사실 파티가 아니다. 그것은 회의다. 나에 관한 회의. 결국 아빠들은 바비의 상황에 관해서 심도 있는 과학적 토론를 하고 싶은 것이고, 나는 그 결정을 따르면 되는 것이다.

그러나 부모라는 사람들이 한데 모이는 것은 아이들에게 그다지 좋은 일은 아니다. 4학년 때 테드라는 친구가 있었다. 우리 둘은 마음이 잘 맞아, 늘 재미있게 놀았다. 테드가 우리 집에서 하룻밤을 지낸 적이 있었는데 그때 엄마는 테드의 가족을 저녁식사에 초대하는 것이 좋겠다는 묘안을 내놓으셨다. 그런데 그것이 문제였다. 테드의 부모님은 좋은 분들이었다. 단지 엄마와 아빠처럼 교육을 많이 받지 않았다는 것만 빼고. 테드의 아빠는 포드자동차 부품매장을 경영하셨고, 엄마는 부동산 사무실의 비서였다.

정말 분위기가 좋지 않은 밤이었다. 엄마는 최고급 요리를 준비했고, 진주목걸이에 검은색 드레스를 입고 있었다. 초인종이 울릴 때 아빠는 재킷에 넥타이를 매고, 비싼 백포도주를 얼음에 재우고 있었다. 테드의 부모님들은 청바지와 그에 걸맞은 디즈니월드 티셔츠를 입고 왔고, 이날 저녁 파티에서 마실 여섯 개짜리 차가운 맥주 한 상자를 아빠에게 건네주었다.

그리고 그날 밤, 양쪽 부모님들은 테드와 나의 우정을 엄청나게 망쳐 놓았다.

하지만 오늘은 달랐다. 오늘 밤의 분위기는 오히려 과학 세미나라고 하는 게 나을 정도였는데, 이런 분위기가 모두들 편한 듯했다.

반 돈 부인만 제외하고는. 앨리시아의 엄마는 이곳에 와 있는 게 몹시 불편한 것 같았다. 내 생각에 반 돈 부인은 앨리시아와 내가 처음 우연히 마주친 일부터 못마땅하게 생각하는 듯했다. 반 돈 부인은 우리 엄마와 악수를 나누며, 저녁 시간을 즐겁게 보내자는 인사를 하는 듯했지만, 나는 두 분의 우정이 돈독한 관계로 발전하지는 않을 거라는 생각이 들었다.

반 돈 부인은 키가 큰 편이라, 앨리시아가 상대적으로 작아 보였다. 반 돈 부인은 목이 가늘고, 팔은 호리호리하며, 손목이 가냘픈 데다가, 길고 가느다란 손가락이 아주 우아했다. 지금은 앨리시아만큼 예쁘지 않지만, 아마 25년 전쯤에는 지금의 앨리시아만큼 예뻤을 것 같았다. 머리는 앨리시아보다 더 길었고 빗 모양의 갈색 핀을 양쪽에 꽂아 뒤로 넘겼다. 행동은 힘이 있어 보였지만, 조금도 긴장을 풀지 않은 채 경계하고 있었다.

반면에 앨리시아는 자기 엄마보다 훨씬 더 자신감이 넘쳐 흘렀다. 아마도 앨리시아는 아빠에게서 그런 자신감을 물려받은 것 같았다. 반 돈 교수님은 자신만의 분위기가 있었다. 머리 스타일만 봐도 남들 시선 따위는 전혀 신경 쓰지 않는 분이라는 걸 알 수 있었다. 시카고 대학의 천문학과는 전국에서 알아주는 곳이고, 이 분은 그 학과를 유명하게 만든 교수들 중에서도 단연 최고였다. 반 돈 교수님은 우리 집에 들어오자마자, 책과 논문들로 가득 찬 큰 상자를 든 채로, 빛의 반사와 물체의 굴절률에 관한 이론을 뿜어내기 시작했다. 아빠 역시 계속 고개를 끄덕이며, 신이 난 듯 엄청난 전문용어들을 쏟아내고 있었는데, 그러는 동안에도 두 사람은 내내 셔츠 밖으로 손도 머리도 보이지 않는 잘 차려입은 소년을 응시하고 있었다. 바로 나 말이다. 나는 토론이 아주 길어질 거라는 걸 알 수 있었다. 약간 당황한 듯한 앨리시아의 표정은, 자신도 내 생각에 동의한다고 말해 주는 듯했다.

피자와 맥주, 아이스크림이 있다면 분위기가 엉망이 되는 일은 결코 없다. 일단 먹기 시작하면 긴장이 풀어지기 마련이다. 저녁을 먹는 동안은 실종된 바비, 경찰관들, 또는 감옥에 대한 이야기를 하지 않으려고 모두들 신중했다. 모두들 잡담을 하며 즐거운 척하느라 바빠 보였다.

엄마와 반 돈 부인은 ― 이제 엄마는 반 돈 부인을 '줄리아'라고 불렀다 ― 자신들 둘 다 노스 웨스턴 대학의 영문과를 졸업했다는 사실을 알고 금세 그들만의 세계로 빠져들었다. 대학 때의 교수님과 수업, 소설과 시에 대해 끊임없이 이야기하고 있었는데, 나는 갑자기 그들이 좋은 친구 사이로 바뀔지도 모른다는 불길한 예감이 들었다. 엄마들끼리 단짝이 되는 것은 엄마들이 원수처럼 지내는 것만큼이나 아이들에게 불편한 일이다.

저녁식사 후, 아빠들은 베란다 쪽 응접실에서 유리문을 닫은 채, 테이블에 몸을 잔뜩 숙이고, 무언가를 쉬지 않고 적으며 미친 사람들처럼 이론을 끌어내고 있었다. 아빠는 조그만 탁자 위에 책과 기사 더미를 잔뜩 펼쳐 놓았다. 유리문을 들여다보니, 그 탁자 구석에는 내가 작성한 시간대별 목록과, 내 방 물건의 목록들도 보였다. 아빠들에게는 오늘이 아주 긴 밤이 될 것 같았다.

앨리시아와 나는 거실 바닥에 앉아서 피자를 다 먹어치웠다. 엄마들은 소파에 앉아 있다가 몇 분마다 한 번씩 벌떡 일어나서는, 책꽂이에서 좋아하는 책을 한 권 꺼내 들고서, 그 책에 대한 공통된 생각을 주고받으며 웃고 있었다. 나는 앨리시아에게 속삭였다.

"컴퓨터 하러 가자, 응?"

그러자 앨리시아는 재빨리 고개를 끄덕였다. 나만큼이나 간절히 빠져나가고 싶었던 모양이었다.

우리가 일어서자 엄마가 나를 흘긋 쳐다봤다. 언제나 그렇듯, 엄마는 내 생각을 금방 알아채고 말했다.

"잊지 마, 바비. 이메일을 보낼 거라면, 보내고 나서 하드디스크의 증거까지 다 삭제해야 한다는 거."

서재는 거실보다 훨씬 더 조용했다. 나는 앨리시아를 의자로 안내했다. 컴퓨터가 윙윙거리기 시작하자, 나는 앨리시아에게 물어봤다.

"인터넷은 많이 사용하니? 대부분 다 눈으로 봐야 하는데."

앨리시아는 다리를 끌어 올려 의자 위에서 무릎을 꿇었다.

"공공 라디오나 뉴스 사이트 같은 곳에는 음성 서비스도 많아. 그리고 음악 사이트도 있어. 하지만 다른 정보를 얻어야 할 때는 안내해 주는 사람이 필요하지. 도서관에는 관련 조교가 있지만, 급할 때는 엄마한테 도움을 청해."

"급할 때?"

"응, 아주 어쩔 수 없을 때만."

"너의 엄마는 무슨 일을 하시니?"

앨리시아가 얼굴을 찌푸렸다.

"응, 엄마의 일은 나야. 내가 엄마의 커다란 일거리지. 전에 엄마는 홍보 회사에 다녔어. 지금도 틈틈이 글을 쓰긴 하지만, 거의 하루 종일 나를 돌보고 계셔. 예상하지 못한 직업 전환이지. 내가 충분히 자립할 때쯤 되면, 엄마도 죄책감을 느끼지 않고 다시 직장에 다니시겠지. 그게 나의 가장 큰 목표야. 그렇게 되면 엄마의 인생을 망쳤다는 죄책감은 더 이상 들지 않을 테니까."

나는 무슨 말을 하려다가, 앨리시아가 더 흥분할 것 같아 그만두었다. 앨리시아는 이미 반쯤 흥분해 있었다. 그래서 나는 말을 돌렸다.

"검색 엔진을 열었어. 뭐라고 검색할까?"

"그거야 쉽지. '눈에 안 보이는 사람들'이라고 쳐 봐."

나는 검색 칸에 그렇게 쓴 뒤, 엔터 키를 눌렀다.

"맙소사! 대단한걸!"

앨리시아는 몸을 앞으로 굽히며 물었다.

"왜 그래?"

"'눈에 안 보이는 사람들'에 대한 검색 결과가 45만 페이지나 떴어."

"말도 안 돼! 몇 개 읽어 줘 봐."

"알았어. 첫 번째는, 눈에 안 보이는 사람들의 모임. 이건 유머 사이트야. 몇 가지 콩트랑 사진 한 장이 있어. 그 다음에는 '눈에 안 보이는 사람들'이라고 불리는 브라질 부족에 관한 거고. 여성의 권리에 대한 것도 있고, 집 없는 사람들, 눈에 안 보이는 사람들이라는 록 그룹, 만화책들, CIA의 스파이들, 컴퓨터 프라이버시……."

나는 화면을 여섯 개 정도 건너뛰었다.

"그리고…… 또 UFO, 동양 종교에 관한 것, 기타 등등 기타 등등. 끝도 없이 많긴 한데, 전부 우리가 찾는 것과는 거리가 멀어."

"그럼, '불가시성'을 찾아보면 어떨까?"

"좋아……, 여기 있다. 불가시성……. 그래도 여전히 많아. 떠 있는 것만 해도 10만 8천 개가 넘어. 어, 여기 재미있는 게 있다. 텍사스 주의 과학자들에 관한 것인데, 언젠가 사람에게도 적용할 목적으로 피부를 투명하게 만드는 액체를 쥐한테 주입하고 있대. 이 과학자들은 피부를 절개해서 열지 않고도 내장을 들여다보고 싶어 한다는데, 재미있군. 사용하는 물질이 독약일지도 모른다는 점만 빼면 효과도 있대."

"그럼, 농담이 아니란 얘기야?"

"진짜야. 신문 기사랑 다 있어. 그리고…… 스텔스 폭격기…… 고대 힌두인들의 주문, 환생…… 인터넷 쇼핑의 사생활 문제…… 만화책들……. 또 신의 불가시성이라는 페이지가 있는데, 귀신들에 대한 것도 엄청나게 많고…… 외계인 유괴……, 우와!"

"왜?"

"이 사이트는 '인간의 자발적이고 무의식적인 불가시성'이라는 곳인데, 한 여성이 쓴 에세이야. 이 사람은 몇 분 동안, 또는 좀 더 오랫동안 눈에 안 보인 적이 있는 사람들하고 얘기를 나눠봤대. 그 사람들은 잠시 동안이지만, 다른 사람들한테 전혀 보이지 않았고, 목소리도 들리지 않았대. 이건 좀 이상하다."

앨리시아는 낄낄거렸다.

"네가 그런 얘기를 하고 있으니까 좀 웃기다."

"그건 그래. 근데 이건 좀…… 신비주의적인 것 같아. 내가 아까 전화로 얘기한 건 이런 게 아니잖아. 난 마술이나 속임수 같은 건 관심 없어."

"너는 과학이 언제나 옳다고 믿니? 대학에 있는 사람들이 마술사들보다 더 나은 해답을 가지고 있다고 확신할 수 있니?"

"아니, 난 아무것도 확신하지 않아. 난 그저 내가 지금 보고 있는 사이트가 잡담 수준일 뿐이라고 말하는 거야. 사람들은 자신들에게 일어난 일을 이 여자에게 말했고, 그녀는 그것에 대해 글을 썼고, 나는 그 얘기가 별로 신빙성이 없다고 느끼는 것뿐이야. 그녀가 직접 그런 상황에 처한 사람을 봤다는 얘기는 전혀 없어. 과학자들은, 대표적으로 우리 아빠 같은 경우인데, 나를 가리켜 '이건 사건이다!'라고 말하고 있어. 내가 바로 여기에 있는데도, 반사가 되지 않고 어떤 빛에도 비춰지질 않으니까. 나에게 일어나고 있는 일은 소문도 이론도 아니야. 그렇기 때문에 나는 신비주의 같은 것에는 관심이 없어. 난 실제 사건이야!"

내 귀에 이런 속삭임이 들렸다. 넌 아주 논리적이다. 아빠처럼. 그 말은 몹시 두렵게 느껴졌다.

앨리시아가 고개를 끄덕이더니 말했다.

"아무튼, 그럼 너와 같은 사건을 겪고 있는 사람 중에서 지금 인터넷에 접속하고 있는 사람은 없다는 얘기네."

"그런 것 같아. 하지만 사람들은 이 사이트를 매우 흥미로워하고 있어. 특히 글을 쓴 최면술사에 대해서 말이야. 그녀는 사람들이 기원전 700년쯤부터 투명인간이 되려는 노력을 해 왔다고 말하고 있어. 고대 인도의 어느 작가가 쓴 글이라는데, 한번 들어 봐. '……집중과 명상을 통해 사람들은 자신의 신체를 눈에 보이지 않게 만들 수 있다. 눈빛과의 직접적인 접촉이 더 이상 존재하지 않게 되고, 몸은 사라진다.' 이건 바로 나한테 일어난 일인걸. 물론 내가 일부러 찬송을 하거나 기도를 한 건 아니지만. 난 그냥 자다 일어나 보니, 몸이 사라져 버린 거니까."

컴퓨터는 계속 윙윙거리고, 우리 둘은 조용히 생각을 했다. 같은 생각을 하고 있었다.

"바비! 에밀리!"

아빠가 우리를 부른다. 우리는 응접실로 나갔다. 나와 앨리시아보다 엄마와 반 돈 부인이 먼저 와 있었다.

아빠는 앨리시아와 내가 도착하자, 나를 유심히 쳐다봤다.

"난 정말 바보 같았다, 바비. 난 네 방에는 전혀 관심을 갖지 않았어. 5분 전에야 네가 작성한 목록들을 레오와 함께 쭉 훑어보았단다. 그리고, 빙고! 뭔가를 발견했단다!"

아빠는 너무 흥분하여 1초 이상을 가만히 있지 못했다. 아빠는 엄마에게 몸을 돌려 말했다.

"자, 에밀리, 당신과 줄리아는 바비 방으로 올라가서 전기담요를 가져왔으면 해요. 담요랑 조절기랑 전기 코드랑 모두. 특히 조절기를 어디에 부딪히거나 떨어뜨리지 않도록 조심해요. 그리고 바비, 너는 지하실로 내려가서 역전류 검출관을 찾아봐라. 레오와 나는 그 밖에 필요한 것들을 찾아볼 테니까, 모두들 알았죠? 자, 갑시다!"

그리고 모두들 보물을 찾으러 흩어졌다.

아빠의 오래된 역전류 검출관을 찾으라니, 이것은 보통 일이 아니었다. 전문적인 수색에 더 가까웠다. 그것이 다른 데도 아닌 바로 우리 집 지하실에 있기 때문이었다. 앨리시아는 나를 따라 계단을 반쯤 내려왔다.

"넌 거기 서 있는 게 좋겠어. 역전류 검출관은 작은 여행용 가방만 한 네모난 상자 모양이야. 한쪽 끝에 녹색의 둥근 스크린이 있고, 곳곳에 전선과 손잡이, 스위치들이 달려 있어. 보통 지하실에서 물건을 찾는 건 문제도 아니지만, 우리 집은 사정이 아주 달라.

아마 이곳은 고고학자들이 꿈꾸는 장소일 거야. 지금 나는 미국의 과학기술 혁명 20년 역사를 보고 있는 거나 마찬가지라고."

앨리시아는 계단에 앉았다.

"무슨 뜻이야?"

"우리 아빠는 뭐든지 모아 두시거든. 특히 전자 제품은 버리질 않아서, 우리 집 지하실은 하이테크 고물 집합소나 다름없어. 어지간히 영리한 사람이라면 여기 있는 잡동사니들을 적당히 끼워 맞춰서 혁신적인 발명품을 스무 가지쯤 만들어 낼 수 있을 거란 말이지. 아마 그러려고 이렇게 쌓아 두는 건지도 모르고."

나는 쌓이고 또 쌓아 올려진 물건 더미 주위를 천천히 나아가고 있었다. 주위에는 컴퓨터 본체 열두 대와 서너 대의 흑백 모니터, 두 대의 낡은 컬러 모니터, 원형 매킨토시, 여섯 대의 컴퓨터 게임기, 옛날 진공관 라디오, 고장 난 소형 카세트 라디오, 팩스 세 대, 구형 전화와 핸드폰과 삐삐 보관함, 그리고 네 대의 TV가 보였다. 역전류 검출관은 구식 프린터 박스 뒤에 숨어 있었다.

"찾았다!"

보기보다 무거웠다. 나는 그것을 들고 앨리시아와 함께 부엌으로 올라갔다.

아빠와 레오 아저씨는 식탁에서 종이 더미들을 뒤적이고 있었다. 그것은 오븐 위쪽 캐비닛에 보관해 두었던 인쇄물들인데, 물건을 살 때마다 받은 안내서, 사용설명서, 보증서 따위들이었다. 음식찌꺼기 처리기에서부터 새로 산 프린터, 내가 일곱 살 때 크리스마스 선물로 받은 자전거에 이르기까지 모든 물건의 사용설명서가 그곳에 들어 있다.

레오 아저씨가 뭔가를 손에 쥐더니, 위로 번쩍 들어 올렸다.

"여깄다!"

그것은 내 전기담요에 관한 자료였다.

레오 아저씨는 흥분하여, 설명서를 획획 넘겼다.

"…… 찾았어요! 여기에 도표가 있어요!"

앨리시아는 얼굴을 찌푸렸다.

"그게 뭔데요?"

아빠가 레오 아저씨의 어깨 너머로 설명서를 보며 말했다.

"전기에 대해 상세한 설명을 해주는 도표지. 전류가 어떻게 흐르는지를 나타내는 지도 같은 거야."

앨리시아는 호기심에 가득 차서, 아빠가 부엌의 잡동사니가 들어 있는 서랍을 뒤지기 시작하자 소리 나는 쪽으로 고개를 돌렸다.

아빠는 작은 소리로 "됐어!"라고 외치며, 조그마한 십자드라이버 세트를 꺼냈다.

"이제 필요한 건 다 준비가 된 것 같다."

그때 엄마와 반 돈 부인이 담요를 가져왔고, 우리 모두는 아빠를 따라 다시 베란다 쪽 응접실로 갔다.

아빠가 금속으로 된 온도 조절기 바닥의 나사를 빼는 동안, 앨리시아의 아빠는 도표를 연구하고 있었다.

"음, 그 검출관 플러그 좀 꽂아 주실래요?"

나는 엄마를 도와 역전류 검출관의 덮개를 열고 전기 코드를 찾았다.

"뭘 찾고 있는 거예요, 레오?"

반 돈 부인이 남편에게 물었다. 반 돈 교수님은 도표에서 눈을 떼고 흘긋 올려다봤다.

"결점. 이 조절 장치가 제대로 작동하는지를 알아보려고 하는 거야. 만약 그렇지 않다면, 이상 전기장을 발생시킬 수 있거든."

"전기장이오?"

그는 고개를 끄덕이며 다시 도표를 바라봤다.

"전기담요는 항상 어떤 전기장을 만들어 내. 왜냐하면 전자기적인 방해를 일으키지 않고는 전기가 10에서 12야드의 전선을 흘러갈 수 없기 때문인데, 어떤 종류의 방해인지, 그리고 그 크기가 얼마나 되는지가 문제지."

반 돈 부인은 고개를 끄덕였다. 하지만 그녀가 이 모든 것을 다 이해한 건 아닌 것 같았다.

아빠는 나사를 다 뽑고는, 담요 조절기에서 금속 바닥을 떼어 냈다. 그러고 나서 금속 바닥을 역전류 검출관의 빨간색과 검은색 집게에 연결했다. 다이얼을 만지작거리고, 몇 군데 스위치를 툭툭 건드려 보고, 막대기로 조절기 내부를 쿡쿡 찔러도 보고, 검출관을 쳐다보고 도표도 쳐다보며 눈살을 찌푸렸다. 또 다른 것들도 건드려 보았다. 윙윙거리는 소리만 빼면 조용했다. 앨리시아가 말을 꺼냈다.

"어떻게 되고 있는 거죠?"

내가 조그만 목소리로 설명해 줬다.

"내가 지하실에서 찾아낸 기계에 전기담요 조절기의 금속 바닥을 연결하고, 아빠가 여기저기 찔러 보고 있어. 조절기의 전기 부품들을 테스트하고 있는 거야."

앨리시아의 손가락이 떨렸다. 집 안에는 긴장감마저 감도는 듯했다. 아빠가 커다랗게 소리를 지르자 우리 둘은 깜짝 놀랐다.

"하!"

아빠가 역전류 검출관의 스크린을 가리켰다.

"보이죠?"

"뭐가요?"

레오 아저씨가 곁눈으로 쳐다보며 물었다.

"이 저항기는 규정 한계를 벗어나 있어요. 여섯 배나 많은 전류가 흐르고 있어요!"

"그게 무슨 뜻이지요?"

엄마가 물었다.

"아직 확실하진 않아. 바비, 혹시 그날 이 담요가 평소보다 더 뜨겁진 않았니?"

"아뇨, 똑같았는데요."

"흠."

아빠는 종이에 뭔가를 적더니, 다시 이리저리 찌르기 시작했다.

"아빠?"

나는 조용히 말했다.

"으음…… 응?"

아빠는 몇 초마다 도표를 들여다봤다.

"그럼…… 지금 모든 곳을 다 확인하고 있는 건가요? 어디가 작동을 하는지 안 하는지를 알아보기 위해서요?"

아빠는 또 다른 기록을 적은 뒤에 비로소 대답을 했다.

"…… 응, 비정상적인 곳을 찾고 있는 거야."

앨리시아의 아빠 역시 입술을 굳게 다문 채, 도표에서 눈을 떼지 않고 있었다.

"이 검출관의 눈금을 봐요, 데이빗. 이렇게 중심점이 맞질 않는다면, 흐르는 전류가 두 배에서 세 배가 될 수도 있어요."

아빠는 고개를 가로 저었다.

"저는 작업처리성능 감응저항을 먼저 확인해 보고 싶어요."

"감응저항이오? 저항 같은 건가요?"

내가 묻자, 아빠가 머리를 흔들었다.

"그건 다른 원리야."

나는 또 다른 생각이 떠올랐다.

"저기, 반 돈 박사님. 제 침대 옆 탁자에 있는 물건들도 확인해야 하지 않을까요? 오래된 전화기도 있고, 디지털 알람시계도 있어요. 그것들이 담요 조절기 바로 옆에 있었거든요. 거기에서 나온 전기장이 담요 조절기에 영향을 미쳤을지도 몰라요. 제가 위층으로 올라가서 그것들을 가져올까요? 아빠는 어떻게 생각하세요?"

둘 다 대답이 없었다.

나는 아빠를 바라봤다. 아빠는 눈을 가늘게 뜨고 조절기 안의 다른 접촉 장치들을 건드려 보고 있었다. 그리고 도표를 흘긋 쳐다보더니 말했다.

"레오, 그 세 번째 저항기의 수치를 한번 봐 주세요. 2예요, 5예요?"

앨리시아의 아빠가 도표 가까이 몸을 구부렸다.

"분명히 5예요."

그러자 아빠는 고개를 끄덕이며 다시 접촉 장치를 움직였다.

아빠는 내가 이곳에 있다는 사실조차 잊은 듯했다. 아빠는 단지 동료 교수와 함께 과학의 원리 속에 빠져 있을 뿐이었다.

나는 얼굴이 점점 상기되고, 턱 근육이 조이는 것을 느꼈다. 그렇지만 화를 참으며, 이를 악물었다. 나는 머릿속으로 두 사람에게 소리를 질렀다.

'이보세요! 실례지만…… 해결책이 그 따위 실험 결과에 있다고 누가 그래요? 도대체 지금 뭘 하고 있는 거예요? 내 얘기도 좀 들어 보세요. 나에게서도 좋은 생각이 나올지 모르잖아요. 대단한 천재들에게는 내 말이 공상과학소설로밖에는 안 들리나요?'

1분이 지나자, 나는 조금 안정을 되찾았다. 이제 머릿속으로 소리를 지르지는 않았지만, 생각은 계속하고 있었다.

'이게 누구에게 필요한 일이지? 내가 그저 옆에 서서 쳐다보고만 있어야 할 일일까? 그렇지 않아!'

나는 앨리시아를 쳐다봤다. 앨리시아도 그다지 즐거운 것 같지 않았다.

"앨리시아, 아이스크림 더 먹을래? 뭔가 흥미진진한 일이 생기면 아빠가 즉시 알려 줄 거야. 그렇죠, 아빠?"

앨리시아는 살짝 미소 지었다. 앨리시아는 나의 비꼬는 말투를 금방 알아챘다. 아주 미묘했는데도.

"그래…… 물론이지."

아빠는 그저 미친 듯 고개를 끄덕이며, 건성으로 대답했다.

그래서 우리는 아내들의 응원과 존경을 받고 있는 과학자들로부터 벗어났다.

나는 냉장고 문을 홱 잡아당겨서 열었다.

"민트 초콜릿 칩, 아니면 산딸기 맛?"

앨리시아는 코를 찡그렸다.

"열을 센 다음에 다시 묻는 게 어떻겠니? 제발 호통 치지 마."

나는 짧게 웃었다.

"좋아. 이건 어때? 아가씨, 민트 초콜릿 칩이 더 좋으세요, 산딸기 맛이 더 좋으세요?"

앨리시아가 고개를 갸우뚱거리며 물었다.

"넌 뭐가 더 좋아?"

"당연히 산딸기지."

앨리시아는 웃으며 말했다.

"그럼, 네가 특대형 산딸기 아이스크림을 먹을 수 있도록 난 민트 초콜릿 칩을 먹을게."

우리가 다시 거실로 돌아왔을 때, 나는 예전의 나로 돌아가 있었다. 언제 또 흥분할지 모르지만, 지금은 앨리시아와 함께 있어서 기뻤다.

나는 리모컨을 눌러서 채널을 홱홱 돌리기 시작했다.

"놔둬 봐! 내가 좋아하는 영화야!"

영화 채널에서 〈왕과 나〉가 방송되고 있었다. 화면에서는 대머리 남자가 춤추며 노래를 했다.

나는 보고 앨리시아는 들었다.

"그냥 듣고만 있으니까 어때?"

"네가 생각하는 것보다는 좋을 거야. 나는 어릴 때부터 이 영화를 굉장히 좋아했거든. 스무 번도 넘게 봤으니까."

"그럼, 저 내용이 컬러로 보이니?"

"응. 그리고 그 여자의 드레스랑 아이들이 머리 위에 쓰고 있는 작은 물건들까지 모두가 다 보여. 내가 기억하는 만큼 보인다고 생각하면 될 거야. 아마 내가 멋대로 물건을 추가하고 있을지도 모르지만. 그리고 저 둘이 키스할 뻔한 장면은 정말 화가 났어. 난 왕이 그녀를 붙잡고 열렬히 키스하길 바랐거든."

"네가 본 적이 없는 다른 영화들은 어때?"

앨리시아는 고개를 저었다.

"내용을 알면 괜찮아. 음악이 나오는 라디오 연극 같거든. 그렇지만 아무래도 내가 본 적이 있는 영화를 다시 들을 때가 제일 좋아. 〈타이타닉〉 같은 경우에도 그래. 난 그 영화가 전부 다 보여. 하지만 새로운 내용일 경우에는 책이 더 나아. 머릿속으로 장면을 그려 보게 되거든. 음, 그리고 내가 몇 년 전에 영화에서 봤던 배우들이 다시 나오는 영화는 좀 이상한 느낌이야. 그 사람들이 늙어 가는 것을 내가 전혀 볼 수 없으니까. 아마 브래드 피트는 여든 살까지도 계속 연기를 하겠지만, 나는 그 사람의 영화를 들을 때마다 항상 〈흐르는 강물처럼〉에 나왔던 브래드 피트가 떠오를 거야. 멋지지 않니?"

앨리시아는 마지막 아이스크림 한 숟가락을 입 속에 넣었다.

"응, 그럴 것 같아."

앨리시아는 잠시 말이 없었다. 나는 그 애의 얼굴을 쳐다보고 있었다. 영화 속에서는, 아이들이 '톰 아저씨의 오두막집'이라는 연극을 공연하고 있었다. 앨리시아에게는 지금 무엇이 보이는지 궁금했다. 앨리시아의 입술에는 따스한 미소가 번지고 있었다. 나는 앨리시아가 지금 식탁에 앉아 있는 것이 아니고, 영화 속에 들어가 있는지도 모른다고 생각했다. 앨리시아의 얼굴을 바라보는 일은 정말 싫증이 날 것 같지 않다.

앨리시아는 표정을 바꾸며 나를 향해 고개를 돌렸다.

"너 지금 나 쳐다보고 있지, 그렇지?"

나는 얼굴이 빨개지는 것을 느꼈다.

"아니."

"거짓말쟁이. 괜찮아. 네가 뚫어지게 쳐다봐도 난 상관없어."

나는 숨을 죽였다. 무슨 말을 해야 할지 몰랐지만, 당황한 것처럼 보이지 않으려고, 이렇게 물었다.

"궁금한 게 있어. 넌 내가 어떤 모습이라고 생각하니? 네 마음속에서는 내가 어떻게 생겼어? ……브래드 피트랑 비슷하니?"

앨리시아도 얼굴을 붉혔다. 그리고 곧 입가에 부끄러운 미소가 번졌다.

"모르겠어. 네가 나보다 키가 크다는 건 알아. 미소가 멋지다는 것도 알고. 왜냐하면 네 웃음소리를 들을 수 있으니까. 그건 네가 꾸며낼 수 없는 거거든. 하지만 잘 모르겠어. 내 말은, 네 코가 큰지 작은지, 머리는 갈색인지 금발인지 따위는 모르겠다는 얘기야."

앨리시아는 숨을 돌리더니 계속 말했다.

"그렇지만 그런 건 별로 중요하지 않다고 생각해. 네가 어떻게 생겼는지는…… 음, 나한테 그건…… 내가 너에 대해 갖고 있는 감정에 더 가까울 거야. 난 네가 정직하고 영리하다는 걸 알아. 그리고 친절하다는 것도."

"성실하고 믿을 수 있다는 것도 잊지 마. 네가 날 완벽한 보이스 카우트처럼 생각하는 것 같아서 하는 말이야."

나는 조심스럽게 단어를 선택해서 말했다.

"하지만…… 네가 앞을 볼 수 있고 내가 정상적인 상태라면, 그래서 우리가 어딘가에서 그냥 만났다면, 무슨 일이 일어났을까? 궁금하지 않아?"

"너는 어떻게 생각하는데?"

"모르겠어. 전에 넌 꽤 인기가 많았다고 했잖아. 그렇지만 우리 학교에서 인기가 많은 아이들은 내가 그곳에 함께 있는지조차도 몰라."

"왜?"

"난 그저 평범한데, 그 애들은 모두 멋지거나 부자야. 아니면 그 둘 다이거나. 그리고 운동을 아주 잘하거나."

"넌 자신이 평범하다고 생각하는 거니? 난 그렇게 생각하지 않아. 아, 물론 이건 지금의 네 상태를 두고 하는 말은 아니야."

"아니야, 그렇기 때문일 거야. 학교에서라면 아마 넌 나한테 관심도 없었을걸. 난 그저 스쳐 지나가는 아이들 중의 하나였을 테니까. 어느 날 도서관 문에서 너랑 부딪히는 그런 바보 같은 아이 말이야. 아마 인기 많은 네 친구들은 모두 손가락질을 하면서 '바보 같아!'라고 말했을 거야."

영화에서는, 안나와 시암의 왕이 번쩍번쩍 빛나는 연회장을 계속해서 돌고 있고, 오케스트라가 연주를 하고 있어서 몹시 시끄러웠다. 앨리시아는 30센티미터 정도 떨어진 곳에서 나를 바라보고 있었고, 난 그녀가 무슨 생각을 하고 있는지 알 수 없었다. 또 내가 이런 식의 얘기를 더 계속해야 하는지도 모르겠다.

"하지만 너도 그 애들을 겉모습만 보고 판단했잖아. 괜한 편견 때문에, 그 애들이 너한테 안 좋은 태도를 취할 거라고 미리 겁 먹고 있는 것 같은데?"

"이건 짐작이 아냐. 난 경험한 걸 말하고 있어. 다른 사람이 나를 어떻게 생각하는지는 느낌으로 알 수 있어. 불과 몇 주 전만 해도, 복도에서 제시카라는 예쁜 여학생과 마주쳤는데, 나는 웃으면서 그 애를 쳐다봤지만, 그 애는 나와 눈도 마주치지 않고 마치 내가 거기에 없는 것처럼 나를 꿰뚫어 뒤쪽을 쳐다보는 것 같았거든."

"흠…… 그 애가 너를 꿰뚫고 벽을 쳐다봤다 이거니? 마치 네가 거기 없는 것처럼? 참 재미있는 표현이구나, 그렇지 않니?"

영화에서는 궁전에서 달아난 한 젊은 여자가 붙잡혀 와, 왕 앞에 무릎을 꿇고 사형선고를 기다리고 있었다.

나는 앨리시아가 무슨 얘기를 하려는지 다 알고 있었다. 그리고 그런 심리학적 분석에 빠져들지 않으려고 애썼다. 나는 말문을 닫고, 의자에 깊숙이 앉아 TV만 뚫어지게 쳐다봤다.

앨리시아도 나의 이런 태도를 알아차렸는지 얘기를 그만뒀다.

20분쯤 후에, 반 돈 부인이 앨리시아를 불렀다.

"앨리시아? 이제 집으로 가야지."

앨리시아는 일어서서 엄마의 팔꿈치를 잡았다.

"아빠들이 담요에 대해 뭘 좀 알아냈나요?"

나는 잔뜩 긴장했다. 반 돈 부인은 잠시 말을 멈췄다. 그 0.5초의 침묵이 내게 모든 것을 말해 주었다.

"글쎄다. 네 아빠한테 물어 보는 게 좋을 것 같구나, 바비. 오늘 즐거웠다. 집이 아주 멋지구나. ……그리고 분명히 다 잘될 거야."

"감사합니다."

나는 그렇게 말했지만 진심은 아니었다. 나는 '분명히 다 잘될 거야'라는 말이 무슨 뜻인지 다 알기 때문이다. 그것은 부모님들이 그냥 하는 말이다. 잠자리에 들 때, 아이들이 뜬눈으로 밤을 지새우지 않게 하려고 그냥 하는 말일 뿐이다. 부모님들은 물론 일이 잘 해결되길 바라고, 결국에는 모든 것이 다 괜찮아지리라고 믿겠지만, 과연 그것에 대한 확신이 있을까? 나는 아빠가 앨리시아의 아빠와 부자연스럽게 악수를 하며 인사를 나누는 걸 보고, 내 생각이 맞다는 걸 확신했다. 아무것도 확실한 것은 없었다. 모든 것은 추측일 뿐이었다.

앨리시아의 가족이 떠나자, 엄마는 빈 접시와 컵들을 치우며 부산하게 움직였다. 기분이 아주 좋고 조금 들떠 보이기까지 했다.

"멋진 저녁 시간 아니었나요? 좋은 사람들인 것 같아요. 줄리아가 노스 웨스턴에서 공부했다니 정말 놀랍지 않아요? 2년 차이밖에 안 나는데 학교에서 서로 못 봤다는 게 믿어지질 않아요. 그리고 그녀는 내가 제일 좋아하는 수업도 들었어요. 교수님도 똑같고, 강의실도 똑같아요. 데이빗, 이런 사람을 만날 확률이 얼마나 될까요? 심지어 줄리아는 내가 너무너무 좋아했던 릴케의 〈두이노의 비가〉에 관한 수업도 들었더라고요. 이런 사람을 우연히 만나는 기회는 정말 드문데, 안 그래요?"

아빠는 말이 없었다. 엄마 말에 고개를 끄덕이며 웃으려고 노력하면서 설거지를 하고 있었지만, 여전히 아빠는 연구 중이었다. 수수께끼로 가득 찬 바비에 관한 연구.

나는 아빠 옆에서 설거지할 접시들을 건네며 말했다.

"담요에 대해 말해 주세요, 아빠."

아빠는 접시를 닦느라 바빴다.

"말해 줄 게 없어, 바비. 레오에게 몇 가지 생각이 있긴 하지만, 가능한 이론은 다 동원해 봤어. 이론상 교착 상태에 빠진 거지."

아빠는 말을 잠시 멈추고 내 쪽을 바라봤다.

"하지만, 바비. 정말로 잘했다. 자료 수집 말이야. 정말 좋은 생각이었어."

"고마워요, 아빠. 그러면 뭐 다른 생각이 있으신 거예요? 다른 해결책 같은 거요."

그 뒤부터 아빠는 오로지 설거지에 집중했다. 비누 거품을 튕기고, 깁스가 젖지 않도록 접시에서 치즈 조각을 조심스럽게 떼어내면서. 무거운 접시를 쥐는 것이 아빠의 부러진 손목에 부담이 될 텐데…….

"아빠에게서 좋은 소식을 기대하고 있었겠지, 바비? 하지만 아직 없다. 오늘 밤에는 없구나."

아빠의 말은 그게 전부였다. 아빠는 나를 위해 좋은 말만 하지는 않았다. 아빠는 '하지만 아들아, 결국에는 모든 것이 다 잘될 거야'라는 말 따위는 하지 않았다.

나는 아빠의 말을 다시 한 번 생각해 봤다. 그리고 아빠가 솔직하게 말해 준 것이 기뻤다. 아빠는 내가 더 이상 어린 꼬마가 아니며, 사실을 직면할 만큼 충분히 성숙했다고 생각하는 게 분명했다. 그리고 나는 때때로 일은 엉망이 되고, 그 상태가 오래도록 지속될 수도 있다는 것을 깨달았다. 그리고 강한 의지를 가진 내 자신이 자랑스러웠다.

하지만 잠자리에 들 때, 나는 다시 어린 꼬맹이 바비가 되어 엄마가 꼭 껴안아 주며 해주는 말에 귀를 기울였다. 엄마는 언제나 내가 믿고 싶어 하는 말을 해주니까.

"자, 아무 걱정하지 말고 잘 자거라, 바비. 엄마는 모든 게 다 잘될 거라는 걸 알고 있어."

19
바비 장군

잠이 오지 않았다. 따뜻한 전기담요가 그리웠다. 엄마가 가져다 준 솜이불은 너무 가볍고 미끄러져서 자꾸 바닥으로 흘러내렸다. 밤새도록, 끊임없이, 전기담요 생각만 났다. 거기에 문제가 있었던 게 분명했다. 그것은 분명히 전기장을 만들어 냈고, 내가 정상인으로서 마지막 일곱 시간을 보낸 곳이 바로 그 전기담요 밑이었으니까.

거의 잠을 못 잤다. 하지만 새로운 아이디어로 기분 좋게 화요일 아침을 맞았다. 놀랄 만한 아이디어였다. 내 것과 똑같은 전기담요를 구입한 사람들이 분명히 있을 것이다. 아마 수천 명이 될지도 몰랐다. 전기담요에 문제가 있다면 사람들은 반품을 했을 것이다. 그들은 전기담요 회사에 불평을 했을 것이다. 분명히 기록이 있을 것이다. 기록이 있다면, 거기에는 이름도 있을 것이다. 불량 담요를 사용한 사람들의 이름! 지금의 내 상태가 불량 전기담요와 관련이 있다면 그중 누군가가…… 나와 같을 수도 있다는 추측이 가능해진다.

아빠는 내가 일어나기도 전에 벌써 출근했다. 어젯밤 늦게까지 아빠는 몇 가지 다른 테스트들을 해 보고 그 결과를 기록했다고 했다. 그러고 나서 일찍 연구실로 가신 것이다.

"아빠가 응접실에 있는 것들을 그대로 두라고 하셨어."

엄마가 말했다. 그렇다면 아빠도 그 담요를 포기한 것은 아니었다. 하지만 아빠가 지금 집에 계신다고 해도, 내 생각을 말해야 할지는 잘 모르겠다.

엄마도 10시에 있는 문학개론 수업 때문에 금방 나갔다. 엄마가 나가자마자 나는 펜과 종이를 들고 응접실로 갔다. 아빠가 담요 설명서들을 가지고 갔을지도 모른다고 생각했는데, 다행히 피아노 의자 위에 그대로 놓여 있었다. 네 장의 인쇄물 앞뒤가 아빠의 작고 정확한 글씨로 뒤덮여 있었다. 하지만 나는 그런 것에는 전혀 관심이 없었다. 나한테 필요한 것은 단지 전기담요의 모델 번호와 회사뿐이었다. 그것을 적는 데는 10초도 채 걸리지 않았다.

내 담요는 트윈 사이즈, 단일 조절기, 다이나-래스트 최고급 전기담요로 모델명은 DRS-T-1349-7A였다. 조절장치의 금속 바닥에 붙어 있는 빛바랜 스티커에도 똑같은 번호가 적혀 있었다. 그리고 이 담요는 시카고에 있는 '시어즈'라는 회사의 제품으로, 보증 기간은 3년이었다.

 서재로 가면서 계산을 해 봤다. 내 담요는 이미 보증 기간이 끝나 있었다. 5학년 3월, 휴스턴에서 이곳으로 이사 온 첫날 엄마가 그 담요를 사다 주었다. 이전에 살던 휴스턴 집과는 달리 춥고 바람이 많이 불고, 진달래도 피지 않고, 뒤뜰에 온수로 채워진 수영장도 없는, 이곳에서의 첫날 밤을 나는 똑똑히 기억하고 있었다.

 시어즈. 시카고에 사는 사람들이라면 시어즈가 어디에 있는지 다 안다. 시어즈타워는 이 도시에서 가장 높은 건물이며, 오랫동안 세계에서 가장 높은 건물이었다.

 대부분 시어즈타워에 시어즈가 있다고 생각하지만, 그것은 틀렸다. 그것은 착각이다. 인터넷을 검색해 보니, 시어즈가 몇 년 전에 서쪽으로 약 56킬로미터 떨어진 교외로 사무실을 이전했다는 걸 알 수 있었다. 그곳은 원래 있던 곳과 너무 멀리 떨어져 있어서, 그들이 자신들의 이름을 딴 거대한 건물도 볼 수 없는 곳이었다. 전화기를 들고 번호를 누르다가 문득 생각이 나서, 얼른 전화를 끊었다. 내 방으로 가서 엄마의 핸드폰을 가지고 다시 서재로 와, 전화를 걸었다.

 "시어즈에 전화 주셔서 감사합니다. 통화 메뉴가 변경되었으므로, 주의 깊게 들어주시기 바랍니다. 연결을 원하는 부서의 내선번호 다섯 자리를 아시면……."

그리고 그 녹음장치는 약 3분 동안 계속됐다.

내가 끈기있게 그 메뉴들을 다 들은 후에야, 겨우 고객서비스센터에 연결됐다. 그런 다음에도, 아홉 가지 사항을 부지런히 선택한 후에 비로소 고객서비스 상담원과 연결 중이니 기다리라는 목소리를 들었다.

14분이 지나고 불쾌한 음악을 엄청나게 들은 후에, 드디어 상담원과 연결이 되었다.

"여보세요, 상담원 르네입니다. 무엇을 도와드릴까요?"

그들은 분명 어린아이와는 제품 상담을 하려 하지 않을 것이므로, 나는 가능한 한 어른처럼 보이려고 노력했다.

"르네 씨. 저는 제 전기담요 때문에 전화했습니다."

"네, 고객님. 먼저 성함과 전화번호를 알려 주시겠습니까?"

아빠의 이름과 집 전화번호를 알려주자, 그녀는 시어즈 전용 신용카드 번호를 물었다.

"지금 카드는 가지고 있지 않습니다. 그냥 몇 가지 궁금한 것만 물어 보려고요."

"네, 고객님. 가지고 계시는 시어즈 제품에 대해 도와드리겠습니다. 제품명과 모델 번호를 불러 주시겠습니까?"

나는 그것들을 불러 주고, 그녀가 키보드를 두드리는 동안에 말을 계속했다.

"이 담요에 무슨 문제가 있었는지 알고 싶어요."

"갖고 계신 시어즈 제품을 사용하시는 데 무슨 문제가 있으신가요, 고객님?"

까다로웠다.

"저, 확실하진 않지만 좀 이상하게 작동하는 것 같아서요."

"심장박동 조절장치를 사용하고 계신가요, 고객님?"

"뭐라고요?"

"심장박동 조절장치요."

"아뇨. 전…… 전 그냥 이 담요에 그동안 어떤 문제가 있었는지 알고 싶을 뿐입니다."

"선생님, 이 제품에 관해 제가 가지고 있는 기록을 보면, 저희는 이 품목을 구입하신 고객님들께 기존 자사 제품으로 교환을 해드리거나, 더 좋은 유사 제품으로 교체 받으시도록 권해 드리고 있습니다. 또 심장박동 조절장치를 사용하시는 분들께는 이 제품을 사용하지 않도록 권장하고 있습니다. 교환에 따른 모든 경비는 저희 회사가 부담할 것입니다. 그럼 UPS 택배 일정을 잡을까요, 고객님?"

"이 담요가 얼마나 반송되었는지 알 수 있을까요?"

"그 정보는 제게 없습니다, 고객님. 저희는 이 품목을 구입하신 고객님들께 기존 자사 제품으로 교환을 해드리거나, 더 좋은 유사 제품으로 교체 받으시도록 권해 드리고 있습니다. 또한 심장박동 조절장치를 사용하시는 분들께는 이 제품을 사용하지 않도록 권장하고 있습니다. 그리고 교환에 따른 모든 경비는 저희 회사가 부담할 것입니다. 그럼 UPS 택배 일정을 잡을까요, 고객님?"

"그럼, 이 제품을 시어즈로 반송한 사람들의 기록은 어디로 문의하면 될까요?"

"그것에 관해서는 모르겠습니다, 고객님. 하지만 교환이나 더 좋은 제품을 위해 반송하실 수는 있습니다. 그럼 갖고 계신 담요에 대한 UPS 택배 일정을 잡을까요, 고객님?"

"아뇨. 고맙지만 됐어요. 그럼."

"안녕히 계세요, 고객님. 그리고 시어즈 고객센터로 전화 주셔서 감사합니다."

나는 바로 앨리시아에게 전화를 걸었다.

"무슨 일이 있었는지 맞혀 봐!"

"음…… 오늘 아침에 깨어 보니 완전히 정상이 되어 있었고, 또 내가 다시 앞을 볼 수 있는 치료법도 알게 되었어! 맞지?"

"멋진 추측인걸? 하지만 유감스럽게도 그건 아니고, 내 전기담요 말이야. 방금 그 전기담요를 만든 시어즈 고객서비스센터에 전화를 했는데, 그 담요를 다른 유사 제품으로 무료로 교환해 주고 있다는 거야. 그리고 나한테 심장박동 조절장치를 사용하느냐고도 물었어. 그 제품에 관한 기록에 심장박동 조절장치를 쓰는 사람들은 전기담요를 사용하지 말라고 되어 있다는데."

"그럼…… 그 말은 네 담요에 뭔가 심각한 문제가 있다는 거네.

몇 개나 반송됐대?"

"몰라. 하지만 적극적으로 교환을 제의하는 걸로 봐서, 이 담요가 몇몇 사람에게만 문제를 일으킨 건 아니라는 사실은 분명해."

"그럼 우리가 그 사람들과 얘기해 보면 되겠다. 교환한 사람들의 이름은 아니?"

"아니, 그런 정보는 없다는 얘기만 반복하더라고. 그게 바로 내가 너한테 전화한 이유야. 이제 어디로 전화를 해야 하지?"

앨리시아는 잠시도 망설이지 않았다.

"당연히 법률사무소지. 우리 엄마가 대기업 홍보 일을 한 적이 있는데, 가끔은 비상사태 수습을 하기도 했거든. 엄마 말로는, 회사에 불량 제품이 생기면 그것을 다 고친 후에, 모든 게 다 고쳐졌다는 걸 사람들에게 알리려고 미디어 캠페인을 한다는 거야. 그리고 변호사들은 항상 그 중간 위치에 있기 때문에, 만약 법률사무소에 전화를 해서 제품에 관해 할 말이 있다고 하면, 대기업들은 정신을 못 차린다고 그러셨어. 그게 바로 대기업들이 변호사를 엄청나게 많이 고용하는 이유래. 그러니까 법률사무소에 전화를 해서, '어디어디 제품조사센터의 데이빗 누구누구인데, 이러이러한 담요가 제대로 작동하지 않는다는 보고가 있다'는 식으로 하면 될 거야. 그리고 불만신고 건수에 대해 알고 있는 사람이 누구인지 물어봐."

나는 숨을 죽였다.

"난 못 하겠어. 아무도 안 믿을 거야……. 내가 시어즈의 전화번호를 알려 줄 테니까 네가 전화해 보면 어떨까? 나보다는 네가 더 나을 것 같아……. 나보다 네가 연기를 더 잘할 것 같거든."

"내가 연기를 더 잘할 것 같다고? 그게 무슨 뜻이야? 내가 거짓말을 더 잘할 것 같다는 얘기니?"

"무슨 소리? 너무 예민하게 받아들이지 마. 칭찬이었어. 내 말은, 넌 뭔가 그럴듯해 보일 거고, 난 그냥 바보 같은 어린아이처럼 보일 거라는 얘기야, 그게 다야. 어때, 나 대신 좀 해줄래?"

앨리시아는 잠시 동안 말이 없었다.

"좋아. 번호를 녹음해야 하니까 잠깐만 기다려."

"전화기에 녹음기능도 있니?"

"아니, 작년에 아빠가 작은 녹음기 같은 것을 사다 주셨는데, 녹음한 다음에 암기할 때까지 두서너 번 다시 들을 수 있어."

"멋지다."

나는 담요에 대한 정보와 시어즈 사의 전화번호를 앨리시아에게 가르쳐 주었다.

20분 후, 내가 입 안 가득 머핀을 물고 있을 때, 핸드폰이 울렸다.

"여보세요, 앨리시아? 어떻게 됐어?"

"잘 안 됐어. 사람들이 전혀 입을 열려고 하질 않아."

"어떻게 했는데?"

"법률사무소에 전화를 해서, 내가 이러이러한 담요에 대해서 제품책임조사를 하고 있다고 말했더니, 3초 후에 앰버 카슨이라는 여자가 전화를 넘겨받았어. 정말 진지하더라. 내가 다시 시카고의 한 고객으로부터 이 담요에 대한 불만신고를 받아서, 그것을 조사하고 있다고 말했더니, 그 여자는 입을 꽉 다물어 버렸어. 아무 말도 해주지 않는 거야. 내가 불만신고를 얼마나 많이 받았냐고 물었더니, '그 정보를 알려드릴 권리가 나한테는 없어요'라고만 말하고, '편지를 보내 주세요'라면서 전화를 끊어 버렸어."

앨리시아는 잠시 말을 멈췄다가, 다시 덧붙였다.

"담요를 반품한 사람들의 명단을 가지고 있으면서도 밝히지 않으려는 게 분명해."

"그 기록들이 법률사무소에 있다고 생각하는 거니?"

"물론이지. 컴퓨터에 저장되어 있을 거야. 아마 불량상품, 리콜, 그리고 불만신고를 처리하는 전담반이 있을 거야. 생각해 봐, 네가 그 사람들이라면 누가 물어 본다고 금방 그 정보를 알려 줄 것 같니?"

"아니. 그렇다면, 우리가 직접 가서 그걸 가져오는 방법밖에는 없겠는걸."

"너 농담하는 거지?"

앨리시아가 웃으며 말했다.

"내가 왜?"

내 목소리에는 가시가 돋쳐 있었다. 말을 하는 동안에도 머릿속에는 계속 계획이 떠오르고 있었다.

"5일 동안 아무것도 안 하고 가만히 있을 거냐고 나무랬던 사람은 바로 너야, 기억하지? 자, 그럼 현지 조사를 떠날 준비를 하자."

앨리시아는 깜짝 놀라며 말했다.

"뭐라고? ……거기 가서 그 정보를 훔치겠다는 소리야? 그리고 나보고 준비를 하라는 건 무슨 뜻이니? 내가 무슨 일을 해야 한다는 거야?"

나는 다시금 그리스 전사가 되었다. 이번에는 직접 전쟁 계획을 세우고 부대를 출전시키는 장군이었다.

"간단해. 나는 그 건물 안으로 들어가서 사무실을 찾고, 정보를 손에 넣은 다음, 명단을 출력하거나 디스크에 복사 하는 일을 할 거야. 하지만 둥둥 떠다니는 종이나 플라스틱을 이리저리 들고 다닐 수는 없어. 만일 내가 해커이고 그들의 컴퓨터에 침입하기 위한 일주일의 시간이 있다면, 당연히 그렇게 하겠지. 하지만 난 해커도 아니고 나에게는 일주일이라는 시간도 없어. 그러니까 나를 도와줄 사람이 필요해. 그리고 물론 우리 부모님과 너의 부모님이라는 또 다른 후보자들이 있긴 하지만, 부모님들은 기업의 비밀을 훔친다는 건 꿈에도 생각지 않을 테니까, 남은 건 너밖에 없어."

"하지만…… 지난번에 엄마를 만나러 병원에 갔을 때처럼 하면 되잖아."

"그건 안 돼. 오늘은 너무 더워. 18도의 날씨에 장갑을 끼고 털모

자랑 선글라스를 쓰고, 목도리로 얼굴까지 둘둘 감싼다면 은행 강도처럼 보일걸. 그리고 내가 그런 수상한 차림새로 건물에 들어가는 데 성공한다 해도, 옷을 벗어서 그것을 숨기고 다시 돌아와서 그 옷을 입을 장소가 있어야 되는데 그건 너무 복잡해. 네 도움이 필요해, 앨리시아. 네가 내 몸이 되어 주면, 나는 네 눈이 되어 줄게. 택시를 불러서 운전사에게 말하고, 요금을 지불해 주고, 내가 돌아와서 그 물건을 넘겨줄 때까지 기다려 줘. 그리고 다시 택시를 타고 집으로 돌아오면 되는 거잖아."

조용했다. 조금 뒤, 앨리시아가 물었다.

"만약 네가 돌아오지 않으면? 너한테 무슨 일이라도 생기면?"

나는 앨리시아의 이런 말투가 좋았다. 하지만 나는 지금 용감한 그리스 전사다.

"절대로 아무 일도 일어나지 않을 거야. 나는 비밀병기잖아, 알지? 그리고 무슨 일이 일어난다고 해도, 내가 너무 오래 걸려서 제때에 돌아오지 못해도, 넌 누군가에게 도움을 청해서 택시를 탄 다음, 주소를 가르쳐 주고 너 혼자 집으로 돌아오면 돼. 나는 내가 알아서 할게. 하지만 정말 아무 일도 없을 거야, 분명해. 어때? 엄마한테 도서관에 간다고 말씀드리고 집에서 나올 수 있겠니?"

"응……, 나갈 수는 있을 거야……. 그렇지만 바비, 그럴 가치가 있는 일이라고 믿니?"

"믿냐고? 글쎄, 솔직히 나도 굳게 믿는 건 아냐. 하지만 아무것도 안 하고 멍하니 있을 수는 없어. 너도 알잖아."

"……그래 맞아. 택시 요금은 있니?"

"응, 돈은 충분해. 생일과 명절에 받은 돈이 있거든. 그리고 돈이 다 떨어지면, 내가 아무 식당이나 가게 같은 데 들어가서 계산대에서 돈을 빼 오거나……, 아니면 소매치기를 해도 돼."

이 말에는 대꾸가 없었다.

"농담이야, 앨리시아. 농담한 거야."

"하나도 재미없어, 바비."

앨리시아의 목소리는 차분했다.

"앨리시아, 어렵게 생각할 거 없어. 이건 모험이야. 들어 봐, 넌 준비가 다 되어 있어. 그냥 늘 가지고 다니던 책가방만 메고 오면 돼. 20분 후에 57번가 모퉁이에서 만나자, 알았지? ……그리고 만일 네가 거기에 없으면, 나는 집으로 다시 돌아와서 너한테 무슨 일이 있는지 확인 전화를 걸게. 알았지?"

"……알았어."

"좋아, 20분 후에 봐."

그러고 나서 나는 앨리시아가 더 이상 다른 생각을 못 하도록 전화를 얼른 끊었다. 분명 다시 생각해 본다면, '절대 안 돼!'라고 말할 게 뻔했기 때문이다.

나는 얼른 내 방으로 뛰어 올라가, 옷을 벗고 20달러 지폐 한 움큼을 둥글게 말았다.

그러고는 부엌으로 가서 짧게 편지를 썼다.

엄마, 앨리시아를 만나러 가요. 나중에 전화 드릴게요.

—*바비*

그건 사실이었다. 아마도 나중에는 앨리시아의 집에 가 있게 될 것이니까. 지금 당장은 아니지만.

나는 옆문을 통해 밖으로 나왔다. 그리고 첫 번째 진짜 범죄를 저지르러 떠났다.

20
시어즈 사를 방문하다

　30분 후, 나는 매우 긴장한 채 57번가 모퉁이에 서 있었다. 지폐 뭉치를 너무 꼭 쥐고 있어서 손에 경련이 일어날 정도였다. 나는 왼팔과 갈비뼈 사이에 돈을 숨기고 있었다.
　앨리시아는 아직 도착하지 않았다. 나는 은행의 시계를 쳐다보며 11시 22분까지 기다리기로 했다. 그때 저만치서 걸어오는 앨리시아가 보였다. 나는 앨리시아를 향해 빠른 걸음으로 반 블록쯤 걸어갔다. 사람들이 너무 많아 앨리시아를 부를 수가 없었다.
　앨리시아가 가까이 다가왔을 때, 낮은 목소리로 '안녕'이라고 말하려는데, 앨리시아의 얼굴에 나를 막아 세우는 어떤 표정이 엿보였다. 나는 앨리시아의 주위를 살펴보고, 곧 이유를 알게 됐다. 앞을 못 보는 이 소녀 뒤에 그림자가 있었던 것이다. 바로 앨리시아의 엄마였다. 반 돈 부인은 4미터쯤 뒤에서 한 손에 책을 펼쳐 쥐고는 몇 발짝 내디딜 때마다 흘긋거리며 책을 내려다보는 척했다. 그래서 그녀가 그렇게 천천히 걷는데도 남들 눈에는 전혀 이상해 보이지 않았다.

나는 앨리시아와 보조를 맞춰 걸으며 속삭였다.

"멈추지 말고, 내 목소리 쪽으로 고개를 돌리지도 마. 너희 엄마가 바로 뒤에 따라오고 계셔."

앨리시아는 걸음을 멈추지도 고개를 돌리지도 않고, 조용히 대답했다.

"알아! 엄마는 내가 거짓말하는 건 귀신처럼 알아내거든! 아마 미행하는 걸 내가 모를 거라고 생각하시나 봐. 내가 집을 나와서 반 블록쯤 걸어 왔을 때, 우리 집 현관문에서 삐걱거리는 소리가 나는 걸 들었어."

"그럼, 이제 어쩔 거야?"

"엄마한테 말한 것처럼 도서관에 가야지. 도서관 안에 좀 있다 보면, 엄마는 지겨워서 금방 가 버리실 거야."

도서관 안으로 들어간 앨리시아는 엘리베이터를 타고 올라갔다. 반 돈 부인은 도서관 앞 벤치에 앉아서, 책을 읽으며 가끔씩 출입구를 흘긋 올려다봤다.

반 돈 부인의 얼굴을 보니 미안한 마음이 들었다. 너무 슬프고 외로워 보였다. 우리 엄마도 늘 저런 표정을 짓곤 한다. 내가 서재나 부엌으로 조용히 걸어 들어가면, 엄마는 하던 일을 멈추고 눈을 들어 나를 바라보는데, 그때의 표정이 바로 이랬다. 엄마가 항상 내 걱정을 하고 있다는 건 나도 잘 안다. 그리고 앨리시아의 엄마 역시 많은 걱정을 하고 있는 것 같았다.

10분이 지나자, 반 돈 부인은 일어서서 크게 한숨을 내쉬더니, 책을 팔에 끼고 집을 향해 천천히 걷기 시작했다. 그녀는 집에서도 슬프고 외로울 것이다.

나는 앨리시아의 엄마가 돌아간 것을 확인하고, 도서관 3층으로 올라가 앨리시아를 데리고 나왔다. 우리는 시어즈까지 타고 갈 택시를 잡기 시작했다.

두 대의 택시가 탑승을 거부했지만, 나는 그들을 탓하지는 않았다. 시어즈는 이곳에서 무려 64킬로미터나 떨어져 있는 호프맨 단지 안에 있기 때문이다. 세 번째 택시 기사는 앨리시아를 한 번 쳐다보더니, 이렇게 말했다.

"편도로 55달러, 됐니?"

내가 됐다고 속삭이자, 앨리시아는 운전사에게 고개를 끄덕여 보이고 택시를 탔다. 택시 안으로 들어가자마자, 나는 앨리시아의 오른손을 쥐고 손바닥 안에 돈을 눌러 놓았다.

택시 기사는 곧장 북쪽으로 나 있는 도로를 향해 나아갔다.

앞뒤 좌석 사이에는 두꺼운 유리 칸막이가 있고, 택시 기사는 메

탈 음악을 듣고 있었다. 그래서 앨리시아와 나는 조용히 우리들의 계획을 의논했다. 계획은 아주 간단했다. 내가 가서 훔치고, 앨리시아는 기다리고 있다가, 내가 돌아오면 함께 떠난다.

"그런데 난 어디서 기다리는 게 좋을까? 로비에서 한 시간 동안이나 배회할 수는 없잖아."

"그게 뭐가 어때서? 로비는 빈둥거리라고 만들어 놓은 곳이야."

"멋지군. 로비에서 빈둥거릴 일이 벌써부터 기대되는걸."

"알았어. 사실은 좋은 생각이 있어. 거기 도착하면, 어디서 구직 신청을 해야 되는지 물어 봐."

앨리시아는 코를 찡그렸다.

"구직 신청? 내가?"

"그래. 회사는…… 음……, 너 같은 사람들이 구직 신청하는 걸 좋아해."

앨리시아가 눈썹을 치켜세우며 말했다.

"나 같은 사람들? 그건 장애를 가지고 있는 사람들을 말하는 거니? 어디 계속해 봐, 바비. 나한테 장애가 있다는 건 나도 알아. 난 어린애가 아니야. 그냥 장애인이라고 말해!"

그때 택시 기사가 목을 길게 빼고 거울로 앨리시아를 쳐다봤다. 혼자 탄 승객이 흥분해서 얘기하는 모습이 이상해 보이는 건 당연했다.

나는 앨리시아에게 속삭였다.

"쉿, 택시 기사가 쳐다보잖아. 알았어, 장애를 가진 사람들. 회사는 채용에 차별이 없다는 걸 보여 주고 싶어 하기 때문에, 너와 면접하는 걸 반길 거야. 그것이 연방법인가 하는 거거든."

앨리시아는 비꼬았다.

"미국 장애인법이라고 부르죠, 바비 박사님. 나도 다 알아, 안다고!"

"알았어."

나는 의자에 깊숙이 앉아서, 창밖에 보이는 미시건 호의 거친 물결을 바라봤다. 2킬로미터쯤 떨어진 곳에서 거대한 유조선이 지나가는 게 보였다. 저기에 타고 있었으면 좋겠다는 생각이 들었다.

케네디 고속도로에 들어설 때쯤, 우리는 다시 이야기를 시작했고, 나머지 계획도 세웠다. 그리 대단치는 않았지만.

그러고 나서 나는 또다시 창밖을 내다보며 오헤어 국제공항을 선회하는 비행기를 세어 봤다. 일곱 대였다.

앨리시아의 얼굴을 바라봤다. 나는 모든 것을, 즉 사람들로 넘쳐나고, 트럭으로 넘쳐나고, 포장도로로 넘쳐나고, 광고게시판으로 넘쳐나는, 시간당 100킬로미터쯤으로 힘차게 돌아가는 총천연색의 3차원 세계를 늘 바라보고 있기 때문에, 그것들이 놀라우면서 동시에 지겨울 때가 있다. 그러나 앨리시아의 얼굴에서는 그 애의 생각들이 시시각각 다르게 나타나기 때문에 전혀 지겨운 느낌이 들지 않았다. 어느새 앨리시아는 이 모험에 빠져들고 있었다. 앨리시아는 타이어 소리, 시끄러운 라디오의 음악 소리, 창문으로 들어오는 바람 소리, 운전사의 송수신기에서 터져 나오는 파열음, 큰 트랙터의 덜거덕거리는 소리, 점점 가까워지는 제트기의 윙윙거림, 경적을 울리며 지나가는 구급차의 소리까지, 들려오는 모든 소리에 반응하고 있었다. 앨리시아의 얼굴은 매초마다 밝고 생생한 풍경을 담으며 끊임없이 바뀌었다. 택시가 흔들리고, 튀어 오르고, 차선을 변경하고, 브레이크를 밟고, 속력을 내고, 간선도로를 따라 더듬어 나아갈 때마다, 앨리시아의 코는 바람 냄새를 맡는 야생 조랑말처럼 벌렁거렸다. 또한 나는 앨리시아가 배기가스와 등유 냄새, 이 택시를 탔던 수많은 승객들의 냄새, 조수석 위의 반쯤 먹다 남은 샐러드 통조림의 냄새 등, 공중을 떠다니는 무한한 정보들을 상세히 조사하고 있다는 것을 알 수 있었다.

그런 앨리시아를 쳐다보는 일은 전혀 지루하지 않았다.

목적지에 도착해서 보니, 그 건물은 나의 상상과는 몹시 거리가 멀었다. 콘크리트와 유리로 된 건물들은 높지 않은 대신, 굉장히 넓고 거대했다. 그곳은 판매왕의 본거지라기보다는 학교 캠퍼스에 더 가까웠다. 마치 거대한 검은색 시어즈타워를 작게 조각낸 다음, 교외 특유의 친밀한 색으로 칠한 뒤, 2백 에이커가 넘는 농지에 쫙 펼쳐 놓은 것 같았다. 자전거 길과 인공 연못도 한두 군데 있었으며, 야구장과 거대한 보육 시설도 있었다. 아주 쾌적해 보였다.

로비 접수처에 있는 젊은 직원은 앨리시아가 시각장애인인 것을 금방 알아챘다.

"무슨 일로 오셨어요? 도와드릴까요?"

앨리시아는 여자의 목소리가 들려오는 쪽으로 돌아서서 미소 지었다. 작전 개시.

"네. 취업 상담을 해주시는 분과 이야기를 나누고 싶은데요. 하지만 약속은 하지 않았어요. 전 그냥 장애를 가진 사람들을 위한 채용규정에 관해서…… 정보를 좀 찾고 있거든요. 지금 상담이 가능할까요?"

"물론입니다. 이름을 알려 주시겠어요?"

"앨리시아 반 돈입니다."

"네, 잠깐만 기다려 주세요, 반 돈 양."

직원이 접수처로 돌아가 전화기의 버튼을 누를 때, 나는 벽에 붙어 있는 시어즈 그룹의 건물 지도와 빌딩 안내판을 유심히 살펴보았다. 그리고 곧 나에게 필요한 것을 찾아냈다. 법률사무소는 약 400미터 떨어진 건물 안에 있었다.

나는 취업상담과의 위치를 미리 확인한 후 법률사무소로 향했다. 앨리시아와 내가 계획했던 대로 일이 잘 풀리고 있었다. 이제 앨리시아는 자신의 일을 하고, 나는 내 일을 하면 된다. 택시에서 내린 시간은 11시 45분이었다. 내가 1시 15분까지 돌아오지 않으면, 앨리시아는 택시를 불러서 혼자 우리가 출발했던 하이드파크의 도서관 앞으로 다시 돌아가면 된다. 그것이 우리의 계획이었다.

하지만 나는 출발하지 않고 서서 잠시 기다렸다. 사람들 때문에 앨리시아에게 말을 걸 수가 없어서, 앨리시아의 지팡이를 가볍게 두드렸다. 앨리시아는 순간 긴장하더니 살짝 미소를 지으며, 머리와 눈썹으로 나에게 빨리 가라는 신호를 보냈다. 하지만 나는 잠시 기다렸다.

2분쯤 지나자, 화려한 넥타이에 파란색 셔츠를 입은 젊은 남자가 앨리시아에게 걸어왔다.

"반 돈 양?"

앨리시아는 몸을 돌려 미소를 지었다.

"네?"

"안녕하세요. 존 프리먼입니다. 인사과에서 일하죠. 찾아 주셔서 감사합니다. 이쪽으로 갑시다. 제 팔을 잡으시겠어요?"

그는 돌아서서 왼쪽 팔꿈치를 직각으로 구부려 앨리시아 쪽으로 내밀었다. 전에도 시각장애인을 도운 적이 있었는지, 아주 능숙해 보였다. 꽤 친절한 사람인 듯했다.

"고마워요."

앨리시아는 지팡이를 들고 그의 팔꿈치를 잡았다. 그들은 가 버렸다. 이제 나에게는 전기담요에 불만이 있는 고객들의 명단을 찾기 위한 1시간 10분의 시간이 남아 있었다.

21
투명인간, 작전을 수행하다

나는 새로운 사실을 깨달았다. 투명인간은 아주 쉽게 훌륭한 스파이나 도둑이 될 수 있다는 것을.

법률사무소에서 내게 필요한 정보를 찾는 일은 싱거울 정도로 쉬웠다.

보안 출입구 통과? 식은 죽 먹기였다. 행동이 느리고 커다란 몸집을 가진 사람을 기다렸다가, 그 사람 바로 등 뒤에서 출입구를 살짝 빠져나가면 그만이었다.

정확한 정보 찾기? 이것 또한 누워서 떡 먹기였다. 나는 법률사무소의 직원 이름을 알고 있었다. 약 2시간 반 전에 전화로 앨리시아에게 발뺌을 했던 바로 그 여자, 앰버 카슨 말이다. 나는 4층에서 유독 경비가 삼엄한 그녀의 사무실을 찾아냈다. 그리고 그녀가 점심을 먹으러 갈 때까지 아무도 없는 옆 책상 칸막이 안에서 끈기 있게 기다렸다. 12시 25분, 드디어 그녀가 점심을 먹으러 갔다.

컴퓨터를 끄지 않고 나간 걸 보면 카슨은 자신의 동료들을 굳게 믿고 있는 것 같았다. 그 덕에 나는 앨리시아를 찾아가 시간이 훨씬 더 많이 걸릴 거라고 말해야 하는 수고를 덜었다. 다행스러운 일이었다. 만약 그렇지 않았더라면, 앰버 카슨이 점심식사를 하고 돌아올 때까지 기다린 다음, 비밀번호를 알아내기 위해 그녀의 어깨 너머로 지켜보고 있다가, 그녀가 또다시 자리를 비워야만 비로소 그 컴퓨터를 사용할 수 있었을 터였다.

문득 나는 내가 좋은 변호사가 될 수는 없을 것 같다는 생각이 들었다. 변호사들은 너무나 꼼꼼했다. 시어즈 직원들 역시 파일을 너무나 질서정연하게 보관해 두어서, 어디서부터 찾기 시작하든 원하는 것을 대략 15분이면 찾아낼 수 있을 것 같았다. 게다가 나에게는 내부 정보가 있었기 때문에 훨씬 쉬웠다. 오늘 아침 앨리시아가 앰버 카슨에게 전화했을 때, 그녀는 내가 지금 찾고 있는 그 파일에 접근했을 것이다. 그래서 나는 그녀의 컴퓨터에서 '최근 문서'만 찾아보면 되었다. 찾아서, 클릭하니, 당장 내가 찾던 문서가 나왔다. 좀 창피한 일이지만, 담요 모델 번호 10자리를 외우느라 무지 애를 썼는데, 그것을 사용할 필요조차 없었다.

그 문서에는 문제 많은 나의 전기담요에 관한 모든 자료가 들어 있었다.

  9,308개째 담요가 판매되었을 때, 회사는 일부 조절장치들이 결함이 있는 저항기로 제조되었다는 것을 알게 되었다. 현재까지 379명의 소비자들이 불만을 호소했으며, 그중 163명은 새 제품으로 교환을 받았다. 문제가 처음 알려졌을 때 법률 고문은 결함 제품의 회수는 없어야 한다며, 고객서비스센터에 요청이 있을 경우에만 교환을 해주는 방법을 권했다. 유독 한 고객이 담요가 자신의 심장박동 조절장치를 오작동시켰다는 불만을 터뜨렸지만, 부상이나 소송은 전혀 없었다. 하지만 법률 고문들은 신중을 기하기 위하여, 심장박동 조절장치로 인해 불만을 신고하는 고객에게는 담요의 사용을 중지시키고, 환불이나 상품권, 또는 교환을 위해 즉시 반품하도록 권하라는 내부 규정을 만들었다.

  내가 컴퓨터에 대해 어느 정도 알고 있어서 그나마 다행이었다. 그 파일에서 나한테 필요한 것은, 담요에 대해 불만을 신고한 379명의 명단뿐이었기 때문이다. 나는 몇 가지 간단한 조작으로, 그들의 이름과 주소와 전화번호를 별도의 목록으로 만들었다. 또 앰버 카슨은 시어즈 법률사무소에서 중요한 위치에 있는 사람이어선지, 파란 잔디가 내다보이는 창가 작업대에 전용 레이저프린터를 가지고 있었다. 나는 글자를 7포인트로 맞추고, 행간 여백을 없앤 다음 바로 출력했다. 딱 3페이지였다. 글씨는 아주 작았지만, 읽을 수는 있었다.

나는 그 종이를 세 번 접고 나서, 또다시 세로로 두 번 더 접었다. 두께 2센티미터, 길이 4센티미터의 종이 뭉치로 둔하고 불편하지만 내 왼쪽 겨드랑이에 끼우기에는 완벽한 크기였다. 내가 왼팔을 꽉 조이고 있는 한, 그 종이는 절대로 보이지 않을 것이다.

12시 47분, 나는 앨리시아에게로 갔다. 계획대로라면 나는 그냥 본관 출입구로 가서 기다리면 되었다. 하지만 그건 너무 싱거웠다. 그래서 나는 그녀를 찾아 나섰다.

나는 세 개의 문을 지나고 한 층을 내려가서, 복도를 따라 가다가 또 하나의 문을 지나서 밖으로 나왔다.

하이드파크보다 이곳 호프맨 단지의 날씨가 더 봄날처럼 느껴졌다. 사람들은 여기저기에서 점심을 먹으며 이야기를 나누고 있었다. 그들은 마치 햇볕을 쬐기 위해 은신처에서 기어 나온 동물들 같았다. 담배를 피우는 사람들은 제외하고 말이다. 흡연자들은 출구 이곳저곳에 무리지어 서 있었는데, 약간 방어적으로 보였다. 그들은 신선한 공기를 마시러 밖에 나온 게 아니었다. 그들 옆으로 지나갈 때는 고약한 담배 냄새를 맡지 않으려고 숨을 참았다.

접수처 벽에 붙어 있는 건물 지도를 다시 확인했다. 인사과는 본관 출입구와 가까운 건물에 있었다. 나는 보안 출입구를 통과할 사람을 기다렸다가 안으로 들어갔다. 그러나 안으로 들어간 나는 길을 잃었다. 나는 1층에 있었다. 그런데 이곳은 축구장 세 개를 합쳐 놓은 듯한 크기였다. 칸막이와 복도가 있고, 멋진 사무실들과 곳곳에 밝고 유쾌한 그림과 벽보들이 있었지만, 여전히 미로 같았다. 이곳은 직원 전용 구역이라서 안내판도 없었고, 간간이 붙어 있는 긴급 대피 벽보를 제외하고는 도움이 될 만한 게 아무것도 보이지 않았다.

나는 그냥 헤매고 다녔다. 어깨가 쑤시고, 겨드랑이에 넣은 종이 뭉치 때문에 팔에 감각이 없어지기 시작했다. 나는 앨리시아 찾는 일을 포기하고 그냥 우리의 집결 장소로 가야겠다고 생각했다.

그때, 끝에 약간 코웃음이 들어간 앨리시아 특유의 웃음소리가 들려왔다. 그 소리를 따라, 유리벽으로 된 회의실로 향했다. 앨리시아가 거기에 앉아 있었다. 테이블에는 아이스티 병과 파란색의 두꺼운 파일이 놓여 있었다. 앨리시아는 테이블에 앉아 있는 사람들이 말할 때마다 웃으며 고개를 끄덕이고 있었다. 그녀는 대학을 갓 졸업한 학생처럼 보였다. 그것도 우수한 성적으로. 그리고 청혼도 세 번쯤은 받은 것처럼 어른스러워 보였다.

언뜻 보기에 접수처에서 앨리시아를 데려간 남자는 꽤나 재미있는 사람인 듯했다. 유리문 밖에 있는 나한테 들리지는 않았지만, 그 남자가 무슨 말을 할 때마다, 앨리시아와 그 방에 있는 다른 두 사람들까지 모두가 깔깔대며 웃어댔기 때문이다. 한 사람은, 얼굴에 주름이 많고 희끗희끗한 콧수염에 머리숱도 별로 없는, 우리 아빠 정도의 나이로 보이는 남자였다. 그는 엄청나게 두꺼운 안경을 끼고 있었다. 또 한 사람은 대략 서른 살, 또는 조금 더 젊어 보이는 여자였다. 그녀는 짧은 금발에 커다란 귀걸이를 하고 있었으며, 핑크색 셔츠에 회색 바지와 웃옷을 입고 있었다. 상냥한 얼굴에 웃는 모습이 보기 좋았다. 그리고 그녀의 의자 옆에는 하얀 지팡이가 놓여 있었다. 이 여자도 앨리시아처럼 시각장애인인 모양이었다.

 회의가 끝나가고 있는 것 같았다. 나는 계속 밖에서 안을 들여다보고 있었다. 유리에 너무 바짝 붙어 있으면, 김이 서리기 때문에 약간 뒤로 물러서 있었다. 나는 앨리시아를 쳐다보았다. 앨리시아는 먼저 나이든 남자와 악수를 한 뒤, 젊은 여자와도 악수를 나눴다. 앨리시아의 미소와 악수는 힘차고 진지하며 따뜻했다. 앨리시아의 그런 모습이 나를 압도했다. 나는 눈이 흐릿해졌다. 앨리시아가 그 젊은 남자의 팔을 잡고 나오려고 할 때, 나는 얼른 몸을 돌려 로비 쪽으로 갔다. 내가 지켜보고 있었다는 걸 앨리시아가 모르게 하기 위해서였다. 누군가에게 감시 받는다는 느낌을 주고 싶지는 않았다. 앨리시아는 나를 돕기 위해 이 여행에 나섰다. 하지만 방금 이 회의는 앨리시아 스스로 만들어 낸 일이고, 앨리시아 삶의 일부였다. 나의 것이 아닌 앨리시아 스스로의 삶.

 나는 접수처에 먼저 와 있었다. 앨리시아와 안내자가 가까이 오는 것을 보고, 나는 멀찍감치 물러났다. 그는 온정 어린 악수를 하고 사라졌다. 접수처에 있는 여자가 앨리시아에게 말을 걸었다.

 "반 돈 양, 아까 택시를 타고 온 걸로 아는데, 택시를 불러줄까요?"

앨리시아는 머뭇거렸다. 그래서 나는 급히 달려가 앨리시아의 지팡이를 살짝 건드렸다. 앨리시아는 순간 깜짝 놀랐지만, 내색하지 않고 말했다.

"네, 그렇게 해주세요. 그리고 택시 기사에게 시카고 하이드파크로 갈 거라고 말해 주세요. 그렇게 먼 곳까지는 가지 않으려고 하는 기사들도 있거든요. 고맙습니다."

"알겠어요. 이 지역 택시 회사는 서비스가 좋답니다. 틀림없이 하이드파크까지 가 줄 거예요. 밖에서 기다리고 싶으면 출입구 왼쪽에 벤치가 있어요. 아니면, 출입구 안쪽에 있는 의자까지 안내해 드릴까요?"

"아니요, 괜찮습니다."

앨리시아는 웃으며 이렇게 말하고는 출입구로 향했다.

나는 앨리시아를 도와주려고, 그 애의 지팡이를 잡았다. 그러자 앨리시아는 멈춰 서서 머리를 세게 흔들었다. 나는 손을 떼고, 앨리시아를 따라 밖으로 나갔다. 나는 앨리시아가 벤치를 찾아 앉을 때까지 기다렸다.

주변에 아무도 없는 것을 확인한 나는 말을 꺼냈다.

"들어가서 명단을 찾아 출력했어. 네 배낭에 넣어도 되겠지?"

앨리시아는 고개를 끄덕이며 배낭을 등에서 내려 지퍼를 열었다. 그 가방 안에는 회의실에서 앨리시아가 가지고 있었던 두꺼운 파란색 파일이 보였다. 나는 주위를 한번 흘긋 둘러보고 나서, 겨드랑이에 끼워 있던 목록을 꺼내, 앨리시아의 가방 안에 집어 넣었다. 앨리시아는 내 손이 배낭에 부딪히는 것을 느끼고 지퍼를 올렸다. 가방을 다시 등에 멘 앨리시아가 나에게 속삭였다.
"정말 그 명단을 찾아낸 거니?"
"응."
이번에 탄 택시에는 앞뒤 좌석 사이에 칸막이가 없어서, 앨리시아에게 말을 걸 수가 없었다. 나는 그냥 의자에 깊숙이 앉아서 창밖만 바라봤다.
외부 간선도로는 그다지 막히지 않았지만, 오헤어에 점점 가까워지자 거의 꼼짝도 하지 않았다. 오후의 택시는 교통 정체로 느릿느릿 움직이고 있었으며, 나는 다른 두 사람으로부터 1미터 거리에 있었지만, 무겁게 침묵하고 있었다. 이건 한 번도 느껴본 적이 없는 외로움이었다. 그리고 더 나쁜 점은 앨리시아가 아무 말 없이 가는 걸 더 좋아하는 것처럼 보였다는 사실이다. 앨리시아는 아무런 노력도 할 필요가 없는 것을 기뻐하는 것 같았다.
기사가 거울을 올려다보며 말했다.
"내 여동생도 록퍼드에 있는 시어즈에서 일해요. 좋은 회사예요. 혜택도 많고."
앨리시아는 고개를 끄덕이며 웃어 보이고는, 얼굴을 창문 쪽으로 돌렸다. 택시 기사는 대화를 이어 나가려고 몇 마디를 더 했지만, 앨리시아가 그저 고개를 끄덕이거나 조그맣게 중얼거리기만 하자, 이내 포기하고 라디오를 켰다.

집으로 가는 길은 아주 더뎠다. 거의 3시가 다 되어서야 우리 집 앞에 도착했다. 나는 목록을 다시 겨드랑이에 끼워 넣었다.

"58달러네요, 학생."

앨리시아가 문을 열어 주었고, 나는 조용히 기어 나갔다. 그러고 나서 나는 다시 택시 안으로 몸을 굽혀 아주 조그맣게 속삭였다.

"나중에 전화할게. 고마워."

앨리시아는 나에게 살짝 고개를 끄덕이고는, 기사에게 말했다.

"죄송한데요, 제가 심부름할 게 있는데 깜빡 잊었어요. 57번가에 있는 도서관에 내려 주시겠어요?"

이렇게 하는 것이 우리의 계획이었다.

기사는 어깨를 으쓱하며 후진 기어를 넣었다.

"돈은 아가씨가 내는 거니까."

앨리시아가 문을 닫자, 택시가 출발했다. 나는 앨리시아가 탄 택시가 사라질 때까지 지켜보았다.

갑자기 바람이 불어오자 몸이 후들후들 떨렸다. 나는 몸을 돌려 집 안으로 뛰어 들어갔다.

뭔가를 잘 끝낸 듯한 느낌이었다. 어쩌면 이제 시작일지도 모르겠지만.

아니면 둘 다일지도 모르지.

22
59번째, 그리고 60번째 전화 통화

집에 돌아오자마자, 이렇게 오래 어딜 쏘다니다 온 거냐고 엄마한테 잔소리를 들었다. 나는 방문을 잠그고 옷을 입은 뒤, 가지고 온 명단을 책상 위에 펴 놓았다. 그 안에 빼곡히 적힌 이름들을 바라보며 이 명단을 얻게 된 과정을 떠올려 봤다. 남몰래 뭔가를 훔쳤다는 것이 자꾸 마음에 걸렸다. 하지만 그래야만 했다. 아무것도 안 하고 가만히 있을 수는 없으니까. 정말로 나는 뭔가를 해야만 했다.

그리고 앨리시아가 떠올랐다. 앨리시아가 집에 잘 갔는지 확인 전화를 해 봐야 할 것 같았다. 하지만 앨리시아는 분명히 '내 일쯤은 내가 스스로 알아서 할 수 있다'며 목청을 높일 것이 뻔했다. 그래서 나는 침대 위에 명단과 핸드폰을 놓고 일을 시작했다.

명단에 있는 58명의 사람들에게 전화를 걸었지만, 나는 결국 실패했다.

- '이 번호는 결번입니다'라는 메시지-13통
- 자동 응답기-8통
- 아내가 전기담요를 교환한 적이 있을지도 모르나, 전혀 관심이 없는 남편들-6통
- 남편이 전기담요를 교환한 적이 있을지도 모르나, 전혀 관심이 없는 아내들-5통
- 불량 전기담요에 대한 일을 기억하긴 하지만, 그보다 자신들의 손자, 게임 쇼, 날씨, 난방 연료비 같은 것에 대해 더 말하고 싶어 하는 외로운 노인들-6통
- 나를 장사꾼으로 생각하여 전화를 끊어 버린 사람들-8통
- 엄마나 아빠가 언제 집에 오는지 모르거나, 엄마나 아빠가 전화를 받을 수 없거나, 받고 싶지 않다고 말하는 아이들(나중에 다시 전화를 걸어 봐야 함)-6통
- 담요 고장 같은 건 없었다고 말하는 사람들-6통

58건의 전화 통화 결과, 나에게 도움이 될 만한 정보는 전혀 없었다.

엄마는 아직도 내가 아무 말도 없이 외출한 것에 대해 화가 나 있었다. 저녁때 연구소에서 돌아온 아빠 또한 전혀 웃지 않았다. 나는 아빠가 아직도 데이터를 만들고 있음을 알 수 있었다. 나는 내 방에서 저녁을 먹기 전 두 시간 반, 저녁을 먹은 뒤 두 시간 반 동안 내가 훔친 명단에 적힌 이름들을 검토했다. 나는 침대에 누워 있었고, 내 두뇌는 가열되고 있었으며, 전화 요금을 엄청나게 불리고 있었다.

10시 15분, 나는 59번째 전화를 걸었다. 좀 늦은 시간이라 두 명의 이름을 건너뛰어 덴버에 살고 있는 사람으로 넘어갔다. 그곳은 여기보다 1시간이 늦다.

"보든 씨?"

"네?"

"번거롭게 해드려서 죄송합니다만, 전 지금 시어즈 전기담요에 대해 조사 중입니다."

"담요요?"

"네, 시어즈 사의 담요입니다. 그 담요를 교환하신 적이 있으시죠?"

"네, 분홍색이었어요. 아마 제 아내가 교환했을 겁니다. 하지만 그건 우리 담요가 아니었어요. 그건 그냥…… 두고 간 거예요."

"두고 가다니요? 누가 보든 씨 댁에 그 담요를 두고 갔단 말씀이세요?"

그 남자는 바로 대답을 하지 못했다. 긴장하고 있는 것 같았다.

"내 딸이오. 쉴라. 그 아이 담요였어요."

"그럼, 따님과 얘기할 수 있을까요?"

"아뇨, 그 아이는…… 그 아이는 이제 없어요."

'없다'라는 단어를 사용하면서 그의 목이 메었다. 나는 무슨 말을 해야 할지 몰랐다.

"아, 죄…… 죄송해요, 보든 씨. 실례가 안 된다면 제가 몇 가지만 더 여쭤 봐도 될까요? 이건 정말 중요한 문제거든요. 따님의 죽음이 그 전기담요와 관련이 있다고 생각하시나요?"

"죽음이라뇨?"

보든 씨는 화가 나 있었다.

"그 아이는 죽지 않았어요. 좀 심하군요. 그냥…… 없어요. 이제 3년이 좀 넘었죠."

나는 팔에 난 솜털이 곤두서는 걸 느꼈다. 눈에 안 보이는 소름이 돋았다.

"없다고 하신 것은 그럼…… 가출 같은 건가요? 뭐 그 비슷한?"

그 남자는 코를 풀고 목청을 가다듬었다.

"모르겠어요. 딸아이는 대학을 중퇴하고 집에 틀어박혀 있다가 취직을 했죠. 그때 옛날 친구 몇 명과 친하게 지내더니 밤늦도록 집에 돌아오지 않는 날이 많았어요. 대부분 술에 취해서 집에 왔죠. 그러고는 다음 날 정오까지 자다가 일어나 식당에 일하러 가곤

했어요. 두 달가량 그랬어요. 그러던 어느 날, 그날도 밤늦게 돌아왔는데, 이튿날 아침에…… 사라져 버렸어요."

"…… 그럼 그때 이후로 소식이 없나요?"

"딱 한 번 있었죠. 전화가 왔는데, 떠날 때 훔쳐간 돈 말고도 2천 달러를 더 보내줄 수 있느냐고 물었지요. 플로리다 주에 있는 자신의 계좌로 송금을 해달라고 했죠. 그래서 그렇게 해주었어요. 어리석은 짓일지도 모르지만, 당신에게도 자식이 있다면, 내가 왜 그렇게 했는지 알 거예요. 그게 아마 2년 전쯤 일이에요. 그 이후로는, 지난 크리스마스 때 보낸 편지 한 통 외에 전혀 소식이 없어요. 아이 엄마한테 보낸 건데, 뭐 멋진 카드도 아니고 그저 컴퓨터 메시지랄까."

나는 심장이 멎는 것 같았다.

"이메일 말인가요?"

"그럴 거예요. 타자 용지 한 장 정도의 평범한 글이지요. 옆집 할란 부인 댁으로 보냈는데, 그 집 아들이 프린트를 해서 우리한테 가져다줬어요."

"보든 씨, 제가 따님과 이야기하는 것은 정말로 중요합니다. 이웃에서 가져다준 그 편지를 아직도 가지고 계시나요?"

"물론이죠. 제 아내는 사진이나 머리카락, 아기 신발, 처음 뽑은 이, 성적표 같은, 모든 것을 다 보관하고 있어요. 그래서 쉴라가 떠났을 때 너무 괴로워했죠."

"죄송하지만, 그 편지를 찾아봐 주실 수 있으세요?"

"지금 말인가요?"

"부탁입니다……. 폐가 된다는 건 알지만, 제게 아주 큰 도움이 될 겁니다."

"잠시만요. 위층으로 올라가야 해요."

나는 일어서서 안절부절못하며 걸어 다니다가 책상으로 가서 작은 공책을 펼쳐들었다. 손이 땀에 젖어서, 볼펜을 쥐기가 힘들었다.

딸깍 하는 소리와 함께 보든 씨가 다른 전화기를 집어 들었다.

"아직 전화 안 끊었죠?"

"네."

"이렇게 적혀 있습니다. '사랑하는 엄마 아빠, 즐거운 크리스마스 보내세요. 제가 너무 갑자기 떠난 건 알지만, 우리 모두를 위한 최선의 선택이었어요. 마음 아프게 해드려서 죄송해요. 엄마 아빠 생각을 많이 하고 있어요. 그리고 다시 집에 가서 뵐 수 있기를 바라요. 딸, 쉴라가.' 이렇게요."

나는 내용을 다 듣고 싶지는 않았지만, 그가 읽는 것을 멈추게 할 수가 없었다. 그는 끝부분을 읽을 때 조금 울먹였다.

"보든 씨, 페이지 위쪽에 동그라미 안에 소문자 'a'가 들어 있는 기호가 있나요? 'From'이라고 되어 있을지도 모르는데, 그 다음에 글자나 숫자들이 있나요?"

나는 숨을 죽이고 대답을 기다렸다.

"네, 맨 위쪽에 'From'이라고 되어 있고, 그 다음에 그런 기호가 있어요."

"쓰여 있는 대로 정확하게 한 자씩 읽어 주시겠어요?"

"쓰여 있지는 않고, 전부 타이프 되어 있어요."

"아, 네. 타이프 되어 있는 그대로요."

"e-i-l-a-s-h, 그 다음에 소문자 'a' 표시, 그리고 g-l-o-w-z, 그 다음에 마침표, 그리고 n-e-t, 그게 다예요."

"보든 씨, 도와주셔서 정말 고맙습니다. 정말 감사드립니다."

"뭐, 천만에요. 전기담요 문제를 꼭 해결하시길 바랍니다."

"고맙습니다. 저도 그랬으면 좋겠어요."

나는 통화 종료 버튼을 눌렀다. 공중에서, 사실은 내 손 안에서, 전화기가 덜덜 떨렸다. 내 손이 떨고 있기 때문이었다. 그것은 우연의 일치일 뿐, 아무 일도 아닐지도 모른다. 하지만 나는 실낱 같은 가능성 하나라도 무시할 수 없었다. 나에게는 이제 쉴라 보든의 이메일 주소가 있었다. eilash@glowz.net. 아마 보든 씨는 'eilash'가 자신의 딸 이름인 'Sheila'의 알파벳을 뒤섞은 것이라는 걸 모르는 것 같았다. 어쩌면 이것이 보든 씨 인생의 유일한 이메일이었을 테니까.

아빠와 엄마는 서재에 놓인 커다란 안락의자에 앉아 있었다. 아빠는 기록한 것들과 도표를 무릎에 얹어 놓고 꾸벅꾸벅 졸고 있었다. 엄마는 내 옷이 걸어 들어가자, 책에서 고개를 들고 미소 지었다. 그러나 내가 컴퓨터 앞에 앉자, 금세 얼굴을 찡그렸다.

"이제 잘 시간이다, 바비."

"알아요, 잠깐만 쓸게요."

엄마는 다시 책으로 눈길을 돌렸고, 나는 컴퓨터를 켜고 검색 엔진을 열었다.

사람 찾는 프로그램 여기저기를 헤매다가, 드디어 나한테 필요한 것을 발견했다. 역추적 엔진이다. 찾고 있는 사람이 온라인상의 프라이버시에 지나치게 예민한 사람만 아니라면, 이메일 주소를 입력해서 그 사람의 나머지 정보를 얻을 수 있다.

나는 화면의 오른쪽 칸에, 'eilash@glowz.net'이라고 쳐 넣었다.

찾았다. 쉴라 보든의 주소와 전화번호가 나왔다. 그녀는 마이애미에 살고 있었다.

내가 쾌재를 부르자, 아빠가 깜짝 놀라 벌떡 일어났다. 그 바람에 아빠 무릎 위에 있던 종이 뭉치들이 바닥으로 굴러 떨어졌고, 엄마는 고개를 들어 내 쪽을 쳐다봤다.

"왜 그래?"

"아, 죄송해요. 아무것도 아니에요. 그냥 멋진 홈페이지를 발견해서요."

나는 일단 이 일을 엄마 아빠에게는 말하지 않기로 했다. 어쩌면 정말 아무것도 아닐지 모른다. 또한 시어즈로 현지 조사를 갔다 온 일을 설명하느라 이 밤을 새고 싶지도 않았다.

"이제 잘 시간이다, 바비. 당신도요, 데이빗. 여기 계속 앉아서 코를 골고 있었으니까, 할 일이 있다고 말하지는 말아요. 자, 둘 다 어서 일어나요."

"안녕히 주무세요!"

나는 출력한 종이를 움켜쥐고 서재를 나왔다. 그리고 한 번에 두 계단씩 뛰어 내 방으로 올라갔다. 나는 문을 닫고 침대 위에 있던 핸드폰을 집어 들고서, 멍하니 서 있었다. 다시 내려가서 부모님께 다 털어놓고 조언을 구할까 생각했지만, 그렇게 하지 않았다. 이번 일은 나의 계획이었지, 부모님의 것이 아니었다. 또 지금 당장 쉴라에게 전화를 걸어서 그녀의 얘기를 들어 볼까도 생각해 봤다. 하지만 지금 내가 정말로 하고 싶은 일은 그게 아니었다. 앨리시아와 얘기하고 싶다는 생각만 간절했다.

나는 곧바로 앨리시아에게 전화를 걸었다.

"여보세요?"

"아, 안녕하세요, 반 돈 부인. 전 바비예요. 이렇게 늦게 전화해서 정말 죄송합니다. 앨리시아와 통화할 수 있을까요?"

오랫동안 말이 없었다.

"바비, 오늘 오후에 앨리시아랑 어디에 갔다 왔니?"

순간 머릿속이 복잡해졌다. 나는 5초 정도 곰곰이 생각했다. 반 돈 부인이 이미 모든 걸 알고 내가 거짓말을 하는지 알아보기 위해 시험을 하는 걸까? 아니면, 그냥 의심스러워서 유도심문을 하는 걸까?

"아까 도서관에서 앨리시아를 봤는데, 그걸 말씀하시는 건가요?"

일단 나는 이렇게 대답했다. 그건 사실이었다. 이제 반 돈 부인이 나에게 또다시 질문을 할 차례였다. 나는 이런 게임에는 선수다.

반 돈 부인의 목소리에는 걱정이 묻어나고 있었다.

"앨리시아가 오늘 오후에 거의 네 시간 동안이나 나갔다 왔는데, 어딜 갔었는지 도무지 얘기를 않는구나. 그 밖에 알고 있는 건 없니?"

아하, 반 돈 부인은 아직 모르고 있었다. 단지 나에게 넌지시 알아내려고 했던 것이다. 그 다음 말을 정말 잘해야 했다. 안 그러면 나는 반 돈 부인의 블랙리스트에 올라가게 되고, 앨리시아에게는 미움을 받게 될 것이다. 전자는 불편함일 것이고, 후자는 비극일 것이다. 나는 생각 끝에 이렇게 말했다.

"죄송하지만, 반 돈 부인, 저는 제 친구와 친구 부모님 사이의 일에 끼어들 자격이 없다고 생각하는데요."

잘했다. 아니, 잘한 것 이상이었다. 최고의 답변이었다. 곧 이런 생각이 들었다. 불과 3주 전만 해도 나는 이런 생각은 해내지도 못했으며, 앨리시아의 엄마 같은 사람에게 이런 말을 한다는 건 더군다나 상상도 못했으리라.

한참 동안 말이 이어지지 않다가 앨리시아 엄마의 한숨 소리가 들려왔다.

"그래, 네 말이 맞는 것 같구나, 바비. 앨리시아 바꿔 줄게."

기다리는 동안, 나는 나중에 가정상담원이나 인질협상자가 되어도 괜찮을 것 같다는 공상까지 했다.

"바비?"

"안녕, 앨리시아."

앨리시아는 나에게 잠깐 기다리라고 한 뒤, 전화기로부터 멀리 떨어져서 외쳤다.

"엄마! 전화 끊어!"

곧 다른 전화기를 딸깍 하고 끊는 소리가 들려왔다.

"엄마는 항상 엿들으려고 해. 우리 엄마가 너한테 뭐라고 안 했니?"

"오늘 너하고 같이 어디 갔냐고 물어 보셨어."

"그래서 너 말했니?"

"도서관에서 널 봤다고 했지. 그랬더니 네가 오늘 네 시간 동안이나 나갔다 왔는데, 어딜 갔었는지 통 말을 않는다고 하시더라. 그래서 난 그냥 친구와 친구 부모님 사이의 일에 끼어들 자격이 없는 것 같다고 했어."

"정말 그렇게 말했니?"

"응. 그랬더니 너희 엄마가, '그래, 네 말이 맞는 것 같구나'라고 하셨어. 자, 원한다면 박수를 쳐도 돼. 아님 장미꽃을 던지든지."

"감동했어."

"그럴 거라고 생각했어. 그래서 얘기한 거야."

"어련하시겠습니까, 바비 박사님. 아무튼, 집에 들어가서는 뭘 했니?"

"우리 엄마를 상대하고 난 뒤 말이니?"

"그래."

"엄청나게 전화를 걸었는데 58번 실패하고, 마침내 성공했어. 아니……, 아마도 그런 것 같다는 얘기야. 어쩌면 그냥 또 다른 궁지에 몰리는 것일지도 모르겠지만. 어느 날 밤 잠들었다가, 다음 날 갑자기 없어졌다는 여자의 아빠와 통화를 했어."

"없어졌다니? 죽었다는 얘기야?"

"아니. 그 여자는 거의 3년 동안 집에 들어오질 않았대. 그런데 지난 크리스마스 때 부모님께 이메일이 왔대서, 내가 그 이메일 주소를 알아냈어. 그리고 그 이메일 주소를 이용해서 주소와 전화번호를 찾아냈지."

"전화해 봤어?"

"아니, 아직……. 너하고 먼저 얘기하고 싶었거든."

"어……. 그런데 왜?"

"그녀에게 전화를 걸어서 무슨 말을 해야 할지 물어 보려고."

"그걸 내가 어떻게 아니?"

"지금 당장 전화를 걸어서, 무턱대고 '난 당신이 결함이 있는 분홍색 전기담요를 가지고 있었으며, 아주 갑작스럽게 집을 떠났다는 걸 알고 있어요. 그러니까 쉴라, 나한테 다 털어놓으세요. 당신, 투명인간이죠?'라고 말할 수는 없잖아. 그런 식으로 말하면 그녀는 당장 전화를 끊어 버릴 거야. 더군다나 지금은 너무 늦은 시간이야."

앨리시아는 약 10초 동안 말이 없었다.

"바비?"

"왜?"

또다시 말이 없다가, 앨리시아가 조용한 목소리로 말했다.

"넌 정말 똑똑한 아이야, 바비. 난 그걸 알아. 사실 너는 그 사람한테 전화를 해서 무슨 말을 해야 할지 정확히 알고 있어. 맞지? 자, 나한테 전화를 건 진짜 이유가 뭐니?"

이제 이 전화 통화에서 두 번째로, 뭔가 정말 적절한 말을 찾아야만 하는 순간이었다. 일단 시도를 해 봤다.

"오늘 오후에…… 우리가 어렵게 시어즈까지 함께 간 것 같은데, 그리고…… 그러고 나서 우리는 택시에서 내려 각자 집으로 돌아왔잖아. 난 좀 걱정이 돼서……."

조용했다. 내가 말을 너무 많이 한 건지, 너무 적게 한 건지, 아니면 전혀 어울리지도 않는 말을 한 건지 도무지 알 수 없었다.

"내가 너랑 함께 있고 싶지 않았다거나 너를 도와주기 싫어서…… 또는 너를 안 좋아해서 그런 거라고 생각하지는 마. 난 널 좋아해. 그건…… 그건 오늘 내가 그곳에서 앞을 못 보는 사람이 일을 하는 것에 관해서, 큰 회사나 다른 모든 곳에서 실제로 일하는 것에 대해 상담을 받았기 때문이야. 내 말은, 한 1년 전쯤에 등대에서 일하는 어떤 여자가 나한테 시각장애인들이 가질 수 있는 직업에 대해 말해 준 적이 있었어. 하지만 그때 난 그것이 나와는 아무런 상관이 없다고 생각했어. 그런데 오늘은 달랐어. 너무나 새로웠어. 이런 식으로 나 자신에 대해 생각해 보는 일이 너무 무섭고…… 외로웠어. 그 생각이 나를 너무 외롭게 만들어서 그냥 혼자 왔던 거야."

"어."

'어'라니. 앨리시아는 나에게 마음을 열고 말해 주었는데, 나는 대체 무슨 말을 한 거야? 나는 자신에게 너무나 화가 났다. '넌 혼자가 아니야, 앨리시아. 내가 여기 있잖아. 내가 항상 옆에 있을게'라고 말해 줄 수도 있었는데 정말 바보 같았다. 그런 다음 조명이 어두워지고, 바이올린 연주가 시작되고, 두 손으로 그 애의 얼굴을 감싸면서……. 이런, 내가 무슨 생각을 하고 있는 거야.

나는 다시 말을 이었다.

"오늘 일은 너한테 아주 좋은 경험이야. 네가 그 사람들을 만난 게 어쩌면 오늘의 진짜 성과일지도 몰라. 무슨 말인지 알지? 사실 쉴라라는 이 여자도, 그리고 이 명단에 있는 다른 2백여 명의 사람들도, 어쩌면 아무것도 아닐지도 몰라. 전혀 의미없는 일일지도 몰

라. 하지만 오늘 네가 겪은 일은 진짜야. 그래서 의미가 있는 거야."

"그래, 바비, 네 말이 맞아."

갑자기 어색한 느낌이 들었다. 내 생각을 정확히 잘 얘기한 건지, 앨리시아가 내 말을 잘 알아들은 건지 걱정이 됐다.

"앨리시아, 내가 내일 이 여자한테 전화를 해 보고, 어떻게 됐는지 알려줄게, 알았지?"

"알았어."

"고마워, 앨리시아."

"뭐가?"

"오늘 모든 게 다."

"모든 게 다?"

"응."

"나도 고마워, 바비."

"뭐가?"

"너랑 똑같아."

"그래, 안녕."

"잘 자."

전화를 끊고, 잘 준비를 했다. 불을 끄고 이불을 덮었다. 나는 전기담요에 대해서도 내가 그것을 얼마나 그리워하는지에 대해서도 더는 생각하지 않았다. 또 쉴라 보든에 대해서도, 59번째로 전화를 했던 그녀의 아빠에 대해서도 생각하지 않았다.

  나는 60번째 통화, 앨리시아와의 전화 통화에 대해서만 생각했다.

23
또 한 명의 투명인간

나는 비몽사몽 상태로 꿈과 씨름을 했다. 호프만이라는 남자가 앨리시아를 유괴해서 고층빌딩에 가두었기 때문에, 나는 미친 듯이 안으로 들어가는 길을 찾아 헤맸다. 그때 유리처럼 생긴 분홍색의 두껍고 신비한 벽이 나타났지만, 그것은 단지 홀로그램일 뿐이어서, 나는 그것을 통과해 계속 걸어 들어갔다. 앨리시아는 탁자에 사슬로 묶여 있었는데, 전선이 관자놀이에 연결되어 있었다. 앨리시아의 두 눈에서는 예리한 녹색 광선이 뿜어져 나와 천장에 구멍을 뚫고 있었다. 호프만은 넥타이를 매고, 낡은 갈색 바지를 입고 있었다. 마치 동물 탐험가 같았다. 그는 전원 스위치에 손을 올려놓고 있었다. 그 뒤로는 엄마와 아빠가 교도소 독방에 따로따로 갇혀 있었다.

나는 일어나 앉아서 잠에서 깨어나려고 애썼다. 장식장 위의 시계가 9시 20분을 가리키고 있었다. 차츰 나는 오늘이 수요일이고, 내가 하이드파크에 있는 우리 집에 있다는 사실을 깨닫게 되었다. 모든 것이 꿈이었다는 게 기뻤다. 그렇다고 현실이 꿈보다 더 낫다는 얘기는 아니다. 현실 역시 꿈만큼이나 혼란스러우니까. 창살에 갇힌 엄마와 아빠의 모습이 자꾸만 떠올랐다. 공포를 떨쳐내야만 했다. 그냥 내버려 두면, 두려움이 계속될 것이 뻔했다.

샤워를 하면서 열심히 생각을 했다. 가느다란 물줄기가 이리저리 튀는 것을 통해, 내 손과 팔과 다리의 형상을 보는 것은 정말 이상했다. 따뜻한 물이 내 목덜미로 흘러내렸다. 나는 쉴라 보든과의 통화 계획을 세우고 있었다.

아마도 그 일은 오늘의 가장 중요한 사건이 될 것이다. 아니, 아마도 내 인생에서 가장 중대한 사건이 될지도 몰랐다. 그리고 어쩌면 그녀의 인생에서도.

샤워 꼭지를 잠그고, 물기를 털어 몸을 말린 뒤 욕조에서 나왔다. 수건이 없었다. 문을 열고 소리를 질러 엄마가 아직 집에 있는지를 확인하려는 참에 바로 그만뒀다. 현관 쪽에서 엄마의 목소리가 들렸기 때문이다. 상대방의 목소리도 대번에 알 수 있었다. 파겟 씨였다. 나는 계단 난간 쪽으로 기어갔다. 엄마와 파겟 씨가 보이진 않았지만, 음향 상태는 아주 훌륭했다.

"문제요? 문제는 지금 저에게 플로리다 주에서 보내온 정보가 있다는 거죠, 필립스 부인. 그들이 에델 레이튼 부인 댁에 밤낮없이 전화를 하고 방문도 했지만 아무런 응답이 없었답니다. 아무래도 에델 고모 역시 사라진 것 같군요. 그러니까 그녀와 당신의 아들이 지금 어디에 있는지 저희에게 말해 주셨으면 합니다."

엄마는 유쾌하게 웃으며 말했다.

"에델 고모는 원래 그런 분이에요. 좀 엉뚱한 데가 있죠. 월요일 오후에 통화할 때만 해도 바비가 많이 좋아졌다고 그러셨어요. 당일치기로 여행을 좀 갈지도 모른다고도 하셨고요. 올랜도까지 올라갈지도 모른다고요."

"하지만 필립스 부인, 당신은 당신 아들이 어디에 있는지 알고 있는 게 분명해요. 전혀 걱정을 하고 있지 않잖아요."

"내가 왜 걱정을 해야 되죠? 에델 레이튼 부인은 내 고모이고, 나는 평생을 그녀와 알고 지냈어요. 바비 또한 마찬가지고요. 두 사람은 아주 착한 사람들이고, 난 그들이 잘 지내고 있다고 믿어요. 아무튼 당신과 플로리다에 있는 당신 동료들을 번거롭게 해서 정말 죄송하군요."

파겟 씨는 대답하는 데 시간이 좀 걸렸다.

"필립스 부인, 이건 심각한 일이 아닙니다. 심각한 상황은 아이가 의심스러운 상황에서 실종되었다고 공식적으로 발표되는 그 순간부터 시작됩니다. 그때부터 일리노이 주가 총체적인 행동에 돌입하기 때문이죠. 그리고 아마 FBI*도 가담할 겁니다. 그렇게 되면, 이 일이 신문에 실리게 될 테고, 그러면 여러 사람의 삶과 장래에 영향을 끼칠 수 있습니다. 상당히 복잡하고…… 어렵게 될 수도 있다는 얘기죠."

"상당히 협박조로 들리네요, 배저 씨."

"제 이름은 파켓입니다. 그리고 이것은 협박이 아닙니다. 사실을 그대로 알려 드리는 것뿐이에요."

엄마는 잠시 숨을 고르고 말했다.

"당신 기관에 있는 사람들은 미국 헌법에 대해서 배우기는 하나요? 헌법의 가장 훌륭한 이념 중 하나는, 유죄임이 증명되기 전까지는 누구나 결백하다는 것을 적어 놓은 작은 부분입니다. 증명되기 전까지는 말이죠. 자, 그럼 말씀해 보시죠. 오늘 아침 또 다른 수색 영장은 가지고 오셨나요?"

"아뇨."

"됐군요. 그럼 좋은 하루 보내세요, 파켓 씨."

그리고 현관문이 쾅 닫혔다.

사회복지사를 이런 식으로 대하는 건 그다지 좋은 방법이 아니다. 나는 나 때문에 엄마가 서부영화에 나오는 거친 남자들처럼 행동하는 게 싫었다. 하지만 요즘 나에게 일어나는 일들이 대부분 그

---

*FBI: 미국 법무부 안에 설치된 비밀 경찰 기관

렇듯, 어쩔 수 없는 일이었다. 그래서 나는 그냥 수건 찾는 일을 계속했다.

나는 재빨리 아침을 먹어 치웠고, 엄마는 즉시 부엌을 치웠다. 엄마는 파겟 씨에 대해서 아무 얘기도 하지 않았으며, 나도 묻지 않았다. 하지만 엄마가 초조해하고 있다는 걸 알 수 있었다. 엄마가 10시에 수업이 있어서 그나마 다행이었다. 그 수업이 엄마를 언짢은 생각에서 벗어나게 해줄 테고, 나를 엄마에게서 벗어나게 해줄 것이기 때문이었다.

엄마는 그로부터 10분 후에 나갔고, 나는 책상에 앉아 있었다. 나는 여러 가지 상황에 대처할 말을 수첩에 적어 봤다. 자동응답기가 켜질 경우 무슨 말을 할지, 쉴라가 직접 전화를 받으면 어떻게 얘기를 꺼낼지, 아이나 남자 친구나 또 다른 누군가가 받으면 어떤 말을 할 것인지 등등. 그리고 그녀가 뭔가 중요한 정보를 갖고 있다면, 어떤 식으로 유도를 해서 그것을 나에게 말하게끔 할지도 생각해 보았다.

나는 아주 조심스럽게 그녀의 전화번호를 눌렀다. 그리고 지나치게 큰 기대는 하지 않으려고 무척 노력했다. 쉴라의 통화가 나에게 도움이 된다면 좋겠다. 하지만 그렇지 않더라도, 나는 명단으로 돌아가서 백 명, 아니면 이백 명의 사람들에게 다시 전화를 걸면 그만이야. 이 전화 통화는 아무것도 아닐지 몰라. 하지만 어쩌면, 전부일 수도 있어.

"네?"

누군가가 기침을 하며 전화를 받았다. 잠이 덜 깬 여자의 목소리였다. 담배를 피우는 사람의 목소리 같았다.

"쉴라 보든 양?"

"네, 맞는데요."

그녀는 완전히 잠에서 깨어나, 경계 태세를 갖췄다.

"제가 전화한 이유는……."

"음주운전 반대 학생모임이니? 난 이틀 전에 이미 관심 없다고 말했을 텐데."

"아뇨, 그게 아니고……, 전 다른 일로 전화한 거예요. 어젯밤에 당신 아버지와 통화를 했기 때문에요. 그리고……."

"우리 아빠랑 통화했다고? 나에 대해서?"

그녀의 목소리가 날카로워졌다. 두려움과 약간의 노여움도 섞여 있었다.

"아뇨, 특별히 당신에 대해서는 아니고요."

조금 혼란스러웠다. 나는 오직 진실만을 말하기로 결심했기 때문이다. 진실을 찾기 위해서는 진실이 필요한 법이니까. 그것이 바로 아빠가 늘 하는 말이었다. 그리고 뭐가 두렵지? 그녀는 내가 누구인지도 모른다. 나는 그저 전화상의 목소리일 뿐이다. 나는 다시 용기를 내어 말했다.

"내가 당신 아버지에게 전화한 것은, 3주하고도 사나흘 전에, 아침에 일어나 보니 내가…… 없어졌기 때문이에요. 바로 당신처럼요."

째깍, 째깍, 째깍. 조금 뒤, 그녀가 말했다.

"무슨 말을 하는 거야? 아침에 일어나서 집에서 도망쳤다고?"

나는 이제 그녀가 전화를 끊지 않으리라는 걸 확신할 수 있었다. 그녀는 골똘히 생각하면서 말하고 있었다.

"전 집에서 도망치지 않았어요. 학교에서는, 그랬다고 볼 수 있지만요."

나는 잠깐 숨을 돌렸다. 그녀에게 생각할 시간을 주기 위해서였다.

"난 그냥…… 없어졌어요."

그녀는 이제 화를 냈다.

"너 지금 장난하는 거니? 네가 우리 아빠와 통화했다는 걸 내가 어떻게 믿니? 우리 아빠 주소랑 전화번호가 뭔데?"

물론 나는 그것을 준비했다.

"좋아, 네가 우리 아빠랑 얘기를 했다고 치자. 그래서 어쨌는데? 그게 나랑 무슨 상관이지? 나한테 왜 전화한 거야?"

나는 준비해 두었던 중요한 질문을 했다.

"누군가가 어느 날 아침 일어나 보니 '없어졌다'고 말한다면, 그게 무슨 뜻일 것 같아요?"

그녀는 조금 망설였지만, 금방 대답했다.

"그걸 내가 어떻게 아니?"

"그냥 알아맞혀 보세요. 제 질문은 그게 다예요. 1번?"

"아까 말했듯이…… 네가 집에서 도망쳤다는 거."

"아뇨. 다시 해 봐요. 2번?"

"…… 네가 누구인지 모르겠다는, 음…… 기억상실 같은 거."

"근접해 가고 있어요. 다시 한 번 맞혀 보세요. 3번?"

"이봐, 지금 뭐 하는 거니? 전화 끊어."

그녀가 쾅 소리가 날 정도로 전화기를 세게 내려놓아, 수화기가 바닥에서 튀는 소리가 들려왔다. 욕하는 소리와 수화기를 다시 잡으려고 손을 뻗는 소리, 그리고 또다시 쾅 하는 소리와 함께 전화가 끊어졌다. 내가 그녀에게 진 게 아닐까 걱정이 되었다. 정말 걱정스러웠다.

나는 재다이얼을 눌렀다. 두 번, 세 번, 다섯 번째 벨이 울리더니 자동응답기가 켜졌다. 너무나 밝고 명랑한 그녀의 목소리가 들려왔다.

"앨라쉬 기술의 쉴라입니다. 메시지를 남기시거나, 저희 홈페이지 'Eilash.com'으로 이메일을 보내주세요. E-I-L-A-S-H입니다. 그럼."

그리고 삐 소리가 났다. 나는 쉴새없이 말을 쏟아냈다. 모든 것을 다 말하기 위해 흥분하고 있었고, 너무 빠르게 말하고 있었고, 너무 많은 말을 하고 있는지도 몰랐지만 그건 상관없었다.

"쉴라? 당신을 화나게 하려고 한 건 아니에요. 난 그냥 뭔가를 찾아내려고 노력하고 있는 중이에요. 왜냐하면 나는…… 나는 정말로 그날 아침에 일어났는데, 없어졌거든요. 내가 나를 볼 수 없게 됐단 말이에요. 그리고 나는 그것을 해결하려고 노력하는 중이에요. 전 꼭 해결해야만 해요. 그리고 만약……."

그때 그녀가 수화기를 들었고, 자동응답기가 끊기는 소리가 들려왔다. 그녀의 목소리에서 깊은 피로와 권태가 느껴졌다.

"아무에게나 그냥 전화를 걸어서, '나는 어느 날 안 보이게 되었어요'라고 말할 수는 없어, 그렇지?"

이제 나는 알 수 있었다. 아직 확실하지는 않았지만, 알 것 같았다. 나는 숨을 죽였다. 내 눈가에서 눈물이 흘러내렸다. 마치 잃어버린 누나를 찾은 것 같은…… 또는 군대 동지나 그리스 전사와 재회를 한 것 같은 심정이었다.

"그럼…… 그럼 혹시 당신에게도 이런 일이 일어난 건가요?"

그녀는 거의 속삭이듯 말했다.

"그래, 맞아. 그런데, 날 어떻게 찾은 거니?"

그녀에게 담요에 관한 일을 말해 주자, 그녀는 거의 까무러칠 듯 놀랐다.

"담요? 너무 황당하군! 전기담요라니……. 시어즈에서 만든 그 전기담요에 문제가 있었단 말이지?"

그녀는 잠시 말을 멈추었다가 계속했다.

"이봐, 그럼 우린 엄청난 소송을 걸 수 있는 거야. 시어즈, 세상에! 엄청난 돈이라고, 알겠어? 수백만 달러야!"

그녀는 할 말이 아주 많은 것 같았다. 나는 그걸 느낄 수가 있었다. 하지만 나는 미리 적어 놓은 쪽지를 쳐다보며 내가 세워 놓았던 계획에 따랐다.

"언제 그랬는지 그 날짜를 기억할 수 있겠어요?"

그녀는 웃었다. 그 웃음에서는 쓰라림이 느껴졌다.

"그걸 말이라고 하니? 당연히 기억하지. 3년 전, 1월 12일이야. 내 인생을 완전히 뒤바꿔 놓은 날을 어떻게 잊겠니, 안 그래?"

그리고 나는 그녀의 모든 이야기를 듣게 되었다. 그날 아침에 그녀는 너무나 당황했으며, 그 사실을 부모님께 말하려고 했으나 그러지 못했다. 사실 그녀는 그 일이 일어난 뒤 3일 동안 집에서 지냈다고 한다. 그녀는 부모님이 자기 때문에 우는 것을 보았고, 자기 방에 몰래 숨어 지내면서 왔다갔다하는 법을 배웠으며, 팔과 갈비뼈 사이에 작은 물건을 끼워서 가지고 다니는 법도 배웠다. 그녀는 아빠의 예금 계좌 정보를 빼내, 공립 도서관의 인터넷을 사용하여 아빠의 돈 4천 달러를 훔쳐 대학 때 사용하던 계좌에 이체시켰다. 그런 다음, 마이애미에 있는 한 은행에 자신의 계좌를 만들어 놓고 그 돈을 거기에 이체시켰다. 그녀는 별다른 방법이 없었기 때문에 아빠의 돈을 훔쳤던 것이다.

그녀의 얘기는 나에 대해 생각해 보는 계기가 되었다. 나는 그 일이 일어났을 때 가장 먼저 부모님께 그 사실을 알렸기 때문이다.

하지만 그녀는 그렇게 할 수 없었던 모양이다.

"왜 플로리다로 갔어요?"

"왜냐고? 덴버에서 겨울에 알몸으로 한번 걸어 다녀 보면, 바로 알 수 있을 거야."

나는 그녀가 남쪽으로 간 이유를 충분히 공감할 수 있었다. 그녀는 덴버 국제공항으로 가는 버스를 타고, 만석이 아닌 비행기를 찾아 올라탔다. 그러고는 1등석에 앉아서, 잠자고 있는 사람들의 음식을 훔쳤다. 그리고 마이애미에 도착하자 도서관 컴퓨터를 이용해 싼 아파트를 골라 인터넷뱅킹으로 계약금을 지불했다.

"계약서에 서명 같은 걸 해야 하지 않았나요? 본인이 직접 해야 한다든지 하는."

"검은 베일로 몸을 완전히 가리고 다니는 이슬람교 여성을 본 적이 있지? 내가 그랬어. 아무도 쳐다보지 않더라. 식료품을 사러 갈 때도 그렇게 입고 다녀. 이 근처에는 제법 큰 회교도 마을이 있거든. 한 가지 안 좋은 점은, 슈퍼마켓에 갔을 때 베일을 쓴 다른 여자가 다가와 페르시아어인지 우르두어인지 모를 말로 나한테 말을 거는 일이지. 난 그냥 고개를 끄덕이면서 '살람'이라고 말해. 뭐, 그것만 빼고는 괜찮아."

그녀는 지난 3년 동안 홈페이지를 디자인해서 돈을 제법 벌었다고 했다. 택배로 배달되는 성능 좋은 컴퓨터를 샀고, 꽤 좋은 소프트웨어들도 주문했다고 했다.

"난 시간이 많았어. 무슨 뜻인지 알지? 그리고 인터넷은 나 같은, 아니 우리 같은 사람들을 위해 만들어진 거야. 원하지 않으면 전혀 밖으로 나가지 않아도 되거든. 디자인 일거리도 인터넷에서 찾으면 되고, 일한 걸 다시 인터넷에 올리면, 돈이 내 계좌로 바로 들어오지."

"그럼…… 친구들은?"

그녀는 조용히 웃었다. 그 웃음은 텅 비어 있었다.

"남자 친구를 말하는 거니? 가망 없지. 난 이렇게 되기 전에도 남자들을 그리 좋아하진 않았어. 남자들도 마찬가지고. 가끔씩 고향에 있는 친구들과 놀러 다닐 때가 그립긴 하지만 이젠 괜찮아. 잠깐 동안 앵무새를 기른 적도 있었는데, 지금은 죽고 없어. 그래서 조금 더 단조로워졌지. 난 그냥 내 일을 하고 있을 뿐이야. 그게 다야."

"병원이나 치과나, 그런 건 어떻게 해요?"

"사실, 아플 때가 제일 문제야. 지난겨울에도 독감으로 2주 정도 고생했는데. 진짜 병원에 찾아갈 뻔했어. 하지만 그냥 아스피린 한 주먹으로 견뎠어."

"사태가 심각했다면 어땠을까요?"

"그런 생각도 해 본 적은 있어. 먼저, 아주 부자인 여의사를 찾는 거야. 돈이 많으면 많을수록 더 좋아. 그리고 그 검은색 옷을 입고서 여의사의 병원으로 걸어 들어가는 거지. 진찰실에 우리 둘만 남게 되었을 때, 그녀에게 내 상태를 비밀로 하겠다는 약속을 받고서, 서약서에 서명을 하게 하는 거지. 그런 다음, 베일을 벗는 거야. 그리고 만일 그녀가 약속을 저버린다면, 그녀의 전 재산을 걸고 손해 배상 소송을 하면 되는 거야."

이 여자는 분명 그리스 전사였다. 아니, 오히려 그들보다 더 강할지도 몰랐다.

"그럼, 다른 친구들은요?"

"두 명 있어. 둘 다 여자고. 내가 믿을 수 있는 사람들이지. 그게 전부야. 원래 친구가 그렇게 많지도 않았는걸, 뭐. 너는?"

"비슷해요. 처음에는 부모님밖에 없었어요. 그러고 나서 앞을 못 보는 여자 아이와 이야기를 하게 되었고요."

"재미있는걸? 나도 그런 생각을 해 봤는데. 그럼, 그 여자 아이도 알아?"

"네, 하지만 그녀는 정말 대단해요. 그녀의 부모님도요."

"그럼, 그렇게 된 지는 얼마나 된 거야? 한 달 정도?"

"네, 하지만 저는 상황을 뒤집을 방법을 찾아내려고 해요. 지금 그걸 찾으려고 무척 노력 중이지요. 그래서 당신도 찾아냈던 거예요. 제가 그 방법을 알아내면, 당신에게 가장 먼저 알려 줄게요."

"정말 되돌릴 방법이 있다고 생각하는 거니?"

"그랬으면 좋겠어요."

"아무튼, 그렇게 되면 나에게도 알려 줘."

"물론이죠. 그렇게 할게요."

"그런데 너, 이름이 뭐니?"

"바비. 바비 필립스."

"전화해 줘서 고마워, 바비."

"뭘요."

나는 달리 무슨 말을 해야 할지 몰라서, 막 끊으려는 참이었다. 그때 그녀가 다시 말했다.

"바비, 나와 한 가지만 약속해 줘."

"네, 그럴게요. 뭔데요?"

"나에 대해서 아무한테도 얘기하지 않았으면 좋겠어. 절대로."

"그건……, 너무 늦은 것 같은데요. 어제 저녁에 이미 앨리시아한테 당신에게 전화할 거란 얘기를 했거든요. 앞을 못 본다는 그 아이 말이에요."

"그렇지만 아직 그 애가 나에 대해 자세히는 모르잖아, 그렇지?"

"네."

"그러니까 더 이상은 말하지 마. 나랑 통화를 못 했다든지, 아니면 내가 죽었다든지, 아무튼 그건 네 마음대로 하고."

"전…… 전 앨리시아에게 거짓말을 하기는 싫어요. 내가 부탁하면 앨리시아는 분명 모든 걸 비밀로 해줄 거예요."

"말이야 쉽지. 앞으로 그 애가 혹시 돈이 필요한 상황이 돼서, 천박한 타블로이드판 신문에 나를 팔기라도 하면 어떡하니? 그럼 난 완전히 망가지는 거잖아. 안 그래?"

"앨리시아는 절대로 그런 아이가 아니에요. 그리고 그 애는 나에 대해서도 알고 있다고요. 난 그 애를 믿어요."

"그건 네가 아직 어리고 세상물정을 잘 몰라서 그래. 아니면 좀 모자라든지."

내가 막 소리를 지르려고 할 때, 그녀가 말했다.

"미안해. 나쁜 뜻으로 한 얘기는 아니야. 그렇지만 나는 지난 3년 동안 두 번이나 이사를 해야 했어. 그게 다 내가 몇몇 사람들을 굳게 믿고 있었기 때문이었어. 그런 일이 있어서 내가 이렇게 예민해졌지. 이봐, 그 애에게 꼭 말해야 한다면 내가 막을 수는 없어. 하지만 다른 사람들에게는 절대로 얘기하지 마. 그리고 그 애한테도 비밀로 하겠다는 약속을 꼭 받아 줘. 이건 아주 중요한 문제야. 이해하지?"

"그럼요."

"약속한 거다!"

"약속해요. 그리고 앨리시아도 걱정 마세요."

"그래. 그럼…… 행운을 빌게. 네가 원하는 대로 모든 일이 잘 풀리기를 바란다."

"고마워요. 좋은 소식이 생기면, 다시 연락드릴게요."

인사를 나누고 전화를 끊은 뒤, 나는 침대에 누워 천장을 바라봤다. 간단한 문제가 아니었다.

3년. 그녀는 3년 동안 사라져 있었다. 그러니까 이것은 일시적인 현상이 아니었다. 일단 그것이 내가 알아낸 한 가지 사실이었다.

그리고 이 상황에는 특별한 원인이 있으며, 그 한 가지 원인은 전기담요였다. 그건 확실한 것 같았다.

하지만 그 담요가 전부는 아니었다. 만일 원인이 담요뿐이라면, 더 많은 사람들이 영향을 받았을 테니까. 아니, 어쩌면 정말로 더 많은 사람들이 있을지도 모를 일이다. 아직 명단에 있는 모든 사람에게 전화를 걸어 보지는 못했으니까.

아무튼 이 일은 콜로라도 주 덴버에서 3년 전인 1월 12일에 쉴라에게 일어났으며, 다시 올해 2월 23일에 나에게 일어났다. 둘 다 겨울이다. 하지만 뭐, 그리 대단한 우연의 일치는 아니다. 전기담요를 사용하는 것은 겨울이니까.

그러나 나는 두 개의 장소, 두 개의 담요, 그리고 두 개의 날짜를 알게 되었다. 그리고 또 한 명의 투명인간도.

나는 침대에 누워 천장 페인트가 갈라져 생긴 미로를 눈으로 좇으며 생각을 정리했다. 지금의 나는, 그나마 아무것도 모르는 것보다는 조금 나은 상황이었다.

24
일류 탐정

물리학에 빠져 있는 사람들은 아무것도 아닌 것은 절대로 없다고 말한다. 나는 아빠에게서 늘 이렇게 들어 왔지만 이제서야 그 의미를 이해했다. 예를 들어, 원자를 쪼개면 중성자와 전자와 양자가 나온다. 계속해서 쪼개면 작아지고, 작아지고 또 작아져서 부피는 점점 줄어들고 에너지는 점점 더 커진다.

그 모든 것들은 점점 작게 변한다. 마치 두 개의 담요, 두 개의 도시, 두 개의 날짜, 그리고 두 명의 투명인간처럼.

나는 쉴라와 이야기를 나눠 봤지만, 내가 알아낸 사실들로 어떤 결론을 끌어내야 할지 알 수가 없었다. 하지만 그 사실들은 절대로 하찮은 것들은 아니었다. 셜록 홈즈는 하나하나의 단서들을 철저히 분석해서, 그것을 증명해 냈다. 그는 주어진 사실에 어떤 식으로 접근해야 하는지를 알려 주는 훌륭한 스승이었다.

수요일 오후, 인터넷 메신저에서 앨리시아를 만났을 때, 앨리시아는 곧바로 쉴라에 대해 이것저것 묻기 시작했다. 그녀가 어떤 반응을 보였는지, 어떻게 살고 있는지, 전화 받은 것을 좋아했는지, 남자 친구는 있는지, 자신과 같은 사람을 만난 것에 흥분했는지, 등등을 끊임없이 물어봤다. 앨리시아와 메신저로 이야기하려면 오랜 시간이 걸렸다. 인터넷 접속의 문제가 아니라 그녀에게는 선 하나가 더 접속되어 있기 때문이다. 그 장치가 문자를 음성으로 전환해서 큰 소리로 말해 주면, 앨리시아가 그것을 듣고 대답할 말을 적어서 보내야 했다.

아무튼 나는 앞으로 내 문제를 어떻게 해결해야 할지 생각해야 했기 때문에, 앨리시아와의 접속을 끊으려던 참이었다. 하지만 앨리시아는 이 일을 나 혼자 생각하는 건 좋은 방법이 아닌 것 같다고 말했다. 우선 우리 아빠에게 전화해서 알린 다음, 우리 아빠와 앨리시아의 아빠가 그것에 대해 논의하는 게 나을 것 같다고 말했다.

bobby7272: 안 돼. 아무에게도 말하지 않겠다고 쉴라와 약속했어. 너한테만 빼고.

aleeshaone: 왜 나만? 왜?

bobby7272: 당연한 거 아냐?

aleeshaone : 글쎄, 뭐가 당연하다는 거야?

bobby7272 : 너한테는 거짓말을 할 수 없다고 말했어.

aleeshaone : 정말 감동적이군. 그렇지만 넌 너의 아빠와 우리 아빠한테도 이 일을 털어놓아야 해. 너 혼자서는 아무것도 못할 게 뻔해.

bobby7272 : 생각해 볼게.

aleeshaone : 생각할 것도 없어. 그냥 말해. 당장 너의 아빠한테 전화하라고!

bobby7272 : 명령하지 마.

aleeshaone : 해! 해! 해!

bobby7272 : 그만 끊어야겠어.

aleeshaone : 겁쟁이!

bobby7272 : 아냐!

aleeshaone : 맞아!

bobby7272 : 아냐, 난 약속을 했기 때문에, 그걸 지키려는 거야.

aleeshaone : 그럼, 쉴라 얘기는 하지 말고 그냥 네가 알아낸 사실들만 얘기하면 되잖아. 아무튼 꼭 말해야만 해. 너의 아빠와 우리 아빠에게 그 정보들은 큰 도움이 될 거야. 어쩌면 더 많은 정보가 필요할지도 모르지. 그럼 네 새 여자 친구한테 전화를 걸어서 또 이것저것 알아내면 되잖아? 아주 쪽쪽 소리가 날 정도로 친절하게 통화를 해서 말이야.

bobby7272: 하! 하! 그것도 농담이라고 하니?

aleeshaone: 아무튼 너의 아빠한테 꼭 전화해, 알았지?

aleeshaone: 알았지???

⋮

aleeshaone: 바비 대답해!!!!!

bobby7272: 알았어, 알았어, 알았다고. 그렇게 강요하지 마!

aleeshaone: 혼자서는 절대로 길을 찾을 수 없어.

bobby7272: 난 이미 길을 잃었어.

aleeshaone: 그건 그래. 그렇지만⋯⋯.

bobby7272: 그럼 이만 나갈게.

aleeshaone: 알았어. 하지만 어떻게 됐는지 꼭 알려 줘야 해. 약속하지???

bobby7272: 알았어, 약속할게. 안녕.

　나는 아빠의 전화번호를 세 개째 누르다가 멈췄다. 쉴라를 찾은 것은 나다. 아빠가 아니다. 이건 내가 발견한 것이다. 아빠가 아니란 말이지. 5분 동안 이런 생각들과 씨름한 끝에, 아빠에게 말하지 않는 건 어리석은 짓이라는 걸 깨달았다. 그녀를 발견한 사람은 여전히 나다. 말을 한다고 해서 그 사실이 변하는 건 아니었다.
　아빠 연구실에 전화를 걸어 사실을 말하자, 아빠는 주체할 수 없이 흥분했다.

"뭐라고? 정말이냐, 바비? 굉장하구나! 잠깐만, 연구실 문을 좀 닫아야겠다."

그 다음이 힘든 부분이었다. 아빠는 모든 것을 알고 싶어 할 테고, 나는 전부를 말하지는 못할 것이다.

"아빠, 전 이 사람을 보호하기로 약속했어요. 그러니까 지금 제가 할 수 있는 얘기는, 그 일이 3년 전 1월 12일 밤에 콜로라도 주 덴버에서 일어났으며, 똑같은 전기담요를 사용했다는 사실뿐이에요."

"그럼 그 사람은 몇 살 정도 됐니?"

"그게 중요한가요?"

"그럴 수 있지, 바비. 모든 것이 중요한 단서가 될 수 있단다. 어떻게 생긴 집에서 그런 일이 일어났으며, 그 방 안에 또 다른 전기제품이 있었는지, 그리고 그 집의 정확한 주소가 뭔지, 모든 것이 아주 중요할 수가 있어."

"아무튼, 제가 지금 말씀드릴 수 있는 건, 날짜와 연도와 장소뿐이에요. 더 많은 게 필요하다면 제가 그녀에게 다시 전화해……."

"그녀에게? 아하! 그럼, 여자구나! 봐라, 이것도 중요한 단서가 될 수 있단다! 남자와 여자는 화학 구조와 근육 밀도가 다르거든. 바비, 우리에겐 더 많은 정보가 필요해. 많으면 많을수록 더 좋아."

아빠는 은근히 나를 추궁하고 있었으며, 그것이 나를 정말 미치게 했다. 전에는 이런 일이 있을 때면 그저 이를 갈고 문을 발로 걸어차며 작은 목소리로 욕을 했다. 아빠가 흥분했다는 것도 알고, 아빠가 정보로 살아가는 사람이라는 것도 잘 안다. 하지만 내가 지금 약속을 했다고 말하고 있는데도, 전혀 상관없다는 듯이 행동하는 건 정말 화가 났다.

나는 소리를 지르며 전화를 쾅 하고 끊어 버리고 싶었다. 하지만 나는 평온한 마음을 유지하려고 애쓰면서 조용히 말했다.

"아빠, 그 여자는 이 일에 관련되길 원치 않아요. 그리고 저는 그걸 존중해 주겠다고 약속했고요. 그러니까 전 아무에게도, 비록 아빠라고 해도 말하지 않을 거예요. 저는 약속을 하면 반드시 지킨다고요."

아빠의 귀에는 내 말이 무슨 대통령 흉내나 내는 것처럼 같잖게 들렸을지도 모른다. 잠시 동안 너무나 조용해서 나는 아빠가 의자에서 굴러 떨어지지 않았나 걱정이 되었다.

"당연하지. 네 말이 맞아. 미안하다, 바비. 우리는 계속 노력해서, 그 원인이 무엇인지 알아낼 수 있을 거야. 아주 장하다, 아들아. 물론 약속은 지켜야지."

세상이 오른쪽으로 3미터 정도 이동한 것 같았다. 나는 내가 있었던 곳에 있지 않다는 것을 알고, 아빠도 알고, 그러한 우리를 둘다 서로 알고 있다는 것을 알았다.

아빠는 일단 레오 아저씨, 그러니까 반 돈 교수님께 전화를 할 테니, 오늘 밤 집에서 다시 만나 이야기하자고 했다.

"네가 그 여자를 어떻게 찾아냈는지는 모르겠다만, 바비. 정말 대단한 일을 했어. 아주 훌륭해. 정말로 잘했다."

아빠는 절대로 '난 네가 자랑스럽다'라고는 말하지 않는다. 아빠는 원래 그런 사람이다.

하지만 지금 나에게는 그 말이 들리는 듯했다. 아빠는 나를 정말 자랑스러워하고 있었다.

25. 빙고!

　관련 기초 자료의 분석. 수요일 아빠가 퇴근해서 저녁 준비를 시작하기 전까지, 나는 이런 말을 한 번도 들어본 적이 없었다. 아빠는 닭고기 덩어리를 자르며, 나한테는 보이지 않는 두 손으로 샐러리와 당근을 자르라고 시키고는, 반 돈 박사님과 나눈 이야기를 늘어놓았다. 그 교수님은 담요가 중요한 원인임을 확신했으며, 두 개의 날짜와 장소를 이용하여 엄청나게 많은 연구를 할 수 있을 거라며 흥분했다고 한다. 그리고 그것이 바로 관련 기초 자료 분석이라고 부르는 일이랬다.
　15분 동안 계속된 아빠의 이야기를 간단히 몇 문장으로 요약하자면, 이런 종류의 자료 추적은, 좀 더 정확하다는 것과 그 대단한 크레이 슈퍼컴퓨터와 같은 거대한 컴퓨터를 사용한다는 것을 제외하면, 근본적으로 인터넷 검색엔진을 사용하는 것과 같은 이치라고 했다. 자료를 올리고, 찾으려는 결과물에 대한 몇 가지 단서를 검색 프로그램에 입력하고 나서 버튼을 누르면 슈퍼컴퓨터가 사건과 현상과 사실과 이론에 대한 전 세계의 모든 과학적 기사와 목록들을 샅샅이 뒤져서, 입력한 단서와 일치하는 부분을 다시 쏟아낸다는 것이다. 상당히 멋지다. 하지만 프로그램 짜는 법을 정확히 알아야 하며, 그렇지 않을 경우 쓸데없는 자료의 늪에 빠지기 쉬웠다. 그럼, 이런 종류의 검색을 최고로 잘하는 사람은 누구일까? 바로 우리의 위대한 협력자, 반 돈 박사님이라는 것이었다.

그리고 한 시간 반 뒤, 치킨 수프를 먹으려고 막 식탁에 앉으려는데, 바로 그 위대한 반 돈 박사님이 현관문을 세게 두드렸다.

반 돈 박사님은 곧장 안으로 들어와서, 낡은 서류가방을 홱 잡아당겨 열더니, 녹색 줄의 커다란 컴퓨터 용지 더미를 식탁 위에 쏟아 놓았다. 그는 광기에 휩싸인 눈으로, 이리저리 침을 튀기며 아주 빠르게 말을 쏟아냈다.

"이것이 바로 우리가 찾고 있는 것임에 틀림없습니다! 네 개의 방법으로, 즉 네 개의 변수로 검색을 했더니, ACE 우주선 연구소의 자료가 계속해서 나타났어요. 뭔지 아세요? 바로 태양풍입니다! 3년의 간격을 두고 1월 12일과 2월 23일에 가속화된 태양 입자들과 방사선이, 로키산맥에서 오대호에 이르는 미 북부지방을 한 차례 휩쓸고 지나갔습니다. 이러한 현상은 보통 광범위한 지역에 걸쳐 정전을 일으키지요. 그리고 아무리 어마어마한 대형 비행기라 하더라도 이러한 지역에서는 고도를 최대한 낮추어야 합니다. 비록 그때가 태양 활동이 가장 왕성한 시기는 아니었지만, 그 두 날짜에 발생한 태양풍은 측정기에 엄청난 수치로 기록되어 있었습니다. 쉽게 말하자면 지구자장이 상당히 뒤틀려 버렸던 거죠. 그래서……."

아빠는 파란색 와이셔츠 칼라 안에 여전히 냅킨을 끼운 채로, 교수님의 어깨 너머로 수치들을 바라보며 고개를 끄덕였다.

"그러니까 고에너지 입자들의 돌풍이, 결함이 있는 담요 조절기 때문에 생긴 확장된 전기장을 뚫고 지나가서, 빙고! 바비가 없어진 거군요!"

"바로 그겁니다. 그러나 우리는 아직 이 현상의 이유를 모르고 있기 때문에, 두 가지 힘의 관계를 이해하려면 아직도 멀었습니다. 하지만 바비가 사라진 원인이 무엇인지를 우리가 대략 알아냈다는 것은 확실합니다. 이제 우리는 강한 전류장과 자기교란, 그리고 극도의 분자 흐름을 알게 되었습니다. 이것이 맞을 거라 생각하시죠?"

"맞을 거예요."

아빠는 고개를 끄덕이며, 저 멀리 물리학 세상을 바라보고 있었다.

마침 엄마가 내가 하고 싶었던 질문을 대신했다.

"하지만 레오 씨, 어떻게 그 과정을 바꿀 수 있을까요? 어떻게 모든 것을 정상으로 되돌려 놓을 수 있죠? 경찰이 우리를 잡으러 오기 전에 말이에요."

아빠와 반 돈 박사님은 잠시 서로를 바라보았다. 그들은 마치 고위층 밀실회담에 참가하고 있는 듯, 말없이 서로의 눈짓과 표정만으로 생각을 주고받고 있었다. 그리고 나에게도 그들의 마음속에 이러한 생각들이 스쳐 지나가는 것이 보였다.

'대단히 복잡하다. 실현 가능한 이론을 전개하는 데에만 몇 년이 걸릴지도 모른다. 테스트를 위해서는 수많은 변수들이 있다. 신체 화학과 환경적 요소들에 관한 질문들은 말할 것도 없다.'

그때 아빠가 말했다.

"정확히 말하기는 어렵지만, 에밀리. 아마 일주일? 어쩌면 더 길어질지도 모르지."

그리고 반 돈 박사님의 얼굴에는 '혹은 몇 년'이라고 쓰여 있었다. 나에게는 그것이 보였다.

나는 참을 수 없었다. 그리고 더 이상 저녁을 먹고 싶지도 않았다. 나는 의자를 뒤로 밀치며 일어섰다.

"아빠와 반 돈 박사님은 솔직하지 못해요. 두 분 다요. 그 원인을 찾았다고 해도, 문제를 해결하고 되돌려 놓으려면 평생이 걸릴 수도 있어요. 하지만 저희에게는 그럴 만한 시간이 없어요. 지금 두 개의 주에서 저를 찾고 있고, 아빠는 감옥에 들어가서는 연구를 하지 못할 거예요. 그러니까 내일 그 사회복지사에게 전화해서 이곳으로 오라고 하세요. 그런 다음, 대학과 아빠 연구소 사람들을 모두 불러 놓고 말하자고요. 그들에게 사실을 보여 주자고요. 그러면 이렇게 범죄자처럼 행동하지 않아도 되잖아요. 그래서 그들이 엄청난 연구비와 시설을 마련해 주면, 그때 가서 본격적으로 이 문제를 해결해도 늦지 않는다고요."

아빠는 나를 바라보았다. 아니, 내 눈이 있다고 추측되는 옷깃 위의 빈 공간을 바라보며 너무나 슬픈 표정을 지었다.

"바비, 반 돈 박사님과 나는 오늘 오후에 이 상황에 대해 상의를 했단다. 그리고 우리 둘은 이 일을 사람들에게 알리지 않기로 결정했어. 절대로 말이다. 이건 너무나 위험한 일이야. 이건 맨해튼 프로젝트 같은 게 아니야. 그러니까, 핵무기를 개발하는 것 같은 문제가 아니라는 뜻이다. 이런 종류의 과학은 사람들을 해칠 수가 있어. 도처에 투명 군인과 경찰과 스파이들이 있다고 생각해 봐라. 또 투명 범죄자들은 어떻고. 이 기술이 널리 알려지게 될 경우, 우리가 당연히 설정해야 할 보안의 수준을 상상할 수 있겠니? 그리고 더욱 중요한 건, 우리는 네가 정상적인 삶으로 돌아갈 수 있는 아주 작은 가능성도 포기하지 않을 거라는 점이다. 우리 둘은 모두 이 사실을 비밀에 부치기로 약속했단다. 우리 두 가족만 알기로 말이야. 경찰과의 문제는 어떻게든 풀릴 거다. 틀림없어. 그 사람들은 아무것도 증명할 수가 없거든. 동기도 없고, 죄도 없고, 증거도 없어. 네 엄마와 얘기해 봤는데, 실제로 우리가 잘못한 거라고는 네가 플로리다에 갔다고 거짓말을 한 것뿐이야. 그리고 우리는 네가 집을 나갔기 때문에 그렇게 할 수밖에 없었다고 둘러대면 돼. 학교 성적에 아무런 영향도 끼치지 않고, 네가 집에 돌아올 수 있는 시간을 주고 싶었기 때문이라고 말이야. 자식이 집에서 가출했다고 부모를 처벌할 순 없는 거니까. 나는 이 방법이 최선이라고 생각한다. 우리 모두가 그렇다고 확신해."

아빠가 말하는 동안, 나는 타임머신을 타고 있는 것만 같았다. 이런 식의 말을 나는 15년 동안 줄곧 들어 왔다. 나를 제외한 모두가 그것이 나를 위한 최선이라고 결정을 내렸고 그들은 모두 그 결정에 대한 확신을 갖고 있었다. 그러니까 나는 그저 내 인생에 대해 그들이 내린 결정을 잘 듣고 따르기만 하면 되었다. 이제 나는 가출 소년이고, 도망자였다. 미아 포스터에 나오는 그런 아이들처럼. 나는 정식으로 행방불명이 된 것이다. 그들이 그렇게 결정을 내렸기 때문에.

턱 근육이 경직되고 얼굴이 찌푸려졌다.

한바탕 비명을 지르고 싶었다. 입에 거품을 물고, 욕을 하고, 발을 구르고, 의자를 부수며, 치킨 수프를 바닥에 내던져 버리고 싶었다. 그리고 이렇게 외치고 싶었다. '이건 내 인생이에요! 내 인생에 대한 결정에서 나를 제외시킬 수는 없어요! 다른 사람들이 결정하고 말고 할 문제가 아니라고요!'라고 말이다.

하지만 나는 침착한 목소리로 말했다.

"좀 쉬어야겠어요. 저녁은 나중에 먹을게요."

내가 식탁에서 일어서자, 엄마는 갑자기 걱정스러운 표정이 되었고, 아빠는 어리둥절해했다. 반 돈 박사님은 그의 귀중한 자료 더미를 내려다보며 당혹스러워했다.

나는 방으로 올라왔다. 혼자다. 엄마와 아빠는 아래층에 있으며, 국자가 사발에 부딪히는 소리가 났다. 초대받지 않은 저녁 손님이자 그들의 공모자를 위해 수프를 뜨는 소리일 것이다.

나는 혼자였다.

26
위험한 시도

눈을 떠 보니, 시계가 밤 11시 37분을 가리키고 있었다. 거의 네 시간 정도 잠을 잤다. 그것은 내가 네 시간 동안 생각을 하지 않았다는 뜻이다. 대신에 네 시간의 자유를 가졌다는 뜻이기도 했다. 내 남은 삶을 일방적으로 결정하고 나에게 통보한 우리 부모님과 반 돈 박사님에게 화가 치밀었던 것을 잠시 잊었던 네 시간이었다. 앞으로 어떻게 해야 할지 고민하면서 벽에 머리를 부딪히지 않았던 네 시간이었다. 이런 상태가 영원히 지속되리라는 걱정을 하지 않았던 네 시간이었다. 잠은 훌륭한 도피처다.

엄마가 내 방에 왔던 게 분명했다. 내가 신발을 벗고 있었으며, 오리털 이불을 덮고 있었기 때문이다. 엄마와 아빠가 그들의 어린

아들 바비가 괜찮은지 확인하기 위해 몰래 들여다보고 간 것이 분명했다.

나는 눈을 크게 떴다. 가로등 불빛이 커튼에 비치고 있었다. 욕실의 야간 등이 내 방문 밑에 가느다란 노란색 줄무늬를 만들어 놓았다. 히터의 송풍기가 켜지고 3분 동안 작동하다가 멈췄다. 온 집 안이 조용했다. 바깥에서 마지막 버스가 지나가는 소리가 들려왔다.

어둠 속에 가만히 누워서, 모든 것이 다시 정상으로 돌아왔다는 상상을 해 보았다. 난 그저 평범한 학생이다. 곧 일상적인 목요일 아침이 찾아올 것이며, 나는 일어나서 아침을 먹고 학교 버스를 탈 것이다. 수학 시간 내내 졸고, 프랑스어 시간에는 최대한 선생님의 눈을 피하고, 영어 시간에는 똑똑해 보이려고 노력하고, 케니와 필과 점심을 먹고, 6교시에 재즈밴드에서 트럼펫을 연주하고, 방과 후에는 도서관에 가서 마일즈 데이비스의 희귀 음반 중 몇 곡을 들을 것이다.

하지만 이 모든 것은 거짓말이다. 제대로 된 게 아무것도 없었다.

나는 반 돈 박사님의 말을 다시 생각해 봤다. 두 가지 특이한 점이 있었다. 첫째는, 그 ACE 우주선이다. 그 두 날짜에 대한 정보는 이 우주선이 수집한 데이터였다. 하지만 이런 우주선이 있다는 얘기는 처음 들었다. 물론 내가 모르는 것은 그 밖에도 무수히 많을 것이다. 사실 나는 아는 것이 거의 없었다. 현재 일어나고 있는 이 일들을 어떻게 받아들여야 하지? 내가 아는 것이 거의 없어서 나

자신이 얼마나 어리석게 느껴지는지…….

두 번째는, 반 돈 박사님과 아빠 사이에 오간 빠른 눈빛이었다. 그것은 생각하는 것을 말로 표현하기가 너무 무시무시할 때 사용하는 비밀스러운 눈빛이었다. 엄마가 그 과정을 어떻게 뒤집을 수 있냐고 물어봤을 때, 그들이 주고받은 바로 그 눈빛. 반 돈 박사님은 그것이 불가능하다고 믿고 있었다. 되돌릴 수 없다고 생각하는 게 분명했다. 제발, 쉴라 보든! 당신의 구명보트에 바비를 위한 자리도 좀 마련해 주세요.

나는 침대에서 내려왔다. 복도에는 희미하게 불이 켜져 있었다. 엄마와 아빠는 잠든 것 같았다. 지금은 엄마 아빠의 자유 시간인 셈이다.

나는 발끝으로 조용히 계단을 내려가, 부엌을 통과하여 서재로 갔다. 컴퓨터에서 디젤 트럭에 시동이 걸린 것처럼 큰 소리가 났지만, 실제로는 그다지 시끄럽지 않다는 것을 알고 있었다. 나는 인터넷 검색 창으로 가서, 'ACE 우주선'을 입력했다. 그러자 사진과 자료들이 나왔다. ACE는 지구로부터 150만 킬로미터 떨어진 곳에서, 전 세계에 있는 지상추적기지에 끊임없이 정보를 보내 주고 있으며, 일본, 영국, 인도, 미국에 있는 과학자들 모두가 ACE에 탑재된 장치들이 보내오는 정보를 눈여겨보고 있다고 했다. 나는 실시간 태양풍 데이터를 클릭해 봤다. 우주 공간에서 보내온 그래프와 표와 뉴스들이 있었으며, 그것은 고속도로 교통 정보처럼 15분마다 업데이트 되고 있었다.

그 다음에 나는 SOHO(태양과 태양권 관측소)로 연결되는 링크를 클릭했다. 이것은 태양권에 있는 또 다른 인공위성이었다. 화면 한쪽에서 '경보'라는 글자가 깜빡거리더니 다음과 같은 내용이 떴다.

현재 지구의 환경은 지난밤 강력한 태양 폭발에 의해 가속화된 고에너지 입자들로부터 폭격을 받고 있다. 강한 불꽃과 코로나 덩어리의 분출이 SOHO에 관측되었다. 현재 지구 주변의 고에너지 양자 유출은 평소보다 십만 배나 더 많다. 지난 3년간의 관측에 따르면 이는 네 번째로 큰 양자 사건이며, 태양 활동이 가장 왕성한 시기에 접근하고 있기 때문에 앞으로 몇 주 동안 현재 수준이나 그 이상이 지속될 것으로 예상된다.

이 뉴스가 발표된 것은 2월 24일 11시 45분이었으며, 뉴스는 24시간마다 계속 업데이트되고 있었다. 이러한 폭격은 지난달부터 계속 진행되고 있었던 것이다. 그렇다면, 내가 화면을 보고 있는 이 순간에도 여전히 진행 중인 것이다.

갑자기 웃음이 났다. 나에게 고양이가 있었다면, 그 녀석을 내 마술담요에 감싼 뒤, 짠 하고 사라지게 했을 텐데.

나는 검색 창을 닫고, 메신저 창을 열어서 앨리시아의 아이디를 클릭했다.

bobby7272: 앨리시아! 자니?

약 30초 후에, 메신저에서 종소리가 들렸다. 응답이 왔음을 알리는 소리다.

aleeshaone: 아유, 시끄러워. 잠깐만, 소리를 좀 줄여야겠어.
aleeshaone: 됐다, 무슨 일이야?
bobby7272: 아직 안 잤니?
aleeshaone: 네 메시지가 내 컴퓨터를 깨웠고, 그래서 내 컴퓨터가 나한테 말을 하기 시작했어. 아무튼 아직 안 자고 있었어. 나는 잠자는 시간이 뒤죽박죽이거든. 앨리시아 행성은 항상 밤이니까. 난 그냥 피곤하면 자. 15분 전까지만 해도 낸시랑 통화하고 있었어.
bobby7272: 무슨 얘기를 했는데?
aleeshaone: 너에 대해서.
bobby7272: 나에 대해서?
aleeshaone: 별거 아냐. 알 거 없어.
bobby7272: 난 지금 엉뚱한 상상을 하고 있었어.
aleeshaone: 항상 그러면서 뭘.
bobby7272: 너의 아빠랑 오늘 밤에 무슨 얘기 안 했니?
aleeshaone: 아, 너의 집에 가서 너랑 너의 부모님을 만났다는 얘긴 들었어. 그 날짜들에 관해서 뭔가 알아냈다며? 태양 입자들에 관한 거, 맞지? 잘 됐네.

bobby7272: 그래? 나는 별로 좋은지 모르겠어. 최소한 몇 년은 연구를 해야 한대. 몇 년이나 말이야.

aleeshaone: 나에게 시간은 더 이상 공포의 대상이 아니야.

bobby7272: 그러세요? 위대한 철학자님?

aleeshaone: 뭐야, 왜 그렇게 뒤틀려 있지?

bobby7272: 당연한 거 아니니? 모든 게 제자리야. 아무런 희망이 없다고. 점점 더 나빠지기만 할 뿐이야.

aleeshaone: 희망이 없긴 왜 없어?

bobby7272: 너도 아빠한테 들었을 거 아냐. 원인을 알아내긴 했지만, 해결책은 영영 찾을 수 없을지도 모른다는 그 대단한 얘기. 너의 아빠가 찾아낸 원인이 옳다면, 난 지금 당장이라도 고양이나 개를 없애 버릴 수도 있어. 너도 가능하고. 사라지고 싶니? 내 담요를 갖다 줄 테니까, 전원을 켜고 최고로 올려 봐.

aleeshaone: 무슨 얘길 하고 있는 거니?

bobby7272: 지금 현재 태양에서 엄청난 사건이 벌어지고 있거든. 인터넷에서 확인해 보면 금방 알 수 있을 거야. 굉장한 고에너지 입자들이 쏟아지고 있대. 맹도견을 잡아다가 내 담요에 넣고 전원을 켜면, 금방 휙 사라져서 너는 투명 맹도견을 가진 최초의 맹인 소녀가 될 수도 있을걸.

aleeshaone: 너 어디 아픈 거 아니니? 네 몸이나 감싸서 잠시 동안 완전히 사라져 버리지 그래? 우리 모두를 위해서.

bobby7272: 역시 대단해. 그럼, 빈정거리는 것에 빈정거리는 것만큼 좋은 게 없지. 하지만 틀린 것과 틀린 것이 만난다고 옳은 답이 나오는 건 아니야.

aleeshaone: 그러면 세 번 오른쪽으로 간다고 왼쪽이 되니?

bobby7272: 아주 심오하군. 한 손이 손뼉 치는 소리가 들린다.

⋮

bobby7272: 앨리시아!

⋮

bobby7272: 앨리시아?

aleeshaone: 아직 있어. 생각을 좀 하고 있었어. 틀린 것과 틀린 것이 만나서 옳은 답이 나오지는 않지만, 부정의 부정은 긍정이 되잖아, 그렇지 않니? 예를 들어서, '나는 안 가지 않을 것이다'라는 것은 결국 간다는 뜻이니까, 안 그래?

bobby7272: ……그래서 요점이 뭐야?

aleeshaone: 수학에서 음수를 음수로 곱하면 양수가 되고, 그렇지?

bobby7272: 요점이 뭐냐고?

aleeshaone: 가서 담요를 켜고 몸을 푹 담가 봐. 네가 더 이상 안 보이게 될 수는 없는 거 아냐. 어쩌면 부정의 부정이 긍정이 되는 것과 같을지도 모르지. 요점은 바로 이겁니다, 바비 박사님!

bobby7272: 그럴까. 정말 담요를 켜고 무슨 일이 일어나는지 한번 확인해 볼까?

aleeshaone: 아무런 희망도 없다고 우는 소리 하는 것보단, 거기에라도 희망을 걸어 보는 게 낫지 않겠어? 손해 볼 거 없잖아.

aleeshaone: 바비?

⋮

aleeshaone: 바비, 대답해!

⋮

bobby7272: 다시 올게.

aleeshaone: 바비, 기다려 봐. 그러지 마! 미안해, 그냥 화가 나서 해 본 소리야. 무슨 일이 일어나기라도 하면 어떡해. 하지 마.

bobby7272: 무슨 일? 이것보다 더 나쁜 일? 그런 게 있을 리 없잖아. 아침에 전화할게.

　나는 컴퓨터를 껐다. 컴퓨터 대화의 나쁜 점은 끝이 없다는 것이다. 어느 한쪽이 현실 세계로 돌아가야겠다는 결심을 하기 전까지는.
　창가 응접실로 가서, 삐걱거리는 소리가 나지 않도록 조심해서 유리문을 열었다. 아빠는 연구실에 가져가려고 내 담요와 다시 조립한 조절기를 상자에 넣어 두었다. 이제 내 담요는 위대한 과학적

산물이기 때문이다. 나는 그 상자를 들고 깜깜한 계단을 더듬어서 방으로 들어왔다. 담요에 조절기를 꽂고 조절기는 늘 두던 침대 옆 테이블에 놓았다. 솜이불은 바닥으로 내던져 버리고, 전기담요를 침대 위에 올려놓았다. 조절기의 코드는 그날 밤과 똑같은 벽에 꽂았다. 그런 다음 마음이 바뀌기 전에 얼른 문을 닫고, 불을 끄고, 팬티를 벗고, 이불 속으로 들어갔다. 그리고 어둠 속을 더듬어 조절기를 찾아 다이얼의 작은 스위치에 손을 올려놓았다. 그러나 나는 켜지 못했다. 도저히 켤 수가 없었다. 과연 어떤 일이 일어날까? 죽기라도 하면 어쩌지? 서재에서 메신저를 통해 쏟아낸 말들, 화가 나서 한 그 말들이 내가 앨리시아에게 남긴 마지막 말이 되는 건 아닐까? 하지만 나는 뭔가를 해야만 했다. 그래야만 했다. 그래서…… 했다. 나는 스위치를 켰다.

다이얼에 희미한 주황색 불빛이 들어왔다. 나는 실눈을 뜨고 늘 그렇듯이 정 중앙에 있는 숫자 5에 다이얼을 맞췄다.

그런 다음 베개를 베고 반듯이 누워, 코만 겨우 나올 정도로 이불을 위로 끌어올렸다. 입이 마르고 숨이 차는 것만 빼고는, 모든 것이 늘 하던 대로였다.

나는 태양풍과 지구를 폭격하는 엄청난 에너지 입자들, 그리고 내가 볼 수도 느낄 수도 없는 복사열 등을 상상해 보았다. 그러고 있으니, X선과 감마선이 내 눈썹 위에서 탁 하고 부딪혀서 두개골을 뚫고 지나가 잠든 내 손바닥을 찌릿찌릿하게 만드는 것만 같았다.

전기담요 밑에 들어가자 따뜻하고 편안했다. 그러나 심장은 계속 고동치고 있었고 머릿속은 복잡했다. 혹시나 방이 벌겋게 달아오르는 건 아닌가 싶어 자꾸만 둘러보았다.

그러고는 내가 바보처럼 느껴졌다. 왠지 주문이라도 외야 할 것 같았다. 이 모든 일들이 실은 너무나 우스꽝스럽기 때문이었다. 나는 백만 번에 한 번 있을까 말까 한 일을 재현하려고 하고 있었다. 아무리 모든 준비가 완벽하다 해도, 오염된 화학물질로 구성된 변종 구름 같은 것이 우리 집 위에 자리 잡고 있어서, 그 구름이 태양풍을 뒤죽박죽으로 못 쓰게 만들어 버릴지도 모르는 일이었다. 태양풍이 전기담요를 덮고 있는 내게 접근하기도 전에. 또는 반 돈 박사님이 모든 것을 잘못 파악한 것일 수도 있었다. 즉, 그 두 날짜는 지금까지 아무도 발견한 적이 없는 어떤 미묘한 현상과 관련되어 있을지도 모르는 일이다. 어쨌거나 반 돈 박사님과 우리 아빠가 정말 뭔가를 많이 알고 있다고 확신할 수 있을까. 물론 그들의 좋은 머리는 반짝반짝 빛을 내며 씽씽 잘 돌아가고는 있다. 하지만 개구리 뼛가루로 가득 찬 조롱박과 딸랑이를 갖고 다니던 석기시대 마법사보다 그들이 더 낫다고 어떻게 확신할 수 있지?

'나에게 시간은 더 이상 공포의 대상이 아니야.'

앨리시아가 방금 전에 한 말이었다. 그 애는 자신의 인생이 달라지기를 바라지 않았다. 그 애는 현재 자신의 인생을 잘 다루고 있었으며, 예전으로 돌아가려고 애써 노력하지 않았다.

예전, 나도 꼭 그것을 원하는 건 아니었다. 나는 절대 예전과 똑같아지지는 않을 거니까. 나는 그저 몇 가지 선택을 원하는 것뿐이었다. 앨리시아에게도 여러 가지 선택의 기회는 있었다. 그러나 나에게는 오직 두 가지 경우가 있을 뿐이다. 숨어 지내든지, 아니면 드러내든지. 그리고 공개된다면, 나는 그 자리에서 바로 과학계의 미스터리로, 신문 제1면의 기삿거리가 될 게 뻔했다. 두 가지의 선택, 모두 형편없었다.

15분이 지났고, 아무 일도 일어나지 않았다. 초자연적으로 벌겋게 달아오르는 일도 없었고, 바지직 하는 이상한 소리도 없었으며, 어떤 전기 충격 같은 것도 없었다. 아무 일도 일어나지 않았다. 일어나서 앨리시아에게 이 소식을 전하는 게 좋을 것 같았다. 그녀는 아마 내가 원형질 덩어리로 변하고 있을 거라고 상상할지도 모른다. 하지만 지금은 12시 7분이다. 너무 늦은 시간이었다. 그리고 디지털 자동 온도 조절장치가 집 안의 온도를 다시 13도로 내려놓은 상태였다. 그러나 무엇보다도 나는 내 낡은 전기담요가 너무나 그리웠고, 지금은 너무나 편안해서 다시 일어나 아래층으로 내려갈 마음이 없었다. 게다가 자칫 중대한 실험을 망칠지도 모를 일 아닌가. 암, 그렇고말고.

그래서 나는 옆으로 돌아누우며, 앨리시아에게 할 말들을 생각했다. 5분 정도 지나자 잠이 쏟아졌다.

27
긴급 수색

시끄러운 목소리가 들려왔다.

아직 어두웠다. 시계는 새벽 4시 30분을 가리키고 있었다. 시끄러운 목소리들 가운데서도 단연 엄마의 목소리가 제일 컸다.

"어떻게 당신이 감히! 이건 말도 안 돼요!"

굵고 낮은 남자의 목소리와 여자의 목소리, 둘 다 너무 조용해서 잘 들리지 않았다. 하지만 그 여자가 누구인지는 금방 알 수 있었다. 파겟 씨였다.

계단을 올라오는 발소리, 그리고 화가 난 파겟 씨의 목소리가 띄엄띄엄 들렸다.

"…… 반복 경고…… 새로운 정보…… 가택수색은 충분히 정당하다."

엄마는 흥분하여 뭔가를 말했고, 남자가 대답했다.

"······실종된 소년의 방······ 밤늦게 불이 켜져 있었다는 보고······."

목소리들이 점점 가까워졌다. 또다시 그 굵은 목소리가 들렸다.

"여기가 아이의 방이군."

아빠의 목소리도 들렸다.

"우리가 무슨 범죄자라도 되나요? 이건 직권 남용이라고요!"

"비켜나세요, 선생님."

나는 침대에서 나와, 얼른 팬티를 벗어 열려 있는 옷장에 던져 넣었다.

너무 많은 사람들이 작은 방으로 몰려오고 있었다. 좋지 않았다. 누군가가 나와 부딪히거나 내 발을 밟을지도 몰랐다. 그리고 누군가가 문 앞을 지키고 서 있기라도 하면 어쩐다? 도저히 피할 길이 없었다.

문이 열렸고, 사람의 형상이 열린 틈을 가득 메우더니, 누군가가 불을 켜려고 팔을 스위치 쪽으로 뻗었다.

나는 책상 옆에 가만히 서 있었다. 불이 켜졌다. 나는 숨을 한 번 크게 들이마시고는 참았다.

덩치가 큰 경찰관 한 명이 성큼성큼 걸어 들어와 재빨리 침대로 가서, 매트리스 위에 손을 대 보았다. 그러고는 문 쪽에 있는 파겟 씨에게 몸을 돌려 말했다.

"아직 따뜻한데요."

그리고 부모님과 내 책상 위의 핸드폰을 쳐다보며 말했다.

"저건……!"

그가 내 책상을 바라보고 있었다. 책상 위에는 시어즈에서 가져온 명단과 통화 내역이 그대로 남아 있는 핸드폰이 있었다.

하지만 내가 할 수 있는 일은 아무것도 없었다. 나는 그냥 가만히 서 있었다. 그는 책상 쪽으로, 그러니까 바로 나를 향해 오고 있었다. 나는 몸을 확 구부려서 구를 각오를 했다. 침대 밑으로 들어가야 할지도 몰랐다. 그런데 그가 내 눈을 들여다보면서 말했다.

"넌 누구니?"

나는 꼼짝도 하지 않았다.

그 남자는 여전히 내 두 눈을 들여다보고 있었다.

"누구냐고 물었잖아?"

파젯 씨는 문 쪽에 서 있었다. 그녀도 역시 나를 바라보고 있었다. 그리고 그 뒤에 엄마와 아빠가 서 있었다.

나는 아래를 내려다봤다. 거기에 내가 있었다. 내 몸이 말이다. 바로 내가.

"저, 저는 바비 필립스인데요."

그리고 나는 그제야 바닥에서 스웨터를 집어 올려, 발가벗은 몸을 가렸다. 그리고 어안이 벙벙하여, 싱글벙글 웃지 않을 수가 없었다. 나는 꼭 바보처럼 보였을 것이다.

파겟 씨는 펄펄 뛰며 몸을 돌려 엄마에게 말했다.

"지금 이게 무슨 일이죠?"

엄마는 파겟 씨에게 무슨 말인가를 해야 한다는 건 알고 있었지만, 계속 파겟 씨 너머로 나를 바라보며 웃고만 있었다. 그러고 나서 집중을 하고 심호흡을 한 번 하더니, 말을 시작했다.

"무슨 일이냐고요? 무슨 일이 벌어지고 있는지 알고 싶으세요? 당신이 막무가내로 우리 집으로 쳐들어와서 내 아들을 공포에 떨게 하고 있잖아요. 바비는 플로리다에서부터 장시간 기차를 타고, 어젯밤 늦게야 겨우 집에 도착했어요. 무장한 돌격대원들이 새벽 4시에 자기 방으로 요란스럽게 쳐들어오리라고는 전혀 예상치 못했을 거라고요!"

"아무튼…… 제가 왜 돌아왔다는 통보를 받지 못했을까요?"

파겟 씨는 여전히 강인하게 보이려고 노력했지만, 그녀는 이미 후퇴하고 있었다. 엄마가 다시 공격을 개시했다.

"왜냐고요?"

엄마가 파겟 씨를 향해 한 걸음 나아가자, 그녀는 움찔하며 뒤로 물러섰다. 엄마의 목소리는 날카로웠다.

"당신이 왜 통보를 받지 못했냐고요? 당신이 해결하려는 이 문제는 당신과는 아무 상관없는 일이기 때문이에요. 그게 이유죠. 사실상 문제라고 할 만한 게 있기라도 했나요? 당신은 우리 가정의 일을 주정부의 업무로 만들려고 했고, 바비가 실종, 아니 행방불명 됐다는 아주 극단적인 사건으로 몰고 갔어요. 하지만 우리가 단 한 순간도 바비의 안전이나 소재에 대해 당신에게 불확실하게 얘기해 준 적이 있었나요? 당신은 우리가 우리 아이의 안전을 당신에게 확인시켜 주려고, 어젯밤 늦게 당신 집으로 전화라도 해주길 기대한 건가요?"

파겟 씨는 당황하고 있었다.

"우리는 우리가 가지고 있는 정보를 가지고 일할 뿐입니다."

"그리고 우린 그것을 고맙게 생각합니다."

아빠 차례였다.

"당신이 당신의 일을 하고 있다는 건 우리도 압니다. 그리고 당신은 물론 당신 기준에서 합당한 근거를 가지고 일을 하시겠지요. 그렇지만 저로서는, 제 아내가 조금만 더 잠을 충분히 잔다면, 지금보다는 화를 덜 낼 거라는 생각이 드는군요. 자 그럼, 우리가 더 도와드릴 일이 있을까요?"

그리고 나서, 경찰관을 향해 돌아서며 말했다.

"경관님, 더 수색해야 할 거라도 있으세요?"

경찰관은 파겟 씨를 한 번 쳐다봤다. 그리고 난처해하며 말했다.

"아뇨, 없는 것 같습니다. 그렇죠?"

파겟 씨가 고개를 끄덕였다. 엄마는 뒤로 물러섰고, 아빠는 옆으로 비켜섰다. 경찰관과 파겟 씨가 내 방에서 나갔다. 그리고 곧 우리 집에서 완전히 떠나갔다.

다음은 그러고 나서 벌어진 일들의 요약이다. 포옹, 키스, 약간의 눈물, 핫 초콜릿, 또다시 포옹, 그리고 많은 이야기. 나는 ACE와 SOHO의 홈페이지에 대해서, 그리고 앨리시아와의 메신저 대화와 그녀의 이중부정 아이디어에 대해 설명했다. 그런 다음, 내가 전기담요를 가져와서 플러그를 꽂은 과정도 설명했다. 그러나 잠들기 직전 앨리시아를 생각했다는 것은 말하지 않았다.

아빠는 최소한 1, 2년 정도의 심사숙고 없이 이 같은 엄청난 실험을 한 적이 없었기 때문에 버럭 화를 내다시피 했다. 물리학자로서 내가 '변수와 위험 요소들에 대한 불완전한 평가'만을 가지고 이러한 조치를 취한 것에 대해 화를 냈다. 하지만 한편으로는 이러한 나의 대담한 행동을 자랑스러워했다. 그리고 물론 물리학자인 아빠는 그 결과에 빠져들었다.

나는 아빠가 나와 함께 이야기하는 동안에도 내내 머릿속의 거대한 회로를 획획 돌리며, 이 담요를 가져다가 다른 뭔가를, 아마도 작은 실험용 흰 쥐 같은 것을 실험해 보고 싶어서 못 견뎌한다는 걸 알 수 있었다.

엄마는 내 손을 놓으려고 하지 않았다. 우리는 거실 소파에 앉아 있었으며, 엄마는 손을 뻗어 내 머리를 이마 위로 계속 쓸어 올리고 있었다. 머리는 한 달 전보다 훨씬 더 길게 자라 있었다. 엄마는 계속 고개를 돌려 나를 바라보며 바보처럼 웃었다. 엄마의 두 눈이 내 얼굴을 삼켜 버릴 것만 같았다.

엄마의 애틋한 애정 표현이 이내 감당하기 힘들어졌다. 30분 후, 나는 하품을 하기 시작했다. 이제 엄마는 내가 하품하는 것을 볼 수 있었다. 즉 내가 피곤해하는 걸 알 수 있게 되었다. 또한 조금 뒤 엄마가 다시 가서 자라고 말했을 때, 밝게 웃는 내 모습도 보았을 것이다.

내가 일어서는 것을 보고 아빠가 말했다.

"그 담요는 덮지 마라, 제발!"

우리 모두는 웃음을 터뜨렸고, 또다시 한바탕 포옹을 했다.

엄마는 나와 함께 위층으로 올라와, 전기담요를 조심스럽게 접어 내 책상 의자 위에 올려놓았다. 그러고 나서 바닥에 떨어진 솜이불을 주워 나에게 덮어 주었다. 엄마는 몸을 굽혀 내 머리를 쓰다듬으며 볼에 뽀뽀를 해주었다. 나는 기뻤다.

해가 뜨려면 아직 조금 더 있어야 하지만, 나는 잠을 이룰 수가 없었다. 너무 많이 흥분하고 있었다.

자고 나면 목요일이 될 것이다. 6시 45분에 일어나서, 샤워를 하고, 7시 15분에 아침을 먹고, 7시 37분에 버스를 타고, 학교에 가서 정상적인 하루를 보내겠지. 정상적인 하루를 보내는 정상적인 바비. 하지만 그런 일은 조금 더 미루기로 했다. 나에게는 처리해야 할 다른 일들이 있었기 때문이다.

28
돌아온 바비 필립스

오전 9시였다. 나는 샤워를 한 뒤, 5분도 넘게 거울을 보며 서 있었다. 투명인간이었을 때보다 열 배나 더 긴 시간이었다. 한 달 동안 나는 나를 보지 못했다. 내가 어떤 모습이었는지 다시 기억해야만 할 것 같았다.

엄마는 10시 수업에 빠질 방법을 찾고 있었다. 집에서 멍하니 앉아 나를 쳐다보기 위한 몇 가지 핑계를 찾고 있었다. 나에게 아침을 또 차려 주고 싶고, 나와 함께 머리를 자르러 가고 싶어 할지도 모르겠다. 엄마는 새로운 엄마, 더 좋은 엄마가 되고 싶어 했다. 나에게는 상당히 좋은 일이다.

하지만 나는 머리를 자르고 싶지 않았다. 긴 머리가 마음에 들었다. 훨씬 더 길어도 좋을 것 같았다. 멋져 보였다. 이제는 충분히 시간이 있었다. 시간. 이제 나에게는 머리를 기를 시간도 생긴 것이었다.

결국 별 묘책을 찾지 못한 엄마는 시간이 다 되어 집을 나섰다. 나는 기뻤다. 할 일이 있었기 때문이다.

쉴라에게 전화를 거는 것이 그 첫 번째였다. 벨이 세 번 울리자, 그녀가 전화를 받았다.

"쉴라? 저 바비 필립스예요. 며칠 전에 담요에 대해 얘기했던 그 바비요."

"안녕, 꼬마. 잘 있었니?"

"저 돌아왔어요."

"설마?"

"진짜예요. 근데 정말 간단했어요. 당신에게 알려 주겠다고 약속해서, 그래서…… 지금 전화한 거예요."

"간단했다고?"

"잠드는 것처럼 쉬웠어요. 하지만 제 생각엔 당신은 좀 더 북쪽으로 가야 할지도 모르겠어요. 그리고 적당한 상황을 기다려야 해요. 제가 몇 가지 메모를 했거든요. 그 방법에 대해서요. 우편으로 보내는 게 나을까요, 아님 이메일로 보낼까요?"

잠시 말이 없었다.

"약속은 지켰니? 나에 대해 말하지 않겠다고 했던……"

"앨리시아에게만 말했어요. 지난번에 말했던 그 여자 아이요. 저의 아빠도 직접 통화하고 싶어했지만, 제가 약속을 했기 때문에 말할 수 없다고 했어요."

"잘했어. 그럼, 한 가지만 더 부탁할게."

"뭔데요?"

"네가 나를 찾았다는 사실을 잊어 줘. 내 이름도 잊고, 우리가 했던 얘기도 다 잊고. 물론 나에 대해 아무한테도 말하지 말고. 그리고 이제 나한테 전화하지 마."

"저, 혹시……."

"다른 건 묻지 말고, 그냥 내 말대로 해줘. 네 전화를 받은 이후로 줄곧 생각한 거야."

"하지만……."

"잘 들어. 아무 말도 하지 말고, 그냥 들어 봐. 많이 생각해 봤는데 한 가지 확실한 것은, 내가 너보다 더 오랜 시간 동안 안 보였다는 거야. 그리고 나는 안 보이게 되지 않았더라도, 다른 방법으로 사라져 버렸을 거야. 술을 진탕 마시거나 마약을 하거나, 어쩌면 나쁜 남자 친구들을 더 많이 사귀었을지도 모르지. 아마 그랬을 거야. 이미 난 조금씩 사라지고 있었어. 이렇게 한꺼번에 사라진 게 어쩌면 다행인지도 몰라. 지금 난 돌아가고 싶지 않아. 나는 내 몸무게나 머리 모양과 같은 시시한 것들을 다시 걱정하며 살기는 싫어. 난 지금의 내가 좋고, 오히려 전보다 더 멋진 인생을 살고 있다고 생각해. 나한테는 훌륭해. 그러니까 난 이대로 살 생각이야."

나는 아무 말도 하지 못했다.

"이해 못할 거야, 그렇지?"

"이해할 수 있을 것도 같아요."

"뭐, 네가 이해 못해도 좋아. 아무튼, 네가 다시 돌아왔다니 나도 기뻐. 정말이야. 그리고 앞으로도 모든 일이 네가 원하는 대로 잘 되길 바란다. 그럼 잘 지내렴."

"알겠어요. 그럼, 이만 끊을게요. 그리고 마음이 바뀌면 언제든지 전화하세요."

그녀는 이미 전화를 끊었다. 나는 전화기를 내려놓았다.

쉴라는 내가 그녀를 이해하지 못할 거라고 생각했다. 하지만 그렇지 않았다. 나는 그녀를 이해할 수 있었다. 정말로 그랬다. 일주일 전, 정상으로 돌아올 희망이 전혀 없었던 때의 나는 아무것도 책임질 필요가 없었기 때문이다. 전혀. 나는 그저 둥둥 떠다니는 어떤 것이었다. 일주일 전에 나는 단지 살아 있을 뿐이었다. 그냥 살아서 시간을 보낼 따름이었다. 내일도 없었고 미래도 없었으며, 지나온 자취도 없었고 기대도 없었다. 그것은 진정으로 존재하는 것이 아니었다. 거의 없는 거나 마찬가지였다. 그러나 거기에는 자유가 있었고, 내가 그것을 그리워하게 되지는 않을까 궁금해졌다.

또한 그 방법을 알고 있기 때문에, 내가 언젠가 또다시 그 일이 일어나게끔 하지는 않을까 걱정도 됐다. 삶으로부터의 휴가를 언기 위해 의도적으로 말이다.

아빠와 반 돈 박사님은 또 어떨까? 그들이 과연 이 일을 그냥 묻어둘 수 있을까? 혹시, 정말 팀이라도 짜서 노벨 물리학상을 노리고 열심히 연구하지나 않을까? 그래서 인터넷에 그들의 연구결과를 발표하게 되는 날이 올 수도 있지 않을까? 이 일의 끝은 정말 어디일까?

반면, 쉴라는 이미 그 끝을 정했다. 그녀에게는 모든 과정이 끝났다. 그녀는 자신이 원하는 삶을 이루었다. 그러나 나는 마치 15년 동안 감옥에서 지내다가 세상 속으로 돌아와, 일상의 매 순간순간의 결정을 힘겨워하는 사람 같았다. 결국 다시 감옥에 들어가기 위해 자동차 같은 것을 훔친 뒤, 따뜻하고 건조한 그곳, 모든 위험에 대해 이미 다 알고 있는 그곳, 어떠한 결정도 내릴 필요가 없는 그곳으로 다시 돌아갈지도 모르는 위태로운 범죄자와 다를 바가 없었다.

쉴라는 그녀의 감옥을 좋아했다. 그녀가 일주일 내로 새로운 도시로 이사를 간다고 해도 별로 놀랄 일은 아니다. 그녀는 아마 이름을 바꾸고 행방을 감출지도 모른다. 나는 그녀의 구원자가 아니다. 단지 그녀에게 심각한 위험을 가져다줄지도 모르는 위험 인물일 뿐이다.

어느 순간 나는 조용히 앉아서 내가 왜 쉴라와 다른지를 알아내려고 애쓸지도 모른다. 하지만 오늘은 아니다. 오늘은 할 일이 너무나 많았다.

나는 앨리시아의 집으로 향했다. 버스는 타지 않았다. 먼 길이지만, 태양이 내리쬐고 있었고, 기온은 13도 정도였다. 나는 셔츠와 청바지와 재킷, 그리고 운동화를 신고 있었다. 멋진 날이었다.

학교를 지나치면서, 나는 안으로 들어가 양호 선생님께 인사라도 해야 하지 않을까 하는 생각이 들었다. 양호 선생님 앞에서 팔굽혀펴기를 해서 내가 건강하다는 걸 보여주고, 곧 학교로 돌아올 거라고 말하는 것도 괜찮을 것 같았다. 아니, 어쩌면 남은 학기를 정말 휴학할지도 모르겠다. 졸업이 늦춰질지도 모르고, 꼬박 1년이 뒤로 미뤄질지도 몰랐다. 그러나 뭐 상관없다. 시간은 더 이상 나에게 두려움의 대상이 아니다.

엄마와 아빠에게 앨리시아의 부모님께는 전화하지 않겠다는 약속을 받아냈다. 내가 직접 앨리시아에게 말하고 싶었기 때문이다. 그리고 앨리시아의 집이 점점 더 가까워질수록, 점점 더 긴장이 되었다. 내 인생을 돌려준 친구에게 무슨 말을 해야 할까?

반 돈 부인이 문을 열었다. 나를 바라보더니, 눈썹을 치켜세우고 물었다.

"뭐죠?"

나는 어쩌면 반 돈 부인이 나를 알아볼 수도 있을 거라고 생각했던 것 같다. 신기한 육감 같은 것이 발동하여 나를 보고는 활짝 웃으며, '잠깐, 네가 바비 맞지!'라고 말할 거라고 말이다.

그러나 그런 일은 일어나지 않았다. 그녀는 내가 누구인지 전혀 모르고 있었다.

"반 돈 부인, 저는 바비 필립스예요."

그녀의 입이 떡 벌어졌고, 눈이 휘둥그레졌다.

"오, 세상에! 네가…… 네가 여기 와 있다니! 바비, 너와 그리고 네 부모님에게 너무너무 잘된 일이구나! 멋진 일이야! 물론 난 너를 알고는 있었지만, 이렇게 너를 보게 돼서…… 정말로 기쁘구나. 자, 어서 안으로 들어오너라!"

실제로 그녀가 좋아하는 이유는, 더 이상 내가 알몸으로 그녀의 집 안으로 걸어 들어오는 상상을 하지 않아도 되기 때문일지도 모른다. 또한 내가, 손가락 마디가 바닥에 질질 끌리는 네안데르탈인처럼 생기지 않은 것에 대해 기뻐하는 건지도 모른다. 반 돈 부인은 어느 정도 외모로 상대방을 판단하는 타입이라, 이제 딸의 친구가 어떻게 생겼는지를 알게 되어 긴장이 풀린 듯했다. 내 머릿속에서 외모와 실체에 대한 강의를 늘어놓을 준비가 막 끝날 무렵, 앨리시아의 목소리가 들렸다.

"누구예요, 엄마?"

"널 만나러 왔어, 앨리시아."

반 돈 부인은 앨리시아에게 이렇게 말하고는, 아주 밝은 미소를 지으며 나를 향해 말했다.

"난 부엌에 가 있을게."

내 모습을 확인한 반 돈 부인은 이제 내가 그녀의 딸과 단둘이 있어도 안전하다고 생각하는 것 같았다.

계단 위쪽으로 앨리시아의 모습이 보였다. 앨리시아는 청취실에서 나와 처음 얘기를 나눈 날 입었던 녹색 스웨터와 빨간색 바지를 입고 있었다. 앨리시아가 고개를 옆으로 약간 기울이자, 머리카락이 볼을 타고 흘러내렸다. 앨리시아는 몹시 궁금해하는 표정이었다.

"안녕하세요?"

나는 태연한 목소리로 말했다.

"안녕, 앨리시아."

앨리시아는 오른손으로 난간을 잡고 한 걸음씩 정확히 내디디며, 조금은 화가 난 얼굴로 내려왔다.

"어젯밤에 얼마나 걱정했는지 몰라. 그냥 그렇게 나가 버리다니 너무 비겁했어. 전화를 걸까 하다가 자정이 다 되어서 그만뒀어."

앨리시아는 나와 1미터 정도 떨어진 곳에서 멈췄다. 앨리시아의 얼굴이 밝게 빛났다.

"아무튼 네가 괜찮아서 다행이다. 다 괜찮은 거지, 그렇지?"

"응, 다 좋아. 한 가지만 빼고."

앨리시아의 얼굴이 다시 어두워졌다. 나를 진심으로 걱정하고 있는 것 같았다. 왠지 내가 너무 짓궂은 장난꾸러기처럼 느껴졌다. 그래서 얼른 다시 얘기를 시작했다.

"걱정 마, 좋은 일이야. 이제 난 밖에 나갈 때 다시 옷을 입어야 해. 어젯밤 네가 말한 거 있잖아, 부정의 부정이 긍정을 만든다고 한 말. 그 말이 옳았어!"

앨리시아는 잠시 이해가 안 된다는 표정이었다. 그리고 이해를 하고 나서는, 또다시 잠시 동안 믿을 수 없다는 표정이었다. 그러나 내가 이런 일로 장난칠 사람은 아니라는 걸 알고 있기에 앨리시아의 얼굴은 이내 함박웃음으로 빛났다.

"이 비열한! 정말이야? 정말 그렇게 한 거야? 그 담요로? 그리고 너…… 정말 성공한 거야?"

그러더니 앨리시아는 손을 뻗으며 나에게 다가왔다. 나는 가만히 서 있었고, 앨리시아의 손이 내 손을 잡았다. 내 재킷의 소맷자락을 만지고, 팔에서 어깨와 목으로 올라가서 옷깃을 만져 보고는 셔츠의 가슴 부분에서 벨트까지를 손으로 쓸어내렸다. 내가 정말 옷을 입고 있는지 복장 검사를 하고 있는 것이다.

그런 다음 다시 두 손을 들어 내 얼굴로 향했다.

"난 이렇게 해야 돼, 괜찮지?"

이렇게 말하며 앨리시아는 부끄러운 미소를 지었다. 나는 앨리시아의 한 손을 내 뺨에 갖다대며 말했다.

"괜찮고말고."

앨리시아는 내가 고개를 끄덕이는 걸 손으로 느꼈을 것이다.

앨리시아의 손가락은 기다랗고 차가웠다. 나는 잠깐 동안 두 눈을 감았다. 앨리시아의 손가락이 내 이마를 더듬고 지나가 내 머리카락을 만진 뒤, 다시 내 이마로 내려올 때, 저절로 몸이 떨렸다. 앨리시아는 양 엄지손가락으로 내 코를 만졌다. 마치 책을 읽는 것 같았다. 눈썹, 속눈썹, 광대뼈, 코, 입술, 턱, 턱뼈……. 내 인생을 통틀어 가장 이상야릇한 10초의 시간이었다. 앨리시아가 상상의 여행을 하는 동안 나는 앨리시아의 얼굴을 바라보았다. 나도 앨리시아의 얼굴을 만져 보고 싶었다. 내 얼굴을 만지면서 앨리시아가 머릿속으로 그리는 나의 모습을 상상해 봤다. 앨리시아는 지금까지 생각해 왔던 나의 모습과 지금 실제 손가락으로 느끼는 내 모습을 서로 연결하려고 노력하는 것 같았다.

앨리시아는 두 손을 내렸고, 얼굴이 빨개지며 마법에서 풀려났다.
"자, 이리 와!"
앨리시아는 내 손을 잡고 거실로 갔다.
"말해 봐! 전부 다."
앨리시아는 늘 내 이야기를 잘 들어 주었다. 내가 설명하는 것을 머릿속으로 상상할 때 앨리시아의 표정은 너무나 재미있다. 그리고 이해가 안 되는 부분이 나오면, 나는 앨리시아가 납득할 때까지 두 번, 세 번 다시 말하고 더욱더 자세한 설명을 덧붙여 주었다. 경찰이 새벽 4시 반에 내 방을 수색했던 부분에서도 그랬다.

"말도 안 돼! 그 남자가 널 똑바로 쳐다보고 있었는데, 그걸 몰랐단 말이니? 어떻게 그럴 수가 있어?"
"이상할 것도 없어. 보이지 않았던 한 달간의 시간이 날 그렇게 만든 거야. 아무튼 그 사람이 바로 내 코앞에서 나를 쳐다봤는데, 지난 한 달 동안 누가 나를 그렇게 뚫어져라 쳐다본 적이 없었거든. 그때서야 알게 되었어."

"창피하지 않았니? 아무것도 안 입고 있었다면서? 그리고 다들 너를 쳐다보고 있었고."

"응. 그래서 얼른 스웨터를 집어 들고 대충 가렸지. 근데 나도 정말 놀랐어. 그러니까, 창피하다는 느낌은 정말 아무것도 아니었어. 어젯밤 늦게 내가 어떻게 집으로 돌아왔는지 장황하게 늘어놓는 우리 엄마 얘기를 너도 들었어야 하는데. 정말 굉장했어."

그리고 쉴라에게 전화한 것과 그녀가 했던 얘기를 들려 주자, 앨리시아는 천천히 고개를 끄덕이며 두 눈을 반짝였다. 그 애의 눈은 눈물을 흘리는 기능만큼은 그대로였다.

"너무 슬퍼. 넌 안 그러니? 그렇게 포기하다니 말이야. 하지만 그 마음은 충분히 알겠어. 그리고 어쨌든 그건 그녀의 인생이니까."

"맞아. 어젯밤에 내가 정말 화가 났던 것도 바로 그 때문이었어. 너의 아빠와 우리 부모님이 일방적으로 나에 대한 결정을 내렸거든. 그분들에게는 그럴 권리가 없어. 우리가 쉴라에게 아무것도 강요할 수 없는 것과 마찬가지로."

앨리시아는 고개를 끄덕였다.

"맞아. 하지만 너도 언젠가는 어쩔 수 없이 그렇게 해야 할 때가

올지도 몰라."

앨리시아는 속삭이듯 목소리를 낮추더니, 엄마가 있는 부엌 쪽을 가리켰다.

"그것이 아마 우리 엄마가 가지고 있는 생각일 거야. 엄마는 항상 간섭하고 도와야 한다고 생각하거든."

그러고 나서 우리 둘은 무슨 말을 해야 할지 몰라 입을 꾹 다물었다. 하지만 그 침묵은 전혀 부자연스럽지 않았다. 우리는 여기 소파에 가까이 앉아 있었고, 둘 다 편안했다. 나는 앨리시아의 왼손을 바라보았다. 그 애의 왼손은 손바닥을 위로 하고 있었는데 긴 손가락들이 살짝 구부려진 채 옅은 빨간색 바지 위에 놓여 있었다. 그리고 손톱은 전부 물어뜯겨져 있었다. 전에는 한 번도 알아채지 못한 것이었다. 나는 아무 생각 없이, 그 손을 들어 올려 엄지손가락으로 그 애의 집게손가락 끝을 만져보았다.

"손톱을 몽땅 다 물어뜯었네."

앨리시아가 앉은 채로 나를 향해 몸을 돌렸다. 나는 앨리시아의 얼굴을 들여다보았다. 이렇게 예쁜 눈이 보이지 않는다니 믿을 수가 없었다. 앨리시아에게 키스하고 싶었다. 이런 느낌이 처음은 아니지만, 보이지 않는 소년으로 있을 때는 이런 느낌조차 옳지 않은 것 같았다. 내 스스로가 그렇게 하는 것을 용납할 수 없었다.

내가 앨리시아 쪽으로 몸을 굽히기 시작하자 갑자기 앨리시아 손을 홱 빼더니 몸을 돌렸다. 앨리시아는 울고 있었다.

나는 깜짝 놀라서 물었다.

"왜 그래?"

앨리시아는 소매로 눈물을 훔치며, 머리를 흔들었다.

"무슨 일이 있는 거지? 틀림없어."

"그래!"

앨리시아는 날카롭게 말했다. 그러더니 내 말을 그대로 따라하며 비꼬듯 말했다.

"'무슨 일이 있는 거지? 틀림없어.' 똑똑하군, 바비. 대단해. 사실 전부터 널 '대단한 바비 박사님'이라고 부를 생각이었어. 어때?"

앨리시아는 일어서서 고개를 홱 돌리더니, 더듬더듬 소파 끝으로 가서 방향을 잡고 씩씩하게 걸어갔다. 앨리시아는 발을 구르며 계단을 올라갔다. 멀리서 쾅 하고 문이 닫히는 소리가 들렸다.

반 돈 부인이 놀라서 거실로 나왔다. 내 얼굴이 그녀에게 모든 것을 다 말해 주었다. 연습 부족. 지난 한 달 동안 내 감정을 숨길 필요가 없었기 때문이다.

반 돈 부인이 내게 다가와서 손을 잡았다.

"너한테 화가 나서 그런 게 아니란다, 바비. 감정의 기복이 좀 심한 편이라 그래. 이따 오후쯤 다시 전화하렴, 알겠니?"

반 돈 부인은 나를 현관까지 바래다주고는, 다시 한 번 내가 원래 모습으로 돌아와서 정말 기쁘며 모든 일이 다 잘돼서 너무나 다행이라고 말했다.

하지만 집으로 향하고 있는 지금 나에게는 모든 것이 다 괜찮지가 않았다. 지금 내 머릿속은 속살까지 온통 물어뜯겨진 앨리시아의 작은 손톱들로 가득 차 있었다.

집에 돌아오자마자 나는 서재로 들어가, 컴퓨터를 켜고 메신저 창을 열었다. 앨리시아가 있는지를 확인하려고 이리저리 클릭을 해 보았다. 있었다.

bobby7272: 안녕, 앨리시아. 나야.

대답이 없었다. 여섯 번이나 더 불러 보았지만 대답이 없었다.
그래서 나는 그냥 창을 열어둔 채, 상자를 찾으러 지하실로 내려갔다. 집으로 걸어오면서, 결심한 일이 있었기 때문이다. 오직 나만이 할 수 있는 일이었다. 나는 상자를 들고 계단을 뛰어 올라가 내 방으로 향했다. 마음이 급했다. 어쩌면 너무 늦었을지도 몰랐다. 어쩌면 이미 사라졌는지도 모른다. 그 담요 말이다. 아침에 그 담요를 보지 못한 것 같았다. 아빠가 연구실에 가져갔을지도 모른다.
다행히 그렇지는 않았다. 오늘 아침에 엄마가 두었던 바로 그 자리에 그대로 놓여 있었다.
나는 전기담요와 조절기, 그리고 시어즈에서 가져온 목록을 상자에 담았다. 그리고 쉴라의 주소가 적힌 종이를 청바지 뒷주머니에 쑤셔 넣고, 핸드폰에서 통화 목록을 지웠다.

상자를 들고 거실로 급히 내려가서, 아빠가 적은 기록과 도표, 그리고 그 전기담요에 관한 정보들을 그러모아 상자 안에 던져 넣었다.

다시 서재로 가서 메신저 창을 확인했다. 앨리시아에게서는 아직 답이 없었다. 나는 인터넷 창을 열고, 어젯밤에 본 SOHO의 홈페이지를 찾아 출력해서 상자 안에 넣었다.

거의 10분 동안 부엌을 이리저리 뒤졌지만, 강력 테이프를 찾을 수가 없었다. 그만 포기하고 검은색 매직펜을 찾아 웃옷 주머니에 넣었다.

세 블록 떨어진 우체국으로 달려가 서둘러 계단을 올라갔다. 탁자에 앉아서 쉴라의 이름과 주소를 적었다. 그리고 상자를 들고 줄을 서서 기다렸다.

푸른색 셔츠를 입은 창구의 남자는 코밑수염을 기르고 있었다.

"보통 우편이니, 빠른우편이니?"

"음, 보통이면 돼요."

"소포 요금은…… 3달러 10센트야. 대략 일주일 정도, 경우에 따라서는 조금 더 걸릴 수도 있고. 빠른우편은 이틀 안에 도착하지만, 요금이…… 6달러 75센트란다."

"그럼, 빠른우편으로 부탁드립니다. 그리고 테이프로 좀 봉해 주실 수 있나요?"

"물론이지."

그가 테이프를 잡으려고 손을 뻗을 때, 내가 말했다.

"저기, 잠깐만요. 그 안에 하나 더 넣을 게 있는데요."

"그래. 하지만 줄을 다시 서야 할 것 같은데."

나는 그 상자를 탁자로 다시 가져가, 우편보험 신청용지의 여백에 이렇게 적었다.

쉴라, 만일을 대비해 이건 당신이 가지고 있길 바랍니다.

— 바비

나는 쉴라에게 무엇을 하라고 말하는 것은 아니었다. 단지 언제든지 태양이 이러한 상태가 되면, 그녀에게 선택의 여지가 있다는 것을 알려 주고 싶었을 뿐이다.

5분 후, 그 상자는 내 손을 떠나 우체국으로 넘어갔다.

집에 도착하자, 컴퓨터 화면의 짧은 메시지가 나를 기다리고 있었다.

aleeshaone: 이메일 확인해 봐.

앨리시아로부터 한 통의 편지가 와 있었다.

바비에게

내가 너무 엉망이어서 미안해. 부끄럽지만 사실이야. 난 정말 엉망인걸. 나는 함께 있기에 즐거운 사람이 절대 아니야. 나는 우리가 정말 친구라고 생각하면서 내 자신을 속여 왔어. 아니, 친구 이상이라고. 그리고 너도 나와 같다고. 그래서 이렇게 된 거야. 너에게도 문제가 있었고, 나에게도 문제가 있었으니까. 게다가 그때는 내가 너를 도와줄 수도 있었어. 물론 많은 도움이 되지는 못했지만. 보통 언제나 사람들이 나를 도와줘. 어쩌면 나는 마음 한편으로는 네가 원래대로 돌아가지 않기를 바랐는지도 몰라. 너에게 계속 내가 필요하게끔 말이야. 하지만 이제 상황이 달라졌어. 너는 정상으로 돌아왔고, 이제 다시 학교, 친구들, 여학생들, 댄스파티, 대학 같은, 모든 것들로 돌아가겠지. 너는 돌아왔지만, 나는 그렇지가 않아.

네가 아침에 나에게 메시지를 보냈을 때, 난 낸시와 얘기하고 있었어. 낸시에게 너에 대한 모든 걸 말했거든. 낸시가 다 믿고 있는지 어떤지는 모르지만, 아무튼 너라는 아이가 있다는 건 믿고 있어. 네가 나한테 키스를 한 적이 있냐고 묻더라. 나는 거의 그럴 뻔했다고 말했어.

내가 키스를 해본 건 7학년 때였어. 토미 시버즈라고. 그땐 어렸으니까.

넌 하마터면 오늘 나한테 키스를 할 뻔했지. 네가 아주 가까이에 있다는 걸 나도 느끼고 있었어. 그렇지만 만약 그랬다면 나는 너무 혼란스러웠을 거야. 난 그걸 감당할 자신이 없거든. 난 우리 관계에 대해 확신이 없어. 네가 날 좋아한다는 건 알지만, 내 감정을 돌아볼 필요가 있을 것 같아. 그렇지만 네가 날 좋아한다는 건 느낄 수 있었어. 그렇지? 넌 나한테 키스를 하려고 했어. 우린 아주 가까이 있었어. 우린 어린애가 아니잖니?

내가 쓴 시가 한 편 있어. 오늘 일에 관한 건 아니고, 그냥 모든 것에 대한 거야.

지하방

내 지하방에 비가 내리는 듯하다.
하지만 지하방에서는 늘 소리가 멀게 들리고,
비는 너무 빨리 증발해 버린다.
하지만 나는 그게 비였을 거라고 생각한다.

위에서 바람이 부는 것 같다.
하지만 바람이란 너무 무의미해서,
보이지도 않고 늘 금방 떠나 버린다.

하지만 나는 그것이 바람이었다고 생각한다.

*나는 저 위에서 바람과 비를 맞고 있다고 생각한다.
하지만 꿈은 언제나 침대에서만 이루어지고,
무수한 비와 바람도 단지 꿈속에 있을 뿐이다.
하지만 나는 그것이 나였다고 생각한다.*

어떠니? 낸시는 좋다고 했어. 문학 전공자인 우리 엄마는 이해가 안 된다고 했고, 또 아빠는 아직 읽을 시간이 없었어. 늘 그렇지만 네가 좋아했으면 좋겠어.

알 수 있겠니? 네 마음에 들었으면 하고 내가 얼마나 바라는지? 난 네가 앞으로 나아가리라는 것을 확신해. 나에게서 멀어져 가리라는 것을. 크고 밝은 세상 속으로 사라져 버릴 거라는 것을. 나에게는 없는 완전한 삶 속으로 말이야. 가슴이 아파.

그런데 오늘, 너무나 가까이에서 어쩌면 네가 떠나지 않을지도 모른다는 느낌이 들었어. 네가 나를 보러 우리 집으로 왔듯이 말이야. 나를 보기 위해서. 그런데 난 그것도 두려워.

우리 집에도 거울이 있어. 난 거울들이 어디에 있었는지를 아직도 기억해. 그리고 나는 가끔씩 거울을 만져 봐. 매끄럽고 차갑지. 늘 보곤 했는데……. 사람들은 당연한 듯 그렇게 하고 있지만, 나만은 아니야. 정말 그래. 가게의 창문들, 차 안의 작은 거울들, 화장대 거울, 그리고 비치는 모든 것들에 사람들은 항상 자신의 모습을 비춰 봐. 자신들이 어떻게 생겼는지를 기억하기 위해서, 그리고 사라지지 않았다는 것을 확인하기 위해서, 혹시 사라진 것은 아닌가 하고 말이야. 그건 단지 한창 멋 부릴 나이의 소녀들에게만 해당되는 얘기는 아니야.

나는 거의 사라졌어, 바비. 난 이 세상에서 거의 사라져 가고 있었어. 내가 앞을 볼 수 있었다는 사실조차도 잊어 가고 있었거든. 이런 나를 누가 사랑할 수 있겠어. 또 내가 누군가를 사랑할 수 있다는 것도 몰랐어. 그럴 만한 대상도 없었어. 이 세상 어디에도 말이야. 나에게는 거울이, 즉 나를 비추어 주고 내 사랑에 답해 줄 그런 거울이 절실히 필요했던 거야.

그리고 그게 바로 너였어, 바비. 안 보이는 거울. 이제야 내 마음을 알겠어. 네 마음도 알겠고.

— 앨리시아

사람들은 종종 행복해서 운다고 하는데, 나는 그 말이 참 바보 같다고 생각했다. 행복하기 때문에 눈물을 흘리다니, 그 의미를 전혀 이해하지 못했다. 울게 만드는 행복은 진짜가 아니라고 생각했다. 하지만 행복이란 좋고 슬프고 멋진 것을 모두 포함하고 있었다. 멋지다는 말이 슬프다는 말보다 훨씬 더 많은 의미를 포함하고 있긴 하지만. 컴퓨터 앞에 앉아서, 바로 여기에서 앨리시아의 이메일을 읽으면서, 나는 행복해서 울었다.

　나는 옷 소매로 두 눈을 닦으며 메신저 창을 열려고 하다가, 그만두고 앨리시아의 이메일을 출력한 후, 컴퓨터를 껐다.

　나는 그 편지를 접어서 주머니 속에 찔러 넣었다. 현관문을 열려고 하는데, 뭔가 움직였다. 나는 깜짝 놀라 몸을 돌렸다. 커다란 복도 거울 속에 내가 서 있었다. 하지만 나는 멈춰 서서 다시 바라보지는 않았다. 그냥 문밖으로 나왔다. 마음이 급했다. 앨리시아의 집으로 서둘러 가야 했다. 내가 얼마나 사랑하는지……, 그리고 내가 그 애의 시를 얼마나 사랑하는지 직접 말해 주고 싶었다.

　그리고 그 말을 들을 때의 앨리시아의 표정이 너무 궁금했다. 나는 온 힘을 다해 달려갔다.

〈끝〉

글쓴이 · **앤드루 클레먼츠** Andrew Clements
50권이 넘는 어린이 책을 쓴 그는 글쓰기와 책읽기를 가장 좋아하며, 한때 초등학교 선생님이기도 했습니다. 또래의 감정과 학교생활이 그대로 녹아 있는 그의 책들은 어린이들의 꾸준한 사랑을 받으며, 크리스토퍼 상을 비롯하여 20여 개의 상을 수상한 바 있습니다.
아직도 가르치던 학교에 찾아가 아이들과 대화하기를 좋아하는 그는 현재 아내와 네 아들과 함께 매사추세츠 주에 살고 있습니다.

옮긴이 · **김미련**
한국외국어대학교 영어과를 졸업했고, 지금은 학생들에게 영어를 가르치고 있습니다.
옮긴 책으로는 《제니의 모자》, 《한나의 하얀 드레스》, 《타냐와 마법의 옷장》, 《타냐의 빨간 토슈즈》, 《내 이름은 대서양》 등이 있습니다.

보이지 않는 바비
ⓒ 느림보 2005

초판 1쇄 발행일 · 2005년 10월 10일
초판 3쇄 발행일 · 2008년 12월 22일

글쓴이 · 앤드루 클레먼츠 | 옮긴이 · 김미련 | 펴낸이 · 윤은숙
편집 · 박은희 | 디자인 · 조현주 | 마케팅 · 구본건 | 제작 · 장성준
펴낸 곳 · 도서출판 (주)느림보 | 등록일자 · 1997년 4월 17일 | 등록번호 · 제10-1432호
주소 · 경기도 파주시 교하읍 문발리 파주출판단지 513-9
전화 · 편집부 (031)955-7391 영업부 (031)955-7374 | 팩스 · (031)955-7393
홈페이지 · www.nurimbo.co.kr

값은 뒤표지에 있습니다. 잘못된 책은 구입하신 곳에서 바꿔드립니다.
ISBN 89-5876-020-6 (73840)